도시에서 죽는다는 것

도시에서 죽는다는 것

초판 1쇄 펴냄 2012년 12월 7일
8쇄 펴냄 2016년 12월 23일
개정판 1쇄 펴냄 2017년 5월 22일
10쇄 펴냄 2024년 4월 1일

지은이 김형숙

펴낸이 고영은 박미숙
펴낸곳 뜨인돌출판(주) | 출판등록 1994.10.11.(제406-251002011000185호)
주소 10881 경기도 파주시 회동길 337-9
홈페이지 www.ddstone.com | 블로그 blog.naver.com/ddstone1994
페이스북 www.facebook.com/ddstone1994 | 인스타그램 @ddstone_books
대표전화 02-337-5252 | 팩스 031-947-5868

ISBN 978-89-5807-638-4 03810

도시에서 죽는다는 것

어떻게 존엄하고 품위 있게 이별할 것인가

김형숙 지음

뜨인돌

차례

들어가는 말

뚜렷한 사명감을 가지고 시작한 것도 아니었는데 햇수로 19년. 그 대부분을 중환자실간호사로 일했다. 중환자실간호사라고 하면 사람들은 참 고생이다, 사망하는 환자를 돌보는 게 힘들지 않느냐는 반응이지만 나는 오히려 중환자실간호사였기에 그렇게 오랫동안 현장에 남아 있었던 것이라고 생각하는 편이다. 가족들도 함께할 수 없는 시간을 홀로 견디는 이들을 가장 가까이에서 보살핀다는 책임감과 긴장감이 나도 모르게 간호사로서의 사명감을 갖게 하고, 소수의 환자들에게 전적으로 집중할 수 있는 환경이 누구보다도 '내 환자'를 잘 이해하고 도울 수 있다는 자신감을 주었을 것이다. 상식적인 눈으로 조금만 세심하게 주의를 기울이면 환자나 보호자들에게 필요한 것이 무엇인지 알 수 있고, 그 책임감이면 나머지는 충분히 해결할 수 있다는 소박한 믿음이 있었다. 그래서 거의 매일 병원의 다른 부서 직원들이나 의사들과 싸우다시피 하고, 때로 '진짜 보호자'인 가족들과 마찰을 일으키면서도 '우리 환자에게 지금 당장 필요한 일을 해결하기 위해서'라는 확신으로 당당했다. 죽음을 맞이하는 환자들 앞에서도 나는 무엇이 환자를 위하는 일인지 알고 있었고, 어떤 형식으로든 그 마무리에 개입하게 되는 간호사라는 직업이 마음에 들었다. 또 중환자들과 함께하는 시간은 내가 간접적으로 한 사람의 인생을 압축적으로 경험하는 기회였다. 중환자들의 삶과 투병 과정, 임종을 둘러싸고 일어나는 갖가지 사연들을 이해하느라 노력하는 과정에서 덤으로 나도 인생을 배우고, 성장하고 있는 것 같았다. 그래서 끊임없이 새로운 기술과 시스템을 도입하며 직원들의 변화와 발전을 압박하는 병원의 분위기도 환자들에게 필요한 무언가를 갖추도록 우리를 단련하는 기회로 여기며, 그렇게 오랜 시간 중환자실간호사라는 사실에 감사하며 살 수 있었던 것이다.

그런데 어느 순간부터 나는 자신감을 잃었고, 나의 상식으로 무엇이 환자를 위하는 길인지 판단하기 어려워졌다. 아무리 봐도 죽음을 피할 수 없을 것 같은 환자에게 행하는 적극적인 의료 처치들이 많아지면서 나는 머뭇거리고 망설이기 시작했다. 이렇게까지 해야 하나? 내가 지금 하고 있는 일이 환자에게 도움이 되는 게 맞는가? 간호사들의 공통된 바람은 '도움이 되지는 못할지라도 최소한 환자에게 해를 입히지는 않는 것'인데, 나는 그 소박한 바람에서도 자신이 없어졌다. 그러는 사이에도 많은 분들이 중환자실에서 안타까운 시간을 보내고, 가족들이나 의료진 모두에게 처참하게 기억되는 죽음을 맞았다. 그분들의 마지막에 대한 죄의식과 혼란이 극에 달했을 때, 생명윤리학을 공부할 수 있는 기회를 갖게 되었다. 인간의 존엄과 품위를 유지하는 죽음이나 호스피스 케어, 사전의료지시서 같은 새로운 길을 만났고, 나는 환자의 자율적인 의사결정에 따른 사전의료지시서가 중환자들의 마지막을 편안하게 해줄 수 있지 않을까 싶었다. 의료상황에서 이루어지는 의사결정 과정에 환자의 참여를 확대할 수 있도록 의료기관 내의 여러 가지 절차를 개선하고, 사전의료지시서를 제도화하면 많은 문제가 해결될 것 같았다.

그러나 현장으로 돌아가 중환자실간호사의 입장에 서고 보니 혼란은 더 심해졌다. 의사결정 능력이 없는 환자가 대다수였고, 의식이 있다 할지라도 입원 단계에서 이미 심신이 약해져 있는 환자들에게 '죽음'을 연상시키는 사전의사결정을 언급하는 일은 불가능해 보였다. 또 의식이 없는 환자를 대신하여 가족들이 '사전 동의서'라는 형식으로 내리는 의사결정은 어떤 결론이건 가족이나 의료진에게 후회와 죄의식을 남겼다. 연명치료를 아예 시작하지 않는 것이나 이미 시작된 연명치료를 중단하는 것이 결과적으로 차이가 없어 보이는데도, 연명치료를 아예 시작하지 않는 것에 비해 중간에 멈추는 걸 용납하기가 훨씬 어려워지는 등 사전의사결정에 대한 스스로의 판단 기준도 모호했다. “너라면 어떻게 할래?” “저 상황에서 선생님이라면 어떻게 할 것 같아요?” 판단이 서지 않는 상황에서 주변의 동료들이나 담당의에게 질문을 하면 “내가 보호자여도 저럴 수밖에 없을 것 같다.” “내 가족이면 다른 결정을 했을 것이다.”라는 식의 대답이 돌아왔다. 모두들 당연하다는 듯이 환자가 아니라 보호자의 입장에서 판단을 하는 것이다. “당신이 보호자가 아니라 환자라면?”이라고 콕 집어서 질문을 하면 전혀 다른 결정을 할 것이라는 답이 돌아올 때가 많았다. 결국 가족들이나 의료진은 ‘환자’가 아니라 ‘보호자’의 입장에 서 있을 수밖에 없고, ‘보호자’에게는 끝까지 최선을 다하는 길밖에 없어 보인다. 설사 그것이 스스로에게는 일어나길 원치 않는 일이고 그 결과가 또 다른 후회를 낳을지라도. 환자의 자율적인 의사결정이나 사전의료지시서도 병원이라는 공간 안에서는 현실적인 답이 되기 어려워 보였다.

그렇게 맥이 빠져 있을 때, 내 논문을 읽은 편집자로부터 이 글을 쓰라는 제안을 받았다. 중환자실이나 암 병동 같은 데서 일상적으로 죽음을 접하며 갈등하는 의료인이 아니라 ‘건강하고 젊은 일반인’이 중환자실에서의 죽음 혹은 죽음 준비에 관심을 가져주는 것이 반갑고 고마웠다. 그냥 내가 목격한, 혹은 내가 가담했던 어떤 분들의 잊을 수 없는 마지막 시간들에 대해 누군가에게 털어놓고 다른 가능성에 대해 이야기를 나누고 싶었고, 그 대상이 '일반인'이라면 좀 더 부담 없을 것 같았다. 내내 그런 마음으로 이 글을 썼다. 내가 끝내 명확한 답을 찾지 못했던 순간들에 대해 '이런 상황에서 나 이랬는데 지금 이런 생각이 들어요. 만일 내가 다시 그때의 의료진이나 환자 처지에 놓인다면, 혹은 그런 처지에 놓이지 않으려면 지금 어떻게 하면 좋을까요? 사전의료지시서나 호스피스 케어 같은 것이 제도화되고 활성화되면 좋을 것 같은데……. 사전의료지시서를 미리 작성하는 것에 대해서는 어떻게 생각하세요?' 하고 상의하는 마음.

이 글은 크게 네 부분으로 나뉘어 있다.

1장에서는 현대적 의료기술의 영향력이 거의 미치지 않던 산골에서 어린 시절에 경험한 죽음에 얽힌 이야기들을 떠올려보았다. 그 시절에 병원 한번 가보지 못한 채 받아들여야 했던 사람들의 마지막을 지금 새삼스레 기억하고자 하는 이유는 두 가지이다. 무력할 만큼 분명하게, 누구나 당연하게, 죽음을 피할 수 없는 현실로 받아들였다는 것. 그리고 그렇게 맞이한 누군가의 죽음 앞에 남은 이들이 할 수 있는 일은 모두 자기 자리에서 최선을 다해 이별하는 것이었다는 점. 이 두 가지를 병원에서 맞이하는 현대의 죽음 앞에서도 꼭 기억해야 하지 않을까 싶다.

2장과 3장은 내가 일한 중환자실에서 환자들이 어떻게 마지막 시간을 보내고 임종을 맞이했는지, 임종을 전후하여 어떤 상황이 벌어질 수 있는지, 내가 경험한 사례들을 돌아보았다. 사실 나 개인의 기억에 의존하고 있기 때문에 정확성에 대해서는 자신할 수 없다. 때로는 일부러 구체적인 환자 상황이 드러나지 않도록 주변 정황을 각색도 하고 여러 사례를 모아 하나의 이야기로 섞어놓기도 했다. 이 중 몇 개의 사례는 석사학위 논문에서도 다루었다. 당연히 그때 의료진들이나 가족들 사이에 오고 갔던 대화, 환자의 심정도 모두 내 관심과 고민을 중심으로 재구성되었을 가능성이 높을 것이다. 각 사례들 끝에 덧붙인 나의 생각도 자꾸 변하는 중이다. 그러나 어쨌든 모든 사례는 실제 내가 경험한 것이고, 다른 어떤 중환자실에서도 흔히 접할 수 있는 이야기들이라고 생각한다. 그런 만큼 삶의 마지막을 병원에서 맞이할 가능성이 높은 현실에서 독자들이 한번쯤 내 이야기라고 생각해보았으면 좋겠다.

마지막으로 아주 미약하지만 다른 가능성들, 적극적인 치료를 목적으로 하는 급성기병원의 중환자실이라는 제한된 상황에서나마 너무 늦지 않은 시기에 임박한 죽음을 받아들이고, 잘 이별할 수 있는 가능성을 보여준 사례를 실었다. 아울러 중환자실간호사로 살면서 내가 갖게 된 나의 마지막에 대한 희망사항으로 결론을 대신하였다. 의학적으로 돌이킬 수 없는 상황이라면 연명치료를 받지 않겠다는 사전의료지시서를 작성하고 호스피스 케어를 받으며 자연스럽게 죽음을 맞이하는 것이 개인적으로 생각하는 품위 있는 죽음이지만, 모두에게 그것이 정답이라고 단정 지을 자신은 없다.

이 책이 누군가의 보호자로서가 아니라 당사자의 입장에서 삶의 마지막 순간이 어떠하면 좋을지, '지금 내가 죽음을 준비한다면?' 하고 생각해보는 기회가 되었으면 한다. 그 끝에 사전의료지시서 작성 같은 구체적인 이야기도 나누어보면 좋겠다. 사전의료지시서가 있다면 그 내용이 연명치료를 거부하는 것이든 수용하는 것이든, 혹은 죽음을 전후한 다른 결정이든, 가족이나 의료진이 후회나 죄의식 없이 그 결정을 지켜주고자 노력할 수 있지 않을까 하는 기대를 해본다.

제 1 장

자연스러웠던 죽음을 추억하다

나는 무덤가에서
놀며
위로받으며
자랐다

나는 평지라곤 찾아볼 수 없는 산골에서 나고 자랐다. 마을은 뒷산이 흘러내려 안산과 나부산으로 갈라지면서 나지막하게 몸을 숙인 구렁에 자리 잡고 있었다. 마을에 위치한 밭은 비탈져 있고, 논두렁을 돋우어 만든 논들도 모두 좁아서 아이들이 공놀이를 할 만한 넓이가 되지 못했으며, 양지바른 만당에는 어디나 무덤이 있었다. 마을을 등에 진 능선이 신작로를 만나 뭉툭하게 잘려 만들어진 곳이 안만당이다. 동네 안에 있는 만당이라고 하여 '안만당'이라 불린다. 볕 좋은 날이면 동네 할머니들이 아이들을 업고 나와 이곳에 모여 앉아 멀리 읍내 방향으로 뻗어 있는 신작로에 눈을 주고 한담을 나누며 시간을 보내셨다. 읍내로 가는 버스를 기다리는 이들도 모두 멀리 산모퉁이에 버스가 모습을 드러낼 때까지 그곳 안만당 무덤가의 잔디밭에 앉아 시간을 보냈다. 아이들은 자연스럽게 안만당 무덤가의 푹신한 잔디 위에서 걸음마를 배우고, 할머니들의 꾸지람을 피해 무덤 위에서 미끄럼을 타며 자랐다. 쌀쌀한 기운이 도는 봄이나 가을이 되면 멀리 읍내에 산다는 무덤 주인의 후손들이 찾아와 안만당 무덤 앞에서 묘사墓祀를 지냈다. 산더미처럼 쌓여 있는 떡과 과일, 문어다리는 모두 동네 아이들 몫이다. 인심 좋은 아저씨는 옷 앞자락을 펼치고 길게 줄 서 있는 아이들에게 떡과 과일, 문어다리 한 조각씩을 나누어주며, 무덤의 안위를 당부하곤 하셨다. 어느 해였는지 떡을 나누어주시던 아저씨가 내 앞에서 잠시 멈추어 물으신다. "동생들은? 동생들은 같이 안 왔나?" 그리고 동생 몫의 떡과 과일, 문어다리까지 챙겨주셨다. 어린 나는 흘낏 봉분의 머리 부분 잔디가 벗겨진 것을 돌아보며 부끄러움으로 몸을 움츠린다. 아저씨께서 내가 유난스레 난하게 노는 아이라는 걸 알고 특별히 지목하여 당부하는 것 같다. 동생 몫의 떡까지 챙겨 들고 웃뜸으로 향하는 오르막길에서 무덤 주인에게 미안한 마음에 다시는 무덤 위에서 미끄럼을 타지 않으리라 다짐을 한다.

좀 더 자란 나는 놀이터를 안산만당으로 옮겼고, 소를 먹일 만큼 자랐을 때는 땅골, 뒷골, 문바위, 마당바위가 있는 산으로 놀이터를 옮겼다. 그곳에도 어김없이 볕 좋은 양지 곳곳에 무덤들이 자리 잡고 있었다. 안만당과 달리 산은 어른들의 발길이 잘 닿지 않는 곳이라 무덤 위에서 논다고 탓할 눈도 없었다. 우리는 형체가 흐릿해져가고 있는 무덤 위에서 온갖 놀이를 하며 거칠 것 없이 놀고, 밤이면 몸살로 끙끙 앓는 소리를 냈다.

소를 몰고 산으로 들어간 우리가 잠시라도 무덤 위를 벗어나는 건 감자산곶을 하는 날이다. 개울가 모래밭에 땅을 파 아궁이와 감자 구덩이를 만들고 나뭇가지를 모아 불을 피워 감자를 익히는 일은 많은 시간과 노동이 필요한 일이라서, 모든 일을 마치고 감자가 익기를 기다리며 노는 잠시를 제외하고는 무덤가를 찾을 겨를이 없었다.

그래서 감자산곶이 있는 날이면 아이들은 으레 소를 좇으러 산에 오를 시간을 놓치곤 했다. 오후 늦게 맛있게 익은 감자를 꺼내 먹고 있으면 멀리 횃불이 하나 둘 산등성이로 올라오는 것이 보인다. 그제야 정신을 차리고 돌아보면 사방은 어두컴컴하고 소들은 이미 제각각 알아서 마을로 돌아가버린 뒤였다. 주변 논밭을 짓밟으며 소들만 동네로 내려오고 아이들이 아무도 오지 않자, 어른들이 아이들을 찾아 횃불을 들고 산에 오른 것이다. 뒤늦게 상황을 파악한 아이들의 바람이 간절하지만, 불행히도 모든 소들이 다 집으로 돌아간 것은 아니었다.

나만큼이나 모험심이 강하고 거칠었던 우리 집 암소는 늘 산 깊숙이 들어가는 데 앞장섰고, 어김없이 돌아오지 않는 소들 속에 포함되어 어린 나를 울리곤 했다. 어른들은 소들을 찾아 횃불을 들고 산에 오르고, 나만 풀이 죽어 집으로 돌아오면 삐죽거리던 자매들도 말을 걸지 않고 눈치만 보았다. 그런 밤이면 '쟈는 소 먹이러 가는 기 아이라 놀러댕기는 기다. 맨날 놀다가 소나 잃어버리고…….' 하는 자매들의 말없는 수군거림을 의식하며 저녁을 굶고 숨죽여 골목을 나섰다. 집 앞 동산에서 밤이 늦도록 뒷산을 올려다보며 맘을 졸이고 있는 편이 속 편해서다. 뒷산 기슭 여기저기에서 희미하게 흔들리는 횃불들을 하염없이 바라보다 지쳐 돌아온 밤이면 할머니의 말없는 다독거림에도 쉬이 잠이 오지 않았다.

늦도록 뒤척이다 설핏 잠이 들었나 보다. 밤인지 새벽인지 모를 시각에 골목에서부터 어른들이 두런거리는 소리가 들린다. 잠이 깬 기척을 내지도 못하고 귀를 쫑긋 세우고 있을 때, 꿈인 듯 혹은 허기져 헛것에 홀린 듯 들려오는 소리.

"거 참 희안타~. 분명 처음에 지나갈 때는 없었던 기라. 그란데 거기, 떠억 허니 마당밭골 묏등에 기대 누워 있는 기라. 겁도 안 나는지 꼬리를 척척 휘두름서……. 밤이면 귀신이 소를 불러내린다 카디 그 말이 사실인갑소. 지도 온 산이 컴컴해지고 무서붕께 묏등으로 찾아 든 기라."

소를 찾은 것이다!

온몸이 녹아내리듯 긴장이 풀리고 비로소 편한 잠에 빠져들 때, 꿈인 듯 상상인 듯 익숙한 풍경 하나가 지나간다. 깊은 숲 한가운데에 둥

근 공터가 보이고, 그 안에 반듯한 무덤 두 장이 나란히 환한 달빛을 받고 있다. 우리 집 암소가 그 무덤에 길게 기대어 누워 목을 비벼대며 되새김질을 하고 있었다. 꼬리를 척척 휘감으며 아주 천연덕스럽고 한가롭게.

그렇게 내게는 무덤이 참으로 따듯하고 평화로운 곳으로 남아 있다. 캄캄한 산속에서 길을 잃은 우리 집 암소 - 내 어린 시절 가장 많은 시간을 함께한 든든한 친구, 어느 날 오후 나무에 매어놓고 제대로 먹이지 못한 미안함으로 지금도 가슴이 아픈 나의 피보호자 - 에게는 등을 기대고 누울 곳, 비빌 언덕이 되어준 고마운 곳이었다.

멀리 도시에서 직장을 다니던 큰언니는 명절에 다니러오면 어김없이 나를 데리고 안산만당에 올랐다. 나란히 무덤가에 앉아 멀리 앞산을 바라볼 때, 큰언니가 들려주던 노랫가락에 슬퍼져서 나도 모르게 등을 기대던 곳, 더 세월이 흐른 후 도시로 떠나온 내가 지친 마음으로 찾아가 하염없이 시간을 보내며 위로받던 곳도 할아버지, 할머니의 무덤가였다.

우리는
애도하며
다시 살아갈 힘을
얻었다

"할매! 우리도 제사 지내면 안 되나. 우리는 와 일 년 내내 제사가 한 번도 없노?"

"너그는 할배, 할매가 다 살아 있어서 안 그러나. 나 죽거든 지내라."

종갓집이라 수시로 제삿날이 찾아오는 친구네 집에서 제사떡 한 조각을 얻어먹고 감질이 났거나 친구가 입에 물고 있는 문어다리가 탐나서 그랬을 것이다. 우리도 제사를 지내자고, 일 년에 몇 번씩 지내는 집도 있는데 우리도 한 번만 지내면 안 되겠냐고 보채면 할머니는 제사는 죽은 이를 위한 것이라며 늘 당신이 돌아가시면 지내라고 달래곤 하셨다. 그 말을 들으면 뭔가 주춤해지면서 영영 제사떡을 푸짐하게 먹기는 글렀다는 생각에 서운한 기분이 들었다. 어린 마음에도 제사떡이 좋다고 할머니가 돌아가시기를 바랄 수는 없었을 것이다. 그리고 언제부턴가 실망감 한편에 희미한 불안감이 섞여들기 시작했다. '언젠가 할머니도 돌아가시는 거구나. 그라믄 오짜노~.'

처음엔 막막했던 마음이 시간이 흐르면서 책임감으로 바뀌었다. 할머니의 부재를 떠올리면 슬픔과 함께 할머니께서 들려주시는 이야기를 들은 사람이 나밖에 없다는 초조감이 묻어나기 시작했다. 할머니 치마 끝에 매달려 다니던 시절, 그 주변에는 이야기가 끊이지 않았다. 동네 집집마다 사연 없는 집이 없었고, 가끔 도시에서 인사 온 사람들에게도 사연이 많았다. 손님이 골목길을 벗어나기가 무섭게 나는 할머니를 재촉했다.

"누구라예? 와 왔는데예?"

"저~기 저 디딜방애 있는 자리에 살던 ○○ 아이가."

"그래예? 그란데 와 지금은 여기 안 살아예?"

할머니는 끊임없는 내 질문에 답하시며 그 일가가 왜 마을을 떠났는지, 예전에 마을에서 그 사람들이 어떻게 살았는지, 그리고 도시로 떠난 후 들려오는 풍문은 어떤 것들이 있는지 자세히 이야기해주셨다. 대부분 어린 내가 듣기에도 가슴 아픈 것들이어서 누군가 꼭 기억해두어야 할 것만 같았다. 아, 할머니가 돌아가시면 그 이야기를 알고 있는 사람이 나밖에 안 남을지도 모르는 일이다. 내가 잊어버리면 그 많은 사연들이 아무에게도 알려지지 못한 채 묻힐지도 모른다는 생각에 나는 괜한 책임감을 느꼈던 것 같다.

그래서 나도 할머니 같은 이야기꾼이 되기로 결심했다. 할머니께선 이야기를 나 한 사람에게만 들려주셨지만, 나는 많은 아이들을 모아 놓고 이야기를 들려줄 계획이었다. 일종의 위험분산 대책을 세운 셈이다. 그래서 어린 날 내 꿈은 버드나무 아래에서, 한 무리의 아이들에 둘러싸여 이야기를 하고 있는 한 장의 그림으로 구체화되었다. 그 꿈은 학교를 가고 더 자라면서 글을 쓰는 사람이 되어야 한다는 책임감으로 자라났다. 어느 때는 긴 이야기를 쓰는 게 귀찮고 힘들 것 같아 '생각'만 많이 하다가 짧게 써도 되는 '시'가 게으른 나에게 적합하지 않을까 꼼수를 부려보기도 했지만……. 어떻든 내가 무언가를 꿈꾸기 시작한 건 할머니의 부재, 할머니의 죽음을 예감하면서부터였다.

그 산마을에서는 어린아이가 가장 사랑하는 사람의 죽음을 예감하면서 다음을 준비하는 마음을 품는 것이 그리 이상스런 일만도 아니었다. 그곳에서 죽음은 아이들에게도 당연하고 자연스러운 일상이었다. 기억할 수도 없는 어린 날부터 우리는 죽음에 익숙했다. 돌담에 낀 노란 봉투를 제일 먼저 발견하고 "부고 왔어예~." 하고 외치는 것은 대개 아이들의 몫이었다. 남자아이들은 장례식에서 만장을 드는 일부터 가까운 일가의 장례 절차 곳곳에 역할이 있었다. 동네 안과 밖 곳곳에 무덤이 있었고, 아이들은 그 무덤의 주인공들 대부분을 기억하거나 최소한 그분과 관련된 이야기들을 알고 있었다. 나는 누군가의 탄생을 둘러싼 기억보다 죽음을 둘러싼 기억들을 훨씬 많이 가지고 있다. 아이들이 태어나는 일은 비슷비슷해서 별로 기억할 게 없지만 죽음은 사람마다 다른 양상으로 찾아왔고, 주인공이 살아온 세월만큼이나 극적이고 이야깃거리도 많았다. 아이의 탄생을 축하하는 일에 비해 장례식이 훨씬 볼거리, 이야깃거리도 풍성하고 흥미롭기 때문이기도 했다.

집안의 당숙 중 누군가 돌아가셨을 때 우리 집 어른들의 중요한 의논거리는 내 남동생이 당숙의 시신을 염하는 자리에 참석할 만한 나이가 되었는가였다. 중풍을 앓으시던 당숙은 설을 이틀 앞두고 돌아가셨다. 그날 나는 방앗간에서 떡을 해오실 어머니를 기다리며 골목의 기척에 귀를 곤두세우고 있었다. 기다리던 어머니 대신 당숙모께서 허둥지둥 숨을 몰아쉬며 골목길에서부터 할아버지를 부르며 달려오셨다. 횡설수설하시는 당숙모 말씀은 대충 이렇다. 방앗간에서 가래떡을 해서 머리에 이고 돌아와 마루 끝에 내려놓기가 무섭게 당숙께서 달라고 재촉하셨다. 당숙모는 당숙이 중풍으로 자리보전한 후에 식탐이 여간이 아니었다는 푸념도 빼놓지 않으신다. 당숙모께서 김이 나는 찰진 가래떡을 뚝뚝 잘라 당숙 앞에 놓아드렸더니 당숙이 급히 두 조각 입에 넣으시고는 목이 막혀 숨을 쉬지 못하신다고 했다. "아이고, 이를 어쩐답니까?" 할아버지께서 부리나케 당숙모와 함께 골목을 나서시던 그때, 몇 살이었는지 정확하지 않은 내가 안방 문을 열고 빼꼼히 내다보고 있었다. 나는 당숙모께서 앞집, 뒷집, 옆집 다 놔두고 왜 굳이 먼 논두렁을 달려 윗뜸 우리 집까지 달려와야 했는지 못마땅했다. 달리 어찌했어야 옳다고 생각하는 건 아니지만, 좀 그랬다. 그리고 당돌하게도 김이 모락모락 나는 가래떡을 떠올리며 어른이 가래떡을 드시다 돌아가시는 건 체신이 서지 않는 일이라는 생각을 했다. 때때로 누워서 무얼 먹는 일의 위험성을 일깨우며 나무라시던 어른들 말씀을 떠올렸을 것이다. 괜히 혼자 얼굴을 찌푸리고 고개를 저어가며 심각해지던 그 순간에 내 머릿속은 집안에 초상이 났는데 이번 설은 어떻게 하나, 앞으로 당숙의 제사는 설 제사와 겹쳐 어떻게 지내야 하는가 하는 쓸데없는 걱정으로 나름 복잡했다.

그 아재의 상여가 멀리 앞산을 오르고 있을 때, 장례 행렬을 따르지 못하는 할머니들, 아주머니들, 아이들은 안산만당에 모여 죽은 이를 배웅하고 있었다. 어른들 무리 속에서 "딸내미가 지 애비한테 그리 모질게 굴더니 저리 못 보낼 걸……." 하는 탄식과 함께 혀 차는 소리가 끊이지 않았다. 젊은 아재의 마지막 길이 딸의 울부짖음과 몸부림 때문에 계속 지체되고 있었다. 아니, 그날 안산에서 울린 혀 차는 소리가 "딸내미 눈이 그리 청승맞게 생겨서……." 하는 말끝에 따라붙었는지도 모르겠다. 안산만당에서 상여 행렬을 배웅하던 할머니들, 아이들의 모습이 매번 비슷하게 반복되어서 기억도 혼선을 빚나 보다. 어쨌든 그때 할머니들의 혀 차는 소리를 나는 '평소에 효도해야 하는구나.'

하며 새겨들었지만, 친구 영선이의 쌍꺼풀 진 큰 눈에 대하여는 의견이 달랐다. 아이들은 그 눈이 "청승맞은 게 아니라 서양식으로 예쁘게 생긴, 닮고 싶은 눈"이라고 따로 의견을 모았다.

다른 어느 아저씨는 우리 아버지를 비롯하여 내 친구들의 아버지들과 함께 먼 데 있다는 채석장으로 돈벌이를 나섰다가 주검으로 돌아오셨다. 가난한 산골마을에서 겨울에 그렇게 많은 일손을 필요로 하는 일이 흔치 않았던 탓일까? 동네 어른들은 농한기에 단체로, 오랫동안 마을을 떠나 채석장에서 일하며 겨울을 나셨다. 그리고 아직 돌아올 시기가 아닌데, 봄과 겨울이 엇갈리던 어느 날에 느닷없이 아저씨의 시신과 함께 마을 어른들이 돌아오셨다. 객사를 하신 아저씨의 시신은 동네 안으로 들어오지도 못하고 장례를 치러야 했다. 상여가 앞산을 오르던 그 순간까지 충격에 휩싸인 마을에선 아저씨 죽음에 얽힌 정황이 명확히 알려지지 않았다. 장례 행렬을 배웅하는 어른들 틈에서 새어나온 이야기들을 이리저리 모아 맞추면서 나는 나름대로 아저씨의 죽음을 이해하려고 애를 썼다. 도대체 무엇이 아저씨를 죽음으로 이끌었을까? 어린 내게도 아버지와 나란히, 아버지와 똑같은 모습으로 떠나 똑같은 모습으로 낮잠에 드셨을 아저씨의 죽음이 남의 일 같지 않았다.

그날의 날씨 때문인지 내 머릿속에서는 아저씨가 돌아가시던 날도 봄기운이 도는 쌀쌀한 날씨지만 햇살이 좋다. 채석장 한구석에서 찬 도시락으로 점심을 드신 아저씨들과 아버지께선 따뜻한 햇살이 비추는 돌무더기 주변 여기저기에서 잠시 휴식 중이시다. 고단한 몸을 바위에 뉘어 짧은 잠으로 피곤을 녹이셨을 어른들. 도대체 그 아저씨 주변은 무엇이 달랐을까? 짧은 휴식이 끝나고 다시 일을 시작할 시간, 한 분 두 분 일어서는 아저씨들이 보이는데 그 아저씨만 아직 주무시는 중이다. 아저씨의 어깨를 흔드는 손. 아저씨는 끝내 눈을 뜨지 않으시고, 모여드는 어른들 틈에서 충격에 휩싸인 낯익은 얼굴들……. 마음이 아프다. 도대체 뭐였을까? 궁리를 거듭하던 나는 차가운 돌을 베고 자면 입이 돌아간다며 다듬잇돌을 베지 말라던 어른들 말씀을 떠올리며 아저씨가 돌을 베고 잠드셨을지도 모른다는 억측을 해본다. 하지만 스스로도 납득이 되지는 않는다. 결국 아저씨의 사인은 알아내지 못했지만, 그래도 아저씨가 햇살이 드는 양지에서 돌아가셨다고 생각하니 내 마음이 조금은 덜 시렸다.

그 아지매, 스물도 못 되었을 젊은 처녀는 차가운 날에 맨발로 떠났다. 학생모를 쓰고 통학하던 웃뜸 아재를 그리워한 상사병이었다 한다.

늦은 밤, 아랫방 할아버지의 기척을 살피며 수군거리는 어른들의 움직임. 그 은밀한 기운이 나의 선잠을 깨웠다. 나는 할아버지 몰래, 혹은 할아버지의 묵인하에 움직이는 이 심상치 않은 공기가 아랫뜸 귀염

나무집 젊은 아지매, 영실할매의 막내딸과 관련 있음을 알고 있다. 이웃들의 눈을 피해 늦은 밤에 우리 집으로 찾아오신 영실할매는 지금 사경을 헤매는 딸이 군대 가 있는 웃뜸 아재를 한 번만 만날 수 있도록 그 청년의 어머니를 설득해달라고 우리 할머니께 부탁하러 오셨을 것이다.

그날 이후, 초등학교 1학년쯤 되었던 나는 하굣길을 안만당 옆으로 난 지름길 대신 신작로로 가는 큰길로 바꾸었다. 귀염나무집 처녀의 일이 궁금해서다. 사립문이 열려 있는 날이 많지 않지만, 유심히 들여다본 그 집의 앞마당 풍경은 늘 한결같았다. 우물가에서 무언가를 하고 있는 영실할매. 그 옆에서 긴 머리를 늘어뜨린 채 하염없이 우물을 들여다보고 있는 처녀. 아무래도 군대 간 아재를 만나지 못했나 보다.

봄이 먼 어느 차가운 날 점심 무렵, 하굣길의 내 앞에서 그 처녀가 장례식도 없이 마지막 길을 떠나고 있었다. 그때 드러난 그 아지매의 맨발 때문인지 나는 영실할매나 그 딸을 떠올릴 때마다 발이 시리다. 그리고 매년 한겨울의 어느 날, 새벽에 화장실에 가려고 맨발을 잔뜩 오그린 채 방을 나서면 마루 끝에 덩그러니 놓여 있던 막걸리 한 주전자. '아, 영실할매가 다녀가셨구나. 오늘이 아버지 생신인가 보다.' 영실할매는 우리 아버지의 생신날마다 남몰래 막걸리 한 사발을 대접하며, 딸의 마지막 날에 보여주었던 할머니와 부모님의 도움을 잊지 못하고 사시는 것 같았다. 다시 발이 시려오는 생생한 느낌.

그날 이후 영실할배는 내가 아무리 열심히, 큰 소리로 인사를 해도 고개 한번 드는 법도, 눈을 마주치는 법도 없이 묵묵히 지게를 지고 지나가시고, 영실할매는 나만 보면 주머니부터 열어 엄마께도 받아본 적 없는 큰 용돈을 쥐어주셨다. 늘 한결같은 당부. "너그 아부지한테 잘 해래이. 세상에 너그 어매아배 같은 사람도 없는 기라." 내가 대학생이 되고 취업을 해서 용돈을 드릴 때가 되었어도 진짜 노인이 된 영실할매는 어김없이 나를 보면 주머니부터 뒤지셨다.

이르고 아픈 죽음뿐 아니라 '호상'이라고 불리는 죽음도 많았다. 구장아재네 할머니는 어느 날 새벽 소죽을 끓이던 중 갑자기 쓰러져 돌아가셨다. 오래 자리보전을 하여 후손들을 힘들게 할까 봐 늘 걱정이던 동네 할머니들의 부러움을 한 몸에 받으신 마지막이었다. 우리 할머니께서도 몇 번씩이나, 당신도 그렇게 한순간에 떠날 수 있으면 얼마나 좋겠는가 하셨다. 그 말씀을 들을 때마다 나는 구장아재네 가마솥 주변 풍경을 떠올려보며, 내가 사랑해 마지 않는 할머니의 마지막이 소죽을 끓이다 돌아가시는 것이어도 좋을지 따져보게 되는 것이었다. 구장아재네 집은 작은방과 큰방 앞이 일자로 붙어 있는데, 작은방 앞에 어른 키는 될 만한 높이의 마루 아래 아궁이에 가마솥이 걸려 있다. 가마솥 주변 부뚜막은 봄에 새로 바른 황토흙이 잘 마른 상태로 갈라지지 않았고, 솥 주변은 그을음도 없이 깨끗이 정돈되어 있다. 그러나 아무래도 가마솥의 펄펄 끓는 물과 이글거리는 장작불, 아궁이 앞 한쪽에 쌓여 있는 나뭇단의 뾰족한 나뭇가지들이 마음에 걸린다. 소죽을 끓이다 돌아가시는 것에는 너무 많은 위험이 있었다. 고심 끝에 나는 구장아재 어머니가 가마솥 가에서가 아니라 여물을 담으러 가마솥을 등지고 돌아서는 순간이나 아직 물이 끓기 전 아궁이 앞에 앉아 불을 지피다 돌아가신 것으로 결론을 내렸다. 끓는 물에 여물을 넣거나 가마솥 안의 여물을 뒤집는 순간이 아니고 나뭇단 위에 쓰러지는 것도 아니라면 할머니의 바람도 그런대로 수긍할 수 있을 것 같았다.

물론 할머니께선 소죽을 끓이다 돌아가시지 않았고, 당신께서 희망하신 대로 돌아가시기 전 병석에 오래 누워 있지도 않으셨다.

나는 왜 새삼
그 시절에
죽은 이를 보내던 방식을
그리워하나

어느 해부턴가 할아버지께선 지관을 앞세우고 당신의 묏자리를 알아보러 다니셨다. 열 식구가 상 두 개에 둘러앉는 저녁식사 자리에서는 그날 할아버지께서 보고 오신 묏자리가 화제에 자주 올랐다. 때로 나는 할아버지께서 보고 오신 산속의 터를 안다고 한마디 거들다가 "어른들 말씀 중에 버릇없이 끼어든다."고 야단을 맞기도 했지만, 야단맞은 것보다는 이야기를 끝내지 못한 찜찜함이 기억에 남아 있다. 우리가 자주 그 산소를 찾아가야 할 사람들인데 너무 멀거나 잘 다니지 않는 산에 묏자리가 있으면 곤란하다는 말을 마저 했어야 했는데…….

해가 설핏해진 어느 날 오후에는 내가 삼베옷을 다림질하시는 할머니 곁에서 한쪽 옷자락을 잡고 프라이팬같이 생긴 다리미 안에 타고 있는 숯불에 빠져 있다. 할머니는 수의를 손질하고 계셨을까? 할머니의 장 깊숙한 곳에는 잘 싸인 수의가 두 벌 있음을 그때도 나는 알고 있었다. 그렇게 묏자리를 알아보고 수의를 준비하는 일이 돌무리 논이나 음달 밭에 무얼 심을지 정하고 이불 홑청을 바꾸거나 장 담그기 일정을 상의하는 일들에 섞여 담담한 일상으로 흘러갔다.

위암 말기라는 진단을 받고 돌아오신 할아버지의 첫 말씀은 "범이 내 방에 들이지 마라. 범이랑 지금까지 잘 지내왔다. 마지막에 추한 모습으로 기억되고 싶지 않다."는 것이었다. 내 남동생은 태어나던 날부터 할아버지 방에서 할아버지와 함께해온, 할아버지의 분신 같은 존재였다. 갓 태어난 핏덩이를 당신 방으로 데려다 손수 먹이고 재우며 키우기 시작한 이후 할아버지 당신의 세상은 남동생을 중심으로 흘러갔다. 할아버지와 큰 남동생의 관계에는 할머니나 아버지와도 나눌 수 없는 특별한 것이 있었다. 그런 손자가 문밖에서 발을 구르며 서 있는데도 할아버지는 끝내 남동생을 방에 들이지 않으셨다고 한다. 할아버지께선 평소에도 당신의 빨랫감은 며느리도 건드리지 못하게 하실 만큼 품위를 중요하게 생각하신 분이었다. 아마 할아버지가 생을 마무리하시는 데 있어서도 손자와의 품위 있는 이별이 무엇보다 중요한 일이었던가 보다.

그렇게 할머니, 아버지의 시중만을 허락하고 투병하시는 동안에도 우리 집의 일상은 할아버지께서 기거하시는 아랫방을 중심으로 변함 없이 흘러갔을 것이다. 내가 직접 목격하지 않았지만 나는 남동생과 언니들의 이야기 덕분에 할아버지께서 돌아가시던 날을 직접 본 듯이 기억하고 있다.

할아버지의 임종이 임박했다는 연락을 받고 귀향하여 할아버지의 곁을 지키던 큰언니가 이상한 예감에 휩싸여 돌무리 논을 향해 달음박질치고 있다. 논에서 일하시던 아버지는 멀리서 달려오는 딸의 실루엣만으로 상황을 알아채신다. 삽을 팽개치고 마주 달려가시는 아버지……. 할아버지께선 당신이 기거하시던 방에서 아들과 큰손녀가 지켜보는 가운데 임종하셨고, 아버지 소유의 밭 가운데 양지바른 곳에 묻히셨다.

할아버지께서 돌아가신 후 눈에 띄게 쇠약해지신 할머니. 일생 당신의 주장 없이 사신 분이 갑자기 서울의 큰아들 곁에서 지내고 싶다는 의중을 밝히셨다. 나와 형제자매들은 도저히 받아들이기 어려운 말씀이다. 읍내 나들이도 힘겨워하시는 분이 왜 낯선 서울에서, 일생 함께 한 우리를 두고 낯설기만 하다는 큰아들네와 지내겠다고 고집하시는가? 그러나 무슨 생각이신지 부모님은 할머니의 뜻에 따르셨고 할머니는 이후 오랫동안 서울의 큰아버지 댁에서 생활하셨다. 내겐 하늘같이 귀하고 애달픈 할머니가 서울 한복판의 커다란 양옥집에서 그냥 '시골 노인'이 되어버리신 것이다. 그 큰 양옥집 방 한 칸에 홀로 계신 할머니의 모습을 뵙는 일이 내겐 너무 버거웠다. 그래서 큰아버지 댁 가까이에서 대학을 다니면서도 나는 시골 부모님의 성화에 못 이겨 어쩌다 한 번 마지못해 인사를 드리러 가는 것 외에는 할머니를 찾아뵙지 않았다. 나는 할머니께서 어른으로, 우리가 할머니를 모시던 방식대로 대접받고 계신지에만 관심이 곤두서 있었고, 할머니께서 큰아버지 댁에서 보내시던 그 시간의 의미를 알지 못했다.

그런데 어쩌랴. 할머니께선 읍내에서 자취하며 중고등학교를 다니던 손녀들과의 짧은 이별도 힘겨워하시며, 남동생이 군대 가기 전에 돌아가시기를 소망할 만큼 그리움이 많은 분이었다. "한 주에 한 번 만나는 것도 이리 애달픈데 범이를 군대에 보내놓고 3년씩이나 떨어져 살아지겠냐?" 하시던. 어느 날 할머니께선 근처 대학교를 다닌다는 셋째 손녀를 만나기 위해 학교 이름 하나에 의지하여 길을 나서셨다. 길을 묻는 할머니께 사람들은 가까이 있는 의대 캠퍼스가 아니라 본교 캠퍼스를 알려주고, 그 먼 길을 걸어가겠다는 할머니를 길 잃은 치매 노인으로 여겨 파출소에 신고했다. 생의 마지막 무렵에 회복할 수 없이 자존심을 다친 할머니. 할머니는 그때 사람들이 할머니 말씀을 끝까지 듣지도 않고 막무가내로 파출소로 모시던 때의 노여움과 수치심에 대하여 몇 번이나 하소연하셨다. 그때마다 나는 파출소로 가는 동안, 파출소에서 큰아들 집에 연락을 하여 누군가 찾아오기까지, 또 찾아온 손녀 앞에서, 큰아들 가족들 앞에서, 할머니께서 느끼신 수치심과 모멸감을 떠올리며 몸이 오그라드는 기분이었다. 죄송하고 또 죄송한 마음 때문에 나는 더욱 큰아버지 댁에서 말년을 보내시겠다는 할머니의 선택이 원망스러웠다.

할머니는 그렇게 가슴 아픈 서울살이의 기억을 안고 생의 마지막에 고향집으로 돌아오셨고, 나는 임종이 가까운 할머니가 계신 시골병원으로 면회를 갔다. 그런데 할머니께선 나를 알아보지 못하셨다. 당신이 좋아하시는 홍시를 줍기 위해 새벽잠을 깨어 어둠 속에서 풀섶을 헤치고 다닐 만큼 각별했던 셋째 손녀를 말이다! 대신에 할머니께선 자꾸 나와 연년생인 둘째 언니를 찾으셨고, 잠깐씩은 나를 언니로 착각하시는 것이었다. 내 생각에 작은언니는 참 어른들 말씀을 안 듣는 말썽꾸러기였는데 할머니께선 왜 하필 마지막 순간에 그리 애타게 그 언니를 찾으시는가?

"요만한 게…… 동생 다 키워놓고 업어준다 카먼 고개를 까딱거리먼서…… 얼매나 말을 잘 듣던지……. 얌전히 손을 잡고 서 있던 게 맴이 아려서……. 그라고는 업어주지를 못했는데……. 돌 지내고 바로 동생 봐 가지고서…… 쪼그만 게 투정도 안 부리고 지둘렀는데……. 업어주질 못해서……."

아하, 그랬구나. 할아버지께서 생의 마지막 순간을 손자와의 아름다운 이별에 바치셨듯이 할머니께서는 일생 동안 함께하지 못했던 큰아들과의 시간, 가장 손을 주지 못한 둘째 손녀에 대한 미안함을 보완하며 생을 완성하고 계신 것이었구나. 연년생 동생을 둔 까닭에 두 돌이 되기도 전에 엄마 젖도 할머니의 등도 양보하고, 동생이 다 크기를 기다려야 했던 나의 작은언니. 할머니께선 그 둘째 손녀와 지키지 못한 약속 때문에 미안해하고 계셨던 것이다. 할머니의 마음과 더불어 처음으로 어린 언니의 슬픔과 마주한다.

그제야 마지막 시간을 큰아버지 댁에서 보내고자 했던 할머니의 마음이 조금은 헤아려졌다. 할머니께선 십 대인 큰아버지와 헤어져 30년 가까이 생사를 모르고 사셨다 했다. 아들이 마흔을 넘긴 무렵에야 소식이 닿아 가끔 서울 나들이를 하셨지만, 옆에 두고 살갑게 살아본 기억이 없으셨던 것이다. 마지막으로 정신이 맑지 않았던 순간까지 나누어주지 못한 것들을 기억하고 사과하며 생을 갈무리하시는 것, 그것이 편하든 불편하든 할머니 당신의 방식이었던 것을……. 괜히 나만 불퉁거리며 욕심을 부리다 할머니와의 좋은 기억 끝에 깊은 회한을 남기고 말았다. 지금의 나라면 다만 자주 찾아뵙고 곁에 머무르면서 할머니께서 부여하신 의미가 충족될 수 있도록 그 시간을 썼을 것이다.

할아버지, 할머니께선 이제 신작로 옆 우리 집 양지바른 밭 가운데에 누워 계신다. 우리는 들일 가고 밭일 갈 때마다 그곳, 할아버지 할머니 산소 앞 잔디밭에서 새참을 먹고, 고향에서 떠나올 때면 버스를 기다리는 시간에 잠깐 들르기도 하면서 그렇게 할아버지 할머니와 함께 살아가고 있다. 지금도.

이런 기억이 그리 오래된 것도, 특별한 것도 아닐 것이다. 나와 같은 시대를 산 사람들 누구나 돌아보면 비슷한 기억을 가지고 있을 것 같다. 그때나 지금이나 죽음은 늘 급작스럽거나 너무 이르게 찾아왔고, 안타깝고 가슴 아픈 사연들이 많은 것도 닮았다. 결국 누구나 죽음을 피해갈 수 없다는 사실만큼은 변하지 않은 사실이다. 그런데 뭐가 달라졌기에 나는 새삼 그 시절에 죽음을 맞고 죽은 이를 보내던 방식을 그리워하나.

나는 늘 죽음 자체보다도 죽음에 이르기까지의 고통이나 아무도 모르는 곳에서 홀로, 사랑하는 사람들과 작별인사도 하지 못한 채 죽음을 맞게 되는 상황을 더 두려워했다. 그건 지금 생각해보아도 마찬가지이다. 피해갈 수 없는 죽음 자체보다는 죽음에 이르는 과정을 더 문제 삼아야 한다는 생각이다. 때문에 내겐 자신이 죽음 앞에 서 있다는 사실조차 모른 채 고통스런 연명치료를 받다 중환자실에서 갑자기 임종을 맞는 마지막은 무엇보다 피하고 싶은 길이다. 그런 점에서 어린 시절에 본 죽음들은 달랐다. 죽음은 늘 사람들과 함께하는 일상에서 찾아왔고, 사람들과 함께하는 임종은 외로움도 고통도 덜해 보였다. 전혀 준비되지 않은 상태에서 맞은 죽음일지라도 장례과정이 열려 있었다. 그러면서 상주들은 온몸으로 애도하며 죽은 이와 작별하고, 그 힘으로 다시 살아내는 것 같았다. 어린아이들까지 포함된 구경꾼들도 그렇게 죽음과 삶을 배우며 강해졌을 것이다.

어린아이는 들어갈 수조차 없는 병원 중환자실, 그곳에서 나의 할아버지나 할머니께서 돌아가셔야 했다면 나는 작별인사도 없이 갑자기 사라진 할아버지나 할머니를 어떻게 기억하게 되었을까. 이것이 내가 할아버지, 할머니의 마지막에 감사하는 이유이다.

그리고
중환자실간호사가
되었다

병원에 취업하여 일하고 싶은 부서를 선택할 때 나는 망설임 없이 내과 중환자실을 적었다. 중환자실 중에서도 임종환자나 장기 입원환자가 많아 힘들기로 유명한 곳이었지만, 20대의 나는 뭔지 모를 사명감에 차 있었고, 기왕이면 '제대로' 하고 싶었다. 내과 중환자실은 위기에 처한 환자들, 심폐소생술, 인공호흡기 같은 용어들이 넘쳐나는 곳이었다. 아마 그 용어들이 풍기는 긴박감과 난이도 높은 간호에 대한 기대감이 나를 이끌었을 것이다.

처음 중환자실에 발 디뎠을 때, 나는 기저귀를 차고 맨 다리를 드러낸 채 누워 있는 환자들의 모습에 충격을 받았다. 그중 의식 있는 환자들과 눈빛을 마주하는 일은 버겁고 혼란스러운 경험이기도 했다. 하지만 나는 생각보다 쉽게 그런 상황에 적응해갔다. 어쩔 수 없는 일이라고 생각했을 것이다. 중환자실 환자들이 일시적으로 겪게 되는 비인간적인 상황에 문제의식을 갖고 신경을 쓰기에는 늘 심폐소생술 같이 더 다급하고 중요하다고 여기는 일들이 많았다. 처음 목격한 심폐소생술 현장에서 가운을 풀어헤친 채 침대 위에 꿇어앉아 환자의 가슴을 압박하던 의사와 그 주변에서 다급히 움직이던 선배 의료진의 이마에 맺힌 땀방울에 눈길을 빼앗긴 이후, 나는 시간이 갈수록 중환자실에 매료되었다. 때로는 한꺼번에 밀어닥친 응급상황이나 심폐소생술 때문에 밥을 굶고 몇 시간씩 퇴근이 늦어지는 상황조차 은근히 즐겼다. 그 긴박한 상황은 생명을 구하기 위한 전력질주, 그 자체였고 결과와 상관없이 우리를 흥분시키는 면이 있었다. 내가 중환자실 상황에 익숙해지며 팀의 능숙한 일원이 되어가는 동안, 우리나라 의료 현장은 쉴 틈 없이 발전을 거듭하는 듯했다. 대학병원들은 경쟁적으로 첨단 장비와 기술을 선보이며 성장했고, 장기이식을 비롯하여 각종 연명기술도 상상 이상으로 화려해졌다. 나는 매일 그 화려한 기술이 일으키는 기적을 목격하며 일했다.

내가 근무하던 병원에서 처음 성공한 심장이식수술의 수혜자는 아주 오랫동안 우리 중환자실에 입·퇴실을 반복하던 고등학생이었다. 병동에서 엄마랑 놀다가 푹 쓰러지고, 중환자실 침상에서 간호사들이 입맛을 돋우려고 사다준 간식을 먹다 심장이 멎기도 하면서, 수없이 많은 심폐소생술을 경험하며 위태롭게 생명을 이어가던 소년이 심장이식수술에 성공하여 퇴원을 했다. 그래도 외래 진료를 보는 날이면 오랜 병원생활 중에 가까워진 직원들을 기억하여 중환자실로 인사를 왔다. 어느 날은 대학에 진학했다고 하고, 어느 날은 취업을 했다고 하는 등 청년이 된 환자는 올 때마다 다른 소식을 전해주었다. 그 소년의 대견한 성장기를 들을 때마다 우리는 자부심과 보람을 느꼈고, 그런 일을 가능하게 하는 첨단의학의 세계에 열광했다. 소년이 환자였을 때 내가 마지막으로 기억하는 건 밥상을 앞에 놓고도 구역질 때문에 두 순갈도 못 넘기고 힘들어하던 모습이었다. 그 소년이 작업복을 입은 청년이 되어 중환자실 간호사실에 왔다 간 즈음에 나도 장기기증 서약서에 서명을 했다. 그런 소년들에게 생명을 주는 일임을 의심하지 않았고, 따라서 죽음 이후에도 몸과 마음을 온전한 모습으로 유지하고 싶다는 내 욕심을 포기할 수 있었다.

그러나 아무리 의학기술이 휘황찬란하게 빛난다고 해도 중환자실에는 끊임없이 죽어가는 사람들이 있었다. 어느 순간부터인가 나는 우리가 '왜?' '무엇을 위하여?'에 대하여 제대로 묻지 않고 있음을 깨달았다. 그간 병원 중환자실 환경은 엄청나게 바뀌었는데 중환자실에서 죽음을 맞는 이들의 상황은 오히려 악화된 듯 보였다. 내가 신입간호사였던 시절에는 중환자실에서도 인공호흡기 치료를 받는 환자가 많지 않았고, 연명치료기술이라고 할 만한 처치도 그리 많지 않았다. 그런데 지금, 당시라면 중환자실에 입원할 정도의 중환자들은 거의 일반병동에 입원하고, 당시에 일반병동에 입원할 정도의 환자들 다수는 당일 수술센터나 외래에서 처치를 받거나 집에서 가정간호를 받고 있다고 해도 과언이 아니다. 그만큼 중환자실에는 더 복잡하고 위중한 상태의 환자들이 입원을 한다.

훨씬 위중한 환자들, 더 복잡하고 첨단화된 기술, 그 가운데서 나는 혼란에 빠져 있었던 것 같다. 심폐소생술을 비롯하여 우리가 하고 있는 처치들이 생명을 구하기 위한 것이 아니라 죽음으로 가는 통과의례 같은 것이라 여길 때가 많았다. 그럼에도 불구하고 멈출 수도 없었다. 멈춘다는 건 곧 생명을 포기하거나 경시하는 일이 되는 것만 같았고, 그래서 깊은 회의를 느끼면서도 맹목적으로 죽음의 반대방향으로 환자를 잡아끌고 버티는 기분이었다. 나만 그랬을까? 의료진뿐 아니라 환자나 가족들도 마찬가지가 아니었을까 싶은 때가 많았다. 오래 투병하던 환자의 임종 앞에서 나도 모르게 홀가분함이나 다행스런 기분을 느끼고는 당혹스러워하기도 했다. 환자의 죽음 앞에서 안도감을 느낄 만큼 내가 인정머리 없는 사람이었던가? 나와 동료 간호사들은 환자들의 죽음 자체보다는 끝도, 의미도 알 수 없이 환자들이 견디어 내던 그 시간들을 더 힘들어할 때가 많았다. 그리고 한편에선 오래 기억에 남아 나를 괴롭히는 순간들이 차곡차곡 쌓이기 시작했다. 대부분 그 죽음을 막지 못했다는 안타까움이 아니라 자신에게 죽음이 임박했다는 사실조차 알지 못하고 작별인사도 없이 떠나야 했던 이들, 고이 보내드리지 못하고 마지막 순간까지 육신을 괴롭힌 이들에 대한 미안함이나 죄책감과 관련이 있는 기억들이다. 갑작스럽고 이른 죽음일지라도 남은 이들과 "안녕, 고마워(혹은 미안해)." 그 한마디를 하고 떠난 사람들의 죽음은 적어도 내게는 그리 큰 회한을 남기지 않았다.

중환자실에서 환자나 그 가족들이 처한 특수한 상황을 접하면 생각은 늘 '내가 혹은 내 가족이 저 상황에 처한다면…….' '내가 저런 상황에 처하지 않으려면…….' 하는 쪽으로 흘러간다. 나는 절대로 가슴 아프게 기억하는 그분들처럼 마지막 시간을 보내고 싶지 않았다. 그렇게 대책 없어지기 전 '어느 시점'에 '어떤 대비'를 해두어야 하나? 그런 관심으로 오랫동안 환자들이 처음 입원하는 시점부터 그 주변을 눈여겨보았다. 그런데 건강하게 생활하다 급작스런 흉통으로 입원하는 환자들을 많이 접하면서부터 나는 아주 구체적인 불안감에 시달리기 시작했다. 흉통이 있었다는 것 외에는 의식 수준에 특별한 이상이 없는 젊고 건강한 사람들이 중환자실에 입원을 하는 순간, 전혀 다른 사람으로 '보호'받았다. 그 환자들 중 많은 이가 가장, CEO, 교수 등 일상적으로 의사결정을 하고 책임을 지는 자리에 있던 사람들이었다. 평소에 고집이 세고 권위적인 사람들도 많았다. 그럼에도 불구하고 입원하는 순간 그들은 '보호자'를 필요로 했고, 의사결정 과정에서 제외되기 십상이었다. 의료진과 가족들은 멀쩡한 환자를 '보호'하기 위하여 정확한 상태를 본인에게 알리지 않거나 환자를 속이기도 했다. 그 결과 가족들이 환자를 보호하는 데 성공한 경우도 있지만, 의도치 않게 가슴 아픈 결과를 가져온 경우도 무척 많았다. 환자, 특히 중환자가 된다면 내 뜻이 세상 사람들의 생각이나 기대에 일치하지 않는 한 지켜질 수 없겠구나 싶었다.

실제로 나는 폐쇄된 중환자실에서, 혹은 너무 약해져 제대로 의사표현을 할 수 없는 상태에서, 가족이 알지 못하는 바람을 간직한 채 죽음을 맞는 듯한 사람들을 많이 보았다. 대개 평범하고 소박한, 선한 가족을 둔 환자들이었다. 내가 기억하는 그 사람들도 생각할 때마다, 보는 관점에 따라, 매번 달라진다. 쉽게 단정 지을 수 없는 복잡한 상황, 다양한 생각들이 존재하기 때문일 것이다. 20년 가까이 최첨단 병원의 중환자실에서 사망하는 환자들을 지켜보면서 혼란스러웠던 순간이 너무 많았다. 그리고 아직도 '그때 이래야 했어.' 하고 명쾌하게 결론지을 수 없는 순간들도 많다. 다만 늘 우리 모두가 너무 비겁한 건 아니었을까 하는 생각을 한다. 의료진은 결정적인 순간에 '가족의 자유로운 선택'이라는 명분 뒤로 숨었고, 가족들은 혹시나 작은 가능성이라도 놓치면 어쩌나 하는 마음의 부담 때문에 늘 '최선을 다하는' 선택을 하는 것 같았다. 결국 죽음으로 끝나건 호전되어 퇴원하건 그 시간, 그 결과를 감당하는 것은 환자들의 몫이었고, 죽어간 이들이 보낸 메시지는 대부분 중환자실을 벗어나지 못했다.

나는 여전히 임종을 앞둔 환자를 둘러싸고 일어나는 일들에 정답이 있는지는 잘 모르겠다. 중환자들이 보내는 마지막 시간이 내가 생각한 것과 다를 때도 많았다. 중요한 것은 환자나 가족, 환자와 의료진, 가족과 의료진, 의료진과 의료진 간에 삶의 마지막 시간이나 죽음에 대해 지금보다 훨씬 더 많은 이야기가 필요하다는 것 아닐까 싶다. 그 속에서 환자가 스스로 마지막을 준비하기도 하고 가족의 염원을 알아 가면서, 또 정답이 없는 복잡한 상황을 보다 다양한 시각으로 바라보고 다양한 위치에서 지혜를 모을 수 있으리라는 생각이다. 그래서 중환자실간호사로서 경험한 일들 중 오랜 시간이 흘러도 잊히지 않는 순간들, 어쩌면 제대로 대처하지 못한, 실패한 경험이라고 표현할 수밖에 없는 기억들을 끄집어내었다. 이로써 특히 중환자실에서 죽음을 맞는 사람들이 보낸 마지막 시간의 의미를 새롭게 발견할 수 있기를, 그리고 항상 죽음의 순간에 직면하는 의료진뿐 아니라 언제고 환자요 보호자가 될 수 있는 사람들이 더 자주, 자연스럽게 생의 마지막 순간과 죽음을 둘러싸고 일어나는 일들을 이야기할 수 있게 되었으면 좋겠다.

제 2 장

중환자가 된다는 것, 나에 대한 결정에서 배제된다는 것

고립 :
우리는 낯선 감시자였을까

바쁜 중환자실간호사 입장에서 보면 중환자들이 고립되어 있다는 생각을 하기 어려웠다. 환자 주변에는 24시간 의료진의 눈이 떠나지 않고, 하루에 두세 번, 30분씩 제한된 면회 시간도 너무 자주 찾아올 뿐 아니라 길게만 느껴진다. 경찰서에서 조사를 받던 사람이나, 단속반에 걸려 강제출국을 기다리던 미등록 이주노동자가 급작스런 질환으로 중환자실에 입원한 적이 몇 번 있었다. 그 환자들이 처한 불행한 상황 때문에 자연히 그들을 눈여겨보게 되었다. 내가 경험했던 세 명의 특수한 환자, 경찰이나 출입국관리사무소 직원의 감시하에 놓였던 환자들은 연령과 성명 등 개인적인 신상만 달랐을 뿐 입원 후 환자 상황이 판에 박은 듯 유사했다. 그들은 공통적으로 '보호자'가 없었고, 도주 위험이 있었다.

죄목은 알 수 없고 무기력해 보이는 한 남성이 수갑을 찬 채 중환자실에 입실했다. 그가 직원이 내준 환자복으로 갈아입고 침울하게 침대 위에 몸을 눕히자마자 간호사와 동행한 형사들 사이에 실랑이가 벌어졌다. 수갑을 채우는 것도 모자라 환자의 침상 옆과 중환자실 간호사 스테이션에 자리를 잡고 감시를 계속하겠다는 경찰과 중환자실에서 그렇게까지 해야 하냐며 만류하는 간호사들 사이의 언쟁은 대개 간호사들이 포기하는 걸로 끝이 났다. 형사 두 명이 중환자실에서 상주하며 감시를 시작했지만, 매번 얼마 지나지 않아 수갑을 풀고 환자 앞에서 철수했다. 한 명만 중환자실 입구에 남아 있어도 되겠냐며 말이다. 그리고 다음 날이면 어김없이 입구에 있던 형사도 보호자 대기실로 철수한다고 알려왔다.

"여긴 뭐, 경찰서보다 더한 감시망이라……."

책임자로 보이는 형사의 겸연쩍은 한마디가 설명을 대신했다. 돌아보니 정말 그랬다. 다른 이유, 다른 목적이긴 하지만 중환자실에 환자가 입원하는 광경부터 구금된 이들의 처지와 닮아 있었다.

환자가 입원을 하고 지정된 병실로 인도되면 정해진 환자복이 주어진다. 환자가 환자복으로 갈아입는 즉시 간호사는 환자가 입고 있던 사복과 소지품을 모두 챙겨 봉투 하나에 담아둔다. 나중에 책임간호사가 보호자를 따로 불러 면회규정 등 중환자실 규칙과 이후 일정에 대해 알려주고 물품을 인계할 것이다. 그리고 담당간호사가 환자에게도 간단하게 중환자실 규정과 절차에 대해 알려주고 환자 주변 정리를 한다. 가장 중요한 것 중 하나가 지속적으로 환자 상태를 감시할 수 있도록 모니터를 연결하여 세팅하는 일이다. 환자의 가슴에 부착한 심전도 라인이 환자 침상 옆에 놓인 개별 모니터로 연결되고 작은 변화도 놓치지 않도록 알람 기능을 설정한다. 혹여 바쁘고 소란스런 가운데 개별 모니터에서 신호를 놓치는 경우 등을 대비하여 모니터에 나타나는 내용은 모두 간호사 스테이션에 있는 중앙 모니터로도 연결하여 이중으로 감시할 수 있게 되어 있다. 24시간 잠시도 곁을 떠나지 않는 담당간호사들의 눈, 거기다 간호사 스테이션에서 수시로 전체 환자들의 상황을 돌아보고 중앙 모니터를 이중 체크하는 책임간호사까지……. 환자들은 모니터를 비롯한 각종 장비, 이런저런 선들과 주사 때문에 의료진의 도움 없이 침상을 벗어나기 어렵다. 휴대전화는 가족에게 맡겼고 병실에는 환자용 전화기도 없다. 대개 중환자실 창문은 열 수 없게 되어 있고, 간호사 스테이션 앞을 지나는 입구만 열려 있다. 그 입구를 나선다 하더라도 중환자실 입구에는 출입을 통제하는 직원이 24시간 지키고 있기 십상이다. 그리고 곳곳에 감시카메라……. 몸에 걸린 주사나 각종 모니터 라인들이 없더라도 환자가 누군가의 제지를 받지 않고 중환자실에서 벗어나는 것은 물론, 자신의 침상 밖으로 나오는 것조차도 불가능에 가깝다.

하루에 두세 번, 30분씩 가족 면회를 하는 시간에만, 그것도 제한된 인원만 출입할 수 있을 뿐인 중환자실에서 환자는 완벽하게 고립된다. 입원 직전까지 그가 어떤 사람이었건 중환자실에 입원하는 순간 스스로 할 수 있는 일이 없어지는 것이다.

나는 중환자실간호사로서 '우리 환자'에게 갖게 되는 나의 익숙함 혹은 당연함 때문에 한 번도 환자들 역시 우리를 그렇게 친숙한 존재로 여기는지 생각해보지 않았다. 그런데 환자와 대화가 단절되고 나니 우리가 할 수 있는 일은 치료에 필요한 처방이나 처치를 수행하고 지시하면서, 생물학적인 지표들을 감시하는 것이 전부인 것 같다. 그 형사의 말이 맞다. 내 마음이 선의로 가득 차 있을지라도 환자들에게 나는 그저 낯선 감시자에 지나지 않을지도 모른다. 생명에 해가 되는 위험신호를 제때 발견하고 안전하게 지켜줄 것이라는 확신조차 없는 불안한 감시자.

그렇게 입원한 환자 주변에서 이루어지는 일들이 기이한 무성영화의 한 장면처럼 기억난다. 무겁게 가라앉은 공기 속에서 당황한 간호사들이 애써 평정을 가장하며 환자에게 다가가 불편함이 없는지 묻고, 이런저런 설명을 하며 반응을 기다린다. 환자는 아무 대꾸가 없고, 시간이 갈수록 간호사들의 말수도 줄어든다. 어느 순간부터 간호사가 굳은 표정으로 말없이 환자의 팔에 혈압계를 감았다 풀며 모니터를 살피고 소변 양을 체크한다. 아침이면 식탁 위에 세숫대야나 젖은 물수건, 치약과 칫솔이 놓였고, 식사 때가 되면 밥상이 펼쳐졌다. 자고 있던 환자는 자리에서 윗몸만 일으켜 양치질과 고양이 세수를 하고, 식사가 놓이면 일어나 식사를 했다. 검사가 계획되면 간호사가 표지판을 걸며 금식을 알렸고, 환자는 질문 한마디 없이 굶었다. 간호사가 채워주고 비는 양을 기록하는 물컵도 금식이 결정되면 비워졌다. 시간마다 간호사가 들어서면 환자는 알아서 한쪽 팔을 내민 채 눈을 감고 누워 있었다. 환자는 완벽하게 고립되고 의지를 잃은 듯 보였다.

가족이나 보호자가 옆에 없기 때문에 환자가 더 무력해 보이는 것 같기도 하지만, 환자를 위해 무엇이라도 할 준비가 되어 있는 가족을 둔 그 중년남성의 상황도 그리 다르지 않았던 것 같다. 환자의 부인은 유난스러울 만큼 간호에 열심이었고 자녀들도 다정한 사람들이었다. 그 가족은 언제나 면회 시간에 다른 보호자들을 앞질러 쏜살같이 뛰어 들어왔고, 거의 24시간 대기실을 지켰다. 어느 틈에 마련하는지 끼니마다 몸에 좋다는 음식을 준비해 왔고, 젖은 수건으로 환자의 얼굴을 닦아주는 손길에도 정성이 뚝뚝 묻어나는 것 같다며 간호사들은 그 가족을 회제로 삼았다.

그런데 환자가 입원 첫날부터 안절부절못하고 침대 발치에 위태롭게 앉아 목을 길게 빼고서 끊임없이 사방을 두리번거렸다. 그는 급사 위험이 있는 질환으로 심리적, 육체적으로 절대 안정하라는 처방을 받은 환자였다. 식사와 배설을 비롯하여 모든 일상생활을 침대 위에서 가족이나 의료진의 도움을 받아 해결해야 했고, 심리적 긴장이나 흥분을 불러올까 봐 TV 시청이나 라디오 청취도 금지되었다. 담당간호사들은 "지금 환자분께는 안정이 큰 수술만큼이나 중요한 치료입니다. 필요하면 수면제라도 써서 주무시도록 하면서 혈압이 오르지 않도록 주의해야 합니다."라는 설명을 반복했다. 그러면서도 저 불안한 움직임이 '중환자실 정신증ICU psychosis'◆의 전조증상은 아닐지, 저러다 갑자기 혈압이 오르면 어쩌나 불안해했다.

어느 날 담당간호사가 달려나와 나를 한쪽 구석으로 잡아끌었다.

"선생님, 어떡해요? 저 환자분이 둘째 부인한테 전화를 해달래요. 둘, 째, 부, 인요! 이런 부탁을 들어줘야 하는지 모르겠어요."

그간 안절부절못하던 환자의 행동은 바로 이 때문이었다. 환자가 가족 몰래 두 집 살림을 해왔는데, 둘째 부인 앞에서 쓰러져 실려온 것이다. 그 부인이 걱정하고 있을 테니 전화 한 번만 해달라는 부탁이었다. 거절당할 걸 걱정했는지 환자는 굳이 말하지 않아도 될 사연을 자세히 털어놓으며 사정조로 부탁을 했다. 의식 있고 활동에도 장애가 없는 환자들이 많이 입원하지만 중환자실에는 환자용 전화기가 없었다. 휴대전화는 일반화되기 전이었지만, 아마 휴대전화가 있었더라도 중환자실의 민감한 장비에 미칠 영향, 관리상의 문제 등을 이유로 입원하

◆ 스트레스를 주는 낯선 환경과 예기치 못한 위기를 맞이하여 일어나는 심리적인 불균형을 일컫는다.

는 시점에 보호자에게 맡겨야 했을 것이다.

나는 내색하지 않고 환자가 건네준 번호로 전화를 걸어 환자 상태를 전했고, 그 후에 두어 차례 더 같은 부탁을 들어주었다. 환자의 안정이 우선이라는 판단이었지만 마음이 몹시 불편했다. 환자의 대리인인 부인과 자녀들이 알아서는 안 되는 비밀을 내가 알고 있다는 건 보통 부담스러운 일이 아니었다. 그 환자는 언제라도 급사할 수 있을 정도로 위험한 상태였고, 나는 같은 질환으로 입원했던 건장한 남성이 손써볼 틈도 없이 사망하는 걸 지켜본 적도 있었다. 만약 비밀을 알아버린 그 환자에게도 같은 일이 생긴다면, 나는 그 일을 둘째 부인에게 알려야 하나? 그간 가족을 환자의 대리인, 혹은 보호자로 당연시해왔고, 가족이 환자의 의중을 가장 잘 알고 대변할 수 있다고 믿어왔지만, 지금과 같은 상황에서도 그 원칙이 통하겠는가? 환자의 부인과 그 자녀들이 상황을 모두 알게 되더라도 환자를 이해하고 모든 걸 환자의 입장에서 판단할 수 있을까?

전화 한 통 때문에 십수 년 홀로 지켜온 비밀을 생면부지의 간호사에게 털어놓고 그 시선을 감당해야 하는 환자의 상황도 안타까웠다. 표현하지 않았지만, 나는 내심 그런 사연을 가진 환자를 불편하게 여겼고, 환자도 자주 내 눈치를 살폈다.

입원 전까지 경제력 있는 사업가이자 권위적인 가장으로서 매사에 스스로 판단하고 결정했을 그 사람은 중환자가 되었고, 부인과 아들이 환자에 대한 모든 정보를 제공받고 판단을 대신했다. 정성스런 부인은 한시도 중환자실 앞을 떠나지 않았다. 환자는 부인이나 의료진을 통하지 않고는 전화 한 통 할 수 없는 처지에 놓인 것이다. 대기실에서 밤을 새며 간병하던 가족들조차 환자에겐 감시자로 느껴질지 모른다.

병을 앓는다는 이유로 의식 있는 환자가 그렇게 고립되어 치료에 필요하지도 않은 사생활을 낱낱이 드러낼 수밖에 없는 상황. 괜찮은 걸까? 왜 환자는 그 상황에 대해 한마디 항의도 하지 않을까? 갑자기 닥친 죽음의 위험 앞에 그건 너무 사소한 일에 속했기 때문일 수도 있고, 어쩌면 스스로 떳떳하지 못해 항의를 할 입장이 못 된다고 생각했는지도 모르겠다.

한참 후에 중환자실마다 무선전화기를 구입하여 환자가 직접 외부와 통화할 수 있는 여건을 만들긴 했지만, 내가 병원을 그만둘 때까지도 환자들이 간호사들을 통하지 않고 외부에 전화할 수 있는 방법은 없었다. 다급한 사정이 있는 환자들이 지금도 간호사들의 눈치를 보며, 치료에 필요하지도 않은 비밀을 고백하며, 전화 한 통을 부탁하고 있을지도 모르겠다.

소외 :
나에 관한 일을 나에게만
알려주지 않는다면

어느 늦은 오후, 젊은 20대 여성이 외래를 통해 걸어서 입원했다. 중환자실에 입원하기에는 너무 멀쩡해 보인다. 다음 날 수술을 받기로 했는데 일반병동에 입원실이 없어 마침 비어 있던 중환자실 침상을 하룻밤 빌린 것이다. 마치 여행을 온 듯 환자의 표정은 해맑아 보이고 눈은 호기심으로 빛나고 있다. 동행한 부친의 굳은 표정에 비추어 철없어 보이기도 하다. 의식 있는 젊은 여성이 험한 중환자실에서 하릴없이 하룻밤을 보내야 하니 충분히 마음 준비를 할 수 있도록 이것저것 설명할 것이 많아 보였다. 나는 모처럼 젊고 건강해 보이는 환자를 만났으니, '정석대로' 환자의 의사를 존중하여 환자가 상황을 이해하고 의사결정에도 참여할 수 있도록 돕고 싶었다. 그래서 특별히 배려하는 마음으로 바쁜 담당간호사 대신 책임간호사인 내가 입원 설명을 맡았다.

환자에게 맞는 사이즈의 환의를 골라 들고 환자 방으로 가니 환자는 눈을 반짝이며 기대에 찬 표정으로 반기는 기색인데, 부친이 괜히 심란하니 사복 입고 있으면 안 되냐며 퉁명스럽게 분위기를 흐트러뜨린다. 한마디 툭 던졌을 뿐 얼굴을 마주하지도 않고 부산한 모습이 굳이 사복을 고집하겠다는 것은 아니다. 다만 지금 이 상황이 전부 마음에 들지 않는다는 표현인 것이다. 환자에게 인사를 하고 수술 후 일반병동으로 이동하기까지 중환자실에서 이루어질 일들과 수술 준비에 대해 설명하기 시작했다. 환자와 대화를 하는 중에 수시로 부친이 끼어들어 대답을 대신하면서 방해했다. 싫은 기색을 보이며 "보호자께선 계속 옆에 계실 수 없기 때문에 중환자실 생활에 대하여 환자분이 직접 알고 계시는 것이 도움이 됩니다."라고 설명하지만, 불안하고 복잡한 부친의 마음에 전혀 와닿지 않는 눈치다. 오디오 시스템에 대하여 설명하려 하자 "MP3 가져다줄 테니 그것 들어라." 하고, 마실 물에 대해 언급하자 "내가 ○○○ 사다줄 테니 마셔라." 지정해준다. 결국 부친이 환자의 군것질거리까지 정해주었다. 나는 환자가 옷을 갈아입어야 하니 그사이 환자의 간식을 준비해 오라며 부친을 내보내고 나서야 예정대로 환자 면담을 진행할 수 있었다.

다시 아이가 무서울 테니 중환자실에 함께 있겠다는 보호자와 한차례 실랑이를 벌이고 있는데, 담당레지던트가 수술 설명을 하기 위해 보호자를 면담실로 호출했다. 그새 옷을 갈아입고 말똥말똥한 눈으로 앉아 있는 환자에게 "설명 듣고 싶으면 같이 가도 돼요."라고 알려주었다. 아직 주사 줄 하나 갖고 있지 않았고 단순히 예정된 수술을 위해 입원한 성인 환자이므로 심전도 감시가 급한 상태도 아니었다. 그보다는 환자가 자신이 받을 수술과 수술 후 경과에 대해 궁금해하는 게 당연해 보였다. 환자가 침대에서 내려와 슬리퍼를 찾아 신고 따라 나서려는 순간, "그냥 음악이나 듣고 있어라. 내가 듣고 사인하면 되지!" 하고 툭 잘라버리는 보호자의 한마디에 딸이 주춤하고 걸음을 멈추었다. "환자분이 수술 설명을 들으시는 것이 경과를 이해하고……." 환자의 움직임을 암묵적인 의사표현이라 판단한 나는 그 결정을 지지해주고 싶었다. 그러나 부친은 "거 들어서 좋을 거 뭐 있어! 심란한 소리나 하지."라며 단호하게 내 말을 가로막아버렸다. 어쩌나. 보호자와 언쟁을 계속하고 있을 수도 없고……. 환자가 슬그머니 침대로 돌아갔다.

내 마음은 '큰 수술을 앞두고 있는 시점인데, 좀 심란해도 괜찮은 것 아닌가.' 싶다. 그런 때에 이런저런 생각을 하며 생을 돌아볼 수도 있고, 그렇게 밤을 보낸다고 수술에 그리 큰 부담을 더할 것 같지는 않은데……. 너무 간단하게 포기해버린 환자를 보면서 나는 괜히 불안해진다.

그때 그 젊은 부부도 그랬다. 환자는 30대 건장한 남성이었고, 중환자실에 입원해 있지만 별로 환자 같은 느낌이 들지 않았다. 다음 날 중요한 시술이 예정되어 있었다. 치명적인 위험이 뒤따를 수 있지만 그 빈도는 매우 낮은 것으로 알려져 있었고, 가끔 그런 위험한 상태에 빠진 환자도 대개 중환자실에서 즉각적인 조치를 하여 심각한 상황까지는 가지 않았다. 전신마취를 하는 것도 아니고 시술 후 경과가 비교적 순조로운 편이라 의료진은 그간 환자나 보호자들에게 '간단한 시술'이라고 설명을 해온 터였다. 그 때문인지 시술을 앞두고도 환자, 보호자들은 매번 활기차고 유쾌한 분위기로 면회를 했다.

시술 전날, 저녁 면회 시간 중에 담당레지던트가 동의서 작성을 하겠다며 보호자를 면담실로 불렀다. 의식이 있고 활동에 장애가 없던 환자는 당연하다는 듯 담당간호사에게 함께 설명을 들으러 가겠다며 심전도를 제거해달라고 했다. 정맥주사를 하나 갖고 있고 심전도 모니터를 하고 있는 환자였으나 크게 문제될 것은 없어 보였다. 담당간호사가 심전도 모니터와 담당레지던트의 얼굴을 번갈아 보다가 "중환자실 안에 계실 거니까 잠깐은 괜찮겠죠?" 하고 담당레지던트의 동의를 구하자, 담당레지던트는 "꼭 듣고 싶어요?" 하며 잠깐 머뭇거렸다. 환자가 병상을 떠나 있는 동안 위험이 발생할 가능성 때문이 아니라 시술 설명 과정에서 언급할 수밖에 없는 위험성을 환자가 직접 듣는 상황이 부담스럽기 때문이었을 것이다. 그 위험이라는 데에는 사망

가능성이 몇 퍼센트니 하는 내용이 포함되어 있었다. 담당레지던트가 망설이는 사이, 사람 좋아 보이는 부인이 쾌활한 음성으로 "에이~ 간호사님들 성가시게 뭘~. 심전도도 다시 떼었다 붙여야 하고, 주사도 있구먼. 내가 잘 듣고 와서 자세히 전해줄게." 하며 애교 있게 환자를 만류했다. 의료진을 성가시게 한다는 말이 마음에 걸렸는지 환자가 흔쾌히 포기하지 못하고 어정쩡한 웃음을 짓고 있었다. 환자의 웃음을 단념의 표시로 이해한 담당레지던트와 부인은 바로 면담실로 이동했다. 시술동의서를 작성하는 데 오랜 시간이 걸리지 않았다. 금방 되돌아온 부인이 잠시 환자와 대화를 나누었지만, 얼마나 자세하게 그 내용을 전달했는지 알 수 없었다. 시종일관 밝은 분위기에서 면회가 끝났다.

다음 날, 수술 시간이 되지 않았는데 빨리 환자를 시술방으로 보내달라는 연락이 왔다. 앞에 예정된 환자의 시술이 취소되어 이 환자의 시술 시간이 앞당겨진 것이다. 수술이나 시술 전에 보호자와 면회시키는 관행에 따라 보호자에게 연락을 취했으나, 예상 시간에 맞춰 출발한 부인은 아직 길 위에 있었다. 정서상 응급상황이 아니면 보호자가 없는 상태에서 환자의 수술이나 시술을 시작하는 것을 꺼리기 때문에 중환자실에서는 보호자가 도착하기를 기다렸다. 검사실에서는 계속해서 보호자가 도착했느냐, 얼마나 더 걸릴 것 같으냐 확인하더니 결국 주치의*가 직접 전화를 했다. "이미 보호자에게 설명을 했고 시술동의서도 있는데 무슨 문제예요. 보호자 면회야 시술 끝나고 하면 되는 것 아녜요."라며 무조건 환자를 보내라는 것이다. 결국 내 마음도 보호자가 도착할 즈음엔 시술이 끝날 테니 보호자 도착 즉시 면회하도록 하면 되지 않을까 하는 쪽으로 기울었다. 사실 환자의 치료 결과에 대해 최종 책임을 지는 주치의의 말이라 계속 버티기도 어려웠다. 환자에게 상황을 설명하자 "금식하는 것도 힘든데 시술을 빨리 하면 좋지요. 금방 끝난다니까 그때 볼게요." 하고 흔쾌히 동의했다. 환자는 바로 검사실로 이동했고 나는 부인에게 이미 시술이 시작되었으니 서두르지 말고 천천히 와도 된다고 알렸다. 보호자의 불평 외에 다른 문제에 대해서는 전혀 염려하지 않았다. 그러나 환자는 살아서 다시 가족을 면회하지 못했다. 치명적인 위험이 하필 그 환자에게 발생했던 것이다. 환자의 심장은 최고로 숙련된 의료진의 그 어떤 처치에도 반응하지 않았다. 불가항력적인 사고! 그렇게 젊은 환자는 가족과 작별할 틈도 없이 갑자기 사망하고 말았다. 젊디젊은 가장의 예상치 못한 죽음에 대하여 당연히 가족들은 납득하지 못했고, 한동안 병원은 가족들의 항의와 집단행동으로 소란스러웠다.

사고가 발생하면 모두들 자기 위치에서 무엇이 문제였는지 돌이켜

◆ 보통 레지던트 1~2년차가 병동에 상주하면서 담당레지던트가 되는데, 이들을 담당의 또는 담당레지던트라고 부른다. 교수인 전문의가 주치의가 되어 중요한 의사결정을 맡고 이를 담당레지던트에게 전달하지만 사실상 웬만한 일은 담당레지던트 선에서 결정되는 경우가 많다.

보고 같은 상황이 재발하지 않도록 대책을 마련한다. 하지만 이 환자에게 닥친 불행 앞에 의료진은 무력했다. 집단행동이 주로 남성들에 의해 이루어졌는지 담당레지던트는 앞으로 시술동의서는 무조건 남자 보호자들이 모두 모인 자리에서 받겠다고 선언했다. 그러고는 꼬박꼬박 직계여부와 상관없이 남자 보호자들이 있는지 확인하고 다 모이도록 연락하라고 요구했다. 나는 동의서를 받기 전 상황이 마음에 걸렸고, 마치 그날 밤 환자가 직접 시술 설명을 들었으면 뭔가 달라지기라도 했을 것처럼 환자의 의사결정 참여 문제에 매달렸다. 그때 환자가 시술을 설명하는 자리에 있었다면 죽음의 가능성에 대해 들었을 것이고, 그랬다면 좀 심란해하면서 만약의 상황을 염두에 두고 농담처럼이라도 가족에게 한마디 남길 수 있지 않았을까? 죽음을 막지는 못하더라도 그 정도는 해줄 수 있지 않았을까?

그러나 그 말을 입 밖에 내어 사람들과 의논해볼 생각을 하지는 못했다. 생과 사가 오가는 중환자실에서 그건 너무 '사소한 일'에 속했고, 하나의 사례를 근거로 안 그래도 불안한 환자들에게 '당신이 받을 시술에는 몇 퍼센트 죽음의 위험이 따른다.'라는 험한 말을 직접 전하자고 주장할 배짱이 없었다. 다만 의식이 있는 환자에게 직접 설명을 들을 수 있다는 사실을 알려주는 것으로 나처럼 생각하는 환자에게나마 기회를 주고자 했다. 나는 절대로 나에 관한 일을 나 아닌 다른 사람이 먼저 알기를 원하지 않고, 그 누구라도 나를 대신하여 뭔가를 결정하길 원하지 않으니까. 그런데 나의 소극적인 실천은 대체로 실패했다. 그건 병원 밖에서도 마찬가지였다.

침묵 :
왜 할머니에게 직접 묻지 않았을까

그분은 내가 생각하는 보통 '할머니' 이미지와 상반되는 분이었다. 내가 '할머니'라는 단어에서 연상하는 이미지는 부드러움이나 상처받기 쉬운 연약함, 혹은 밖으로 드러나지 않는 강인함 같은 것이다. 그런데 할머니는 처음 대면하는 순간부터 사람을 압도하는 강렬한 카리스마를 지닌 분이었다. 웃음기 하나 없이 무덤덤한 표정으로 입원하는 할머니께 다가가며 나는 '여장부로 살아오신 분이다!'라고 직감하고 기대와 호기심에 찬 눈으로 할머니를 맞이했다. 마음속으로는 벌써 할머니 상태가 위중한 것도 아니니 기회를 보아 할머니의 인생 이야기를 들으면 좋겠다는 계산을 하고 있었을 것이다.

할머니는 심장의 전기신호가 차단되어 박동이 느려지는 부정맥으로 인공심박동기[◆] 삽입 시술이 필요한 분이었다. 시술을 기다리는 며칠 동안 할머니는 무료하게 시간을 보내실 것이고, 옆에서 오래 당신의 이야기를 들어줄 간호사가 있다는 사실을 틀림없이 반기실 것이다.

언제나 과다한 업무량으로 시간에 쫓기는 간호사들은 내심 부정맥 환자의 입원을 반겼다. 대부분 두세 가지 정해진 검사를 받고 인공심박동기를 삽입하기만 하면 바로 퇴원하는 '간단한 환자들'이었기 때문이다. 위험 부담이 큰 검사도 없고, 간호활동도 일상생활과 이동을 돕는 것 외에는 심전도를 감시하는 정도가 전부였는데, 그나마 심전도 감시는 모니터가 담당하고 있는 셈이다. 또 인공심박동기 삽입 시술은 보험적용이 되기 때문에 상대적으로 비용도 저렴한 편에 속했다. 그래서 할머니의 아들이 꽤 알려진 유명 인사라는 사실을 알았을 때도 우리는 별로 걱정하지 않았다. VIP를 대하는 부담은 있겠지만 진료비 문제로 인한 마음고생은 없을 거라는 기대가 있었다. 고가의 시설과 장비를 기반으로 최첨단 의학기술을 자랑하는 병원에서 진료비 부담은 보호자들뿐 아니라 직원들에게도 항상 가슴을 짓누르는 무거운 주제였다.

"○○○ 환자분, 안녕하세요? 저는 책임간호사 ○○○ 입니다."

◆ 심박동수를 유지하기 위해 심장근육에 반복적으로 전기 자극을 하는 기구.

첫인사를 건네고 반응을 기다리는데, 흘깃 쳐다보시는 것 같던 할머니는 이내 획 눈길을 돌려버렸다. 성가시다는 표현 같기도 하고, 단단히 화가 나신 듯도 한데, 어찌 보면 '네가 뭘 알겠어?' 하고 무시하는 메시지로 여겨지기도 했다. "어디 불편하신 데 없으세요?" "어지럽지 않으세요?" "침상으로 옮기셔야 하는데 도와드릴까요?" 여러 가지 질문에도 할머니는 묵묵부답으로 일관하셨다. 담당간호사가 입원안내문을 읽어드리고, 간호정보를 조사하는 동안에도 도통 반응이 없으셨다. 그러나 의식 상태를 사정하는 질문에는 간단하게나마 대답하시는 걸로 보아 스스로의 판단에 따라 가치 있는 질문에만 응하고 계신 것 같다. 당황한 담당간호사들 사이에서도 뭔가 불만이 있으신 것 같은데 도무지 왜 그러시는지 짐작이 안 간다, 간호사를 상대하기 싫다는 뜻인가, 원래 무뚝뚝하신가, 의견이 분분했지만 결론을 얻지 못했다. 하지만 마음이 불편하다 뿐이지 중요한 설명은 보호자들에게 하면 되므로 크게 문제가 되지는 않았다.

시술 전 검사가 모두 끝났고, 인공심박동기 시술을 위한 준비가 시작되었다. 시술 준비라고 해봐야 전날 자정 무렵부터 금식을 하도록 환자 교육을 하고, 시술 당일 아침 식사가 나오지 않도록 처방하는 것, 시술 부위에 면도와 소독을 하는 피부 준비, 금식에 따른 수액 공급과 시술시 약물 투입을 위해 굵은 정맥 주사용 바늘을 삽입해두는 것, 시술 후와 비교하기 위해 시술 전 심전도를 찍어두는 것이 전부였다. 그리고 가장 중요한 것은 가족들의 시술동의서를 받는 것이다. 원칙적으로는 시술동의서를 받은 후에 나머지 일들을 처리하는 것이 순서이겠지만 현실은 좀 다르다. 입원 전부터 인공심박동기 시술의 필요성에 대해 환자나 보호자들에게 설명을 해왔고, 입원 자체가 인공심박동기 시술을 전제로 한 것이므로 동의서를 받는 절차는 형식에 불과했다. 그리고 위험 부담도 경제적 부담도 많지 않은 치료법이라 환자나 보호자가 동의하지 않을 이유가 없어 보였다. 반응 없는 할머니께 금식을 알리고 식이중단 처방을 했고, 심전도 검사, 피부 준비를 마치고 나니 보호자 면회 시간이 되었다.

환자 침상 주변에 둘러선 여러 명의 자녀들이 대화를 나누고 있었고, 할머니는 그 가운데 앉아 계셨다. 하지만 대화에 참여하시는 모습을 보긴 어려웠다. 원래 말씀이 없는 분인지도 모르겠다. 동의서 용지를 챙겨든 담당레지던트가 환자 침상으로 다가가 보호자들에게 환자와의 관계를 확인하고는 별 설명 없이 동의서를 내밀었다.

"서로 다 알고 있는 내용이지만, 형식은 필요하니 읽어보시고 한 분이 서명하시면 됩니다."

그 모습이 그리 낯설지 않았다. 이제 몇 마디 질문과 대답이 오갈 것이고, 누군가 한 명이 대표로 나서서 서명을 하면 된다. 그런데 의외로 보호자들은 "좀 있다 큰며느리가 올 테니 그때 받으세요." 하면서 서명을 미루었다. 느긋하게 동의서를 내밀고 있던 담당레지던트도 긴장을 한 듯 몸을 곧추세웠다.

"꼭 큰아드님이 하시지 않아도 돼요. 위험한 수술도 아니고 아드님도 알고 있는 간단한 시술인데요."

덧붙이는 담당레지던트의 말 속에는 성가신 듯 약간의 짜증이 묻어 있다. 담당레지던트가 계속 설명을 이어나가자 보호자들은 말을 막았고, 그사이 보호자 한 명이 대기실로 달려 나갔다. 불려 온 큰며느리는 애매모호한 태도로 계속 이런저런 의문을 제기하면서 시술동의서에 서명하기를 꺼렸다.

"어머님 연세도 있으신데다……."

"시술이 그리 위험하지 않습니다."

"어차피 계속 집 안에만 계시다시피 했는데……."

"자꾸 어지럽고 쓰러지니까 그런 거잖아요. 시술하면 그런 증상도 없어질 거예요."

"어머님이 자식들 힘들게 하고 싶어 하지 않는 분이라……."

"할머니! 시술 안 하고 자리보전하고 계시면 자식들이 더 힘들어요. 시술받고 건강하게 생활하시는 게 자식들 돕는 일이죠!"

담당레지던트는 보호자의 말허리를 자르며 단호하게 시술의 필요성을 강조했다. 느닷없이 환자의 침상 옆에서 담당레지던트와 보호자가 말꼬리 잡기를 하게 되었다. 답답해진 담당레지던트의 목소리가 자꾸 커졌지만, 보호자들은 마음을 바꾸지 않았고, 담당레지던트는 화난 표정으로 중환자실을 나갔다. 담당교수님께 알려 대책을 세우려는 것이다. 담당교수님이 직접 큰아들에게 전화를 걸어 동의서를 받아주길 기대하고 있는지도 모른다. 사실 그건 나의 희망사항이었다. 잠시 후 돌아온 담당레지던트가 간호사 스테이션 어귀에서 나를 향해 소리쳤다.

"그 환자 금식 푸세요!"

시술이 취소된 것이다. 자세한 내용을 묻기도 전에 담당레지던트는 당직실로 들어가버렸다. 나는 비로소 할머니의 침묵을 이해할 것 같았다. 민망한 마음에 할머니를 똑바로 쳐다보기가 겁이 났다.

"할머니, 아무래도 시술이 연기될 것 같아요. 물이랑 간식 같은 거 마음대로 드셔도 되고요. 내일 아침 식사도 나오도록 조치해드리겠습니다."

괜히 수액을 살피는 양 딴청을 부리며 상황을 얼버무리고 서둘러 할머니 곁을 떠나 담당간호사를 불렀다. 상황을 알려주고 할머니 주변에서 다시 시술에 대한 언급이 오가지 않도록 단단히 주의를 주었다. 인계를 하기 전에 미리 밤번 담당간호사에게 내가 상황을 설명할 테니 시술에 대해 언급하지 말라고 했다. 하지만 할머니는 개방 병상에 입원해 계셨으니 아무리 주의를 한들 그 침상 발치에서 이루어지는 인계 내용이 할머니 귀에 들어가지 않을 리 없었다.

다음 날 저녁까지 시술동의서를 받지 못했다. 담당레지던트는 다른 자녀분들을 설득하기로 작정한 듯 면회 시간을 환자 곁에서 보냈다. 하지만 왜 큰아들과 며느리가 있는데 자신들에게 그러냐는 항의가 추가되었을 뿐 소용이 없었다. 나도 몇 차례 가족과 대화를 시도했지만 이야기를 제대로 시작해볼 수도 없었다. 이미 결심을 굳힌 사람들을 무리하게 설득하다 보니 할머니 앞에서 자꾸 가족들의 불편한 속내만 노출시켰다. 담당간호사들, 조무원들, 청소 아주머니까지 그 주변에서 흘러들은 이야기를 데스크로 날라왔다. 많은 부분 각자의 짐작과 억측이 뒤섞인 이야기들이다.

맑은 정신으로 누워 계신 할머니 주변에서 가족과 의료진 사이에 참으로 많은 이야기들이 오고 갔고, 병동에서 할머니는 필요 이상으로 화젯거리가 되고 있었다.

저런 상황에서 할머니께 인공심박동기 시술 여부가 그리 중요할까 싶은 생각도 들었지만, 의료진으로서는 여기까지 와서 멈출 수도 없게 되었다. 결국 가족의 의견은 시술하지 않기로 했으니 퇴원시켜 달라는 것으로 모아졌고, 이틀을 더 설득해보던 담당레지던트는 화를 내며 최후통첩을 하고 병실을 떠났다.

"그럼 큰아드님 오라고 하세요! 큰아드님이 와서 결정하면 퇴원시켜 드릴 테니까!"

이틀이나 결정을 못 하고 있는 상황에서 진짜 주치의가 통화를 해보지 않았을까 하는 의구심이 들었지만 혹시 그 VIP가 나타나면 달라지지 않을까 하는 기대가 생겨났다.

그때였다. 할머니 팔에 혈압계를 감고 있던 담당간호사의 낮고 볼멘 목소리가 들렸다.

"할머니! 할머니는 어떻게 하고 싶으세요?"

왜 그제야 할머니께 여쭤볼 생각이 들었을까?

너무 때늦은 질문이었다. 할머니가 대답할 리 없는. 며칠 동안 당신 눈앞에서 벌어지는 실랑이를 모두 지켜보신 할머니가 무슨 말씀을 하실 수 있을까. 입원 당시부터 침묵 속에 계셨던 할머니의 의사를 여쭈어본다는 것이 별 의미가 없었다. 할머니는 질문을 들으셨는지 알 수 없는 표정으로 먼 데 눈길을 두고 아무런 반응을 보이지 않으셨다. 제풀에 놀란 간호사가 황급히 할머니 곁을 떠났다.

결국 아주 늦은 밤에 많이 바쁘다는 큰아들이 잠시 중환자실에 들러 환자를 만나고는 주치의와 면담을 했다. 오래 이야기를 나누지는 않았지만, 의외로 큰아들을 대하는 할머니의 태도는 진지했다. 면담이 어떻게 끝났는지 알 수도 없이 보호자는 다시 중환자실로 돌아오지 않았고, 담당레지던트도 중환자실에 다시 나타나지 않은 가운데 퇴원 처방이 났다. 그 결정이 담당레지던트는 못마땅한 것이다. 아마도 화는 담당레지던트 자신을 향한 것인지도 모르겠다. 상황을 납득하지 못한 직원들은 가족들이 할머니의 호전을 두려워하는 것 아닌가 의심을 했다. 마지막인 줄 알고 큰 병원에 모셨으나 상태가 호전될 것 같으니 부담이 돼서 저러는 것 아니겠는가, 굳이 결정을 큰며느리에게 미루는 것도 부양 책임이 큰며느리 몫임을 못박는 것이다……. 주위에선 "돈이 없는 것도 아니면서 자식들이 너무한다. 할머니가 불쌍하다."는 반응이었다. 그 또한 억측이다. 시술을 하지 않는다고 할머니의 상태가 급격히 나빠지거나 당장 생명에 지장이 있는 것도 아니고, 그 사실은 이미 보호자들도 알고 있을 것이다. 그야말로 뒷담화인 셈인데, 그만큼 우리는 할머니의 퇴원 결정을 받아들이기가 힘들었다. 시술만 성공하면 호전될 것이 분명하고, 경제적인 이유가 아니라면 시술을 거부할 이유가 없어 보였다.

문제를 해결하지 않고 퇴원하는 이 할머니의 건강관리에 필요한 정보가 도대체 무엇이란 말인가? 퇴원교육을 하는 것조차 할머니를 괴롭히는 일 같지만 나는 내 몫의 책임을 피해갈 수 없다. 퇴원교육을 앞두고 난감해하고 있을 때, 마침 주치의가 중환자실 복도를 지나갔다. 무작정 불러 세웠다.

"선생님, 저 할머니 정말 저렇게 그냥 퇴원시켜요?"

"왜요? 당장 돌아가실 것도 아니고……. 다치지 않게 예방교육이나 잘해서 보내세요."

대수롭지 않게 한마디를 남기고 돌아서는 주치의를 다시 붙들고 묻는다.

"어떻게 예방할 수 있는데요? 뭘 교육해야 할지 정말 모르겠어요."

"쓰러지기 전에 드러누우라고 하세요."

"그걸 예방법이라고 교육하라고요?"

"그럼 다른 방법 있어요? 안 다치려면 그 방법밖에 없지. 그냥 무조건 바닥에 드러누우라고 해요."

주치의는 대수롭지 않다는 듯 툭툭 말을 던지고 지나갔다. 어이가 없긴 하지만 틀린 말도 아니다. 결국 나는 아무 대꾸도 못 하고 그대로 할머니께 퇴원교육을 했다.

"할머니, 병이 완전히 치료된 게 아니라서 앞으로도 어지럽고 의식을 잃을 수 있을 거예요. 쓰러지시는 걸 미리 예방하는 방법은 따로 없습니다. 그래도 다치지만 않으시면 큰일 없을 테니까 너무 걱정하지는 마시고요. 중요한 건 다치지 않는 거예요. 그러니까 어지럽거나 쓰러질 것 같은 느낌이 들면 얼른 주저앉거나 바닥에 누우세요. 그래야 다치지 않으세요. 무조건 주저앉기라도 하세요. 네?"

할머니께서 내 말을 귀담아들으시는지 확인할 길이 없다. 그냥 무심한 얼굴로 사복을 갈아입고 휠체어를 기다리시는 할머니 옆에 서서 혼자 높은 목소리로 떠들었다. 퇴원 이후 할머니가 한 번이라도 당신을 보호하기 위해 몸을 누이실지도 알 수 없었다. 어쩌면 아예 외출을 하시지 않을 가능성이 높다는 생각을 했던 것 같다.

그 후 오랫동안 할머니를 생각할 때마다 어두운 방에 홀로 계신 모습이 연상되어 마음이 편치 않았다. 우리가 달리 행동했으면 뭔가 달라졌을까? 처음부터 할머니를 상대로 의논하고 결정했다면 상황이 달랐을까? 그런 생각의 이면에는 할머니께 인공심박동기 삽입 시술은 거부할 수 없는 유일의 선택이었고, 그것을 거부한 가족들과 그 가족을 설득하지 못한 우리 자신을 향한 비난이 자리를 잡고 있었다.

그러나 최근 나는 문득 다른 방향으로 생각이 미쳤다. 그 가족의 선택이 완전히 틀렸다고 할 수 있을까? 팔순을 바라보는 연세에 생명에는 지장이 없다고 하니 시술 대신 그 불편을 감수하고 살겠다는 선택이 그리 비난받을 일은 아니라는 생각이 들어서이다. 개인적으로 내게는 간단해 보이는 발목 수술 대신 여생 동안 통증을 견디는 쪽을 선택하시겠다며 예정일에 입원을 거부하신 아버지의 뜻을 받아들이는 경험을 하면서부터였다. 그즈음 '특정 치료를 거부할 권리'에 대해 알게 되기도 했다. 환자에게 최선의 치료를 받을 권리뿐 아니라 치료를 거부할 권리도 있다고 한다면, 그 할머니의 경우가 거기에 해당하지 않을까 하는 생각이 들었다.

그러자 문제를 보는 눈이 전혀 달라진다. 그 '비정한 가족'이 문제가 아니라 환자나 가족의 결정이 의료진의 판단과 어긋난다고 해서 조금도 그 가족의 말에 귀 기울이지 않고 의료진의 주장을 수용하도록 밀어붙인 우리들의 태도가 문제였을 수도 있겠다. 물론 환자와 가족의 뜻이 일치한다는 전제하에서 말이지만.

과연 할머니의 침묵이 의미하는 것은 무엇이었을까? 가족의 결정에 대한 불만일 수도, 동의를 의미하는 것일 수도 있고, 그 상황 자체에 대한 불만이나 무력감일 수도 있었을 것이다. 어쨌든 당시에는 현실적으로 할머니의 의사는 중요하지 않았다. 설사 할머니께서 가족들과 다른 생각을 갖고 계신다 하더라도 가족의 의사에 반하는 의견을 표현할 가능성은 거의 없었다. 그렇다면 결국 그 가족의 결정은 그간 살아오면서 가족 내에 형성된 의사결정 방식을 포함한 것이고, 할머니의 의사는 그 속에 녹아 있는 것이 아닐까? 할머니가 큰아들만 믿고 의지하고, 다른 형제들도 매사를 큰아들의 의사에 따르는 패턴을 보이는 경우도 적지 않았다. 오히려 우리의 과도한 책임감이나 사명감이 할머니나 그 가족에게 폭력이 되었을 수도 있겠다. 어차피 우리는 할머니의 뜻이 가족들과 일치하는지, 진정 할머니의 뜻이 어디에 있는지 관심을 두지 않았다. 다만 우리가 판단한 최선의 치료책을 할머니를 비롯한 가족들이 받아들이도록 하는 데에만 관심이 있었던 것이다. 그 가족이 끝내 의료진과의 진솔한 대화를 거부하고 퇴원시켜달라고 고집한 건 의료진의 태도에 대한 불신으로 마음을 닫았기 때문일 수도 있겠다. 결국 그때 중환자실에서 침묵한 것은 할머니만이 아니었던 셈이다.

분노 :
생의 마지막을 폭력으로 보내게 한 책임은

"어이구, 선생님들 고맙습니다. 정말 고맙습니다."

이런, 또 예고 없이 수술실에서 환자가 나왔다!

보통 수술이 끝나고 환자가 어느 정도 마취에서 깨어나면 회복실간호사가 중환자실로 전화를 해 침상이 준비되었는지 확인하고, 수술 경과에 대해 인계를 마친 후 환자를 중환자실로 옮긴다. 그러나 수술 환자가 많아 어수선한 날일수록 이렇게 느닷없이 환자가 중환자실로 들이닥치는 일이 많다. 그렇지 않아도 정신없는 중환자실에 갑자기 수술환자의 침상이 나타나자 빈 침상의 담당간호사는 화가 나서 전화기 앞으로 달려갔다. 인계도 없이 환자를 보내면 어떻게 하느냐고 회복실간호사에게 따질 셈이다. 그래 봐야 회복실간호사에게 미안하다는 말 한마디 듣고 늦은 환자 인계를 받는 게 전부일 텐데, 그래도 그냥 지나쳐지지 않는 것이다.

전화기를 들고 서 있는 담당간호사 대신 내가 조무사와 함께 환자를 맞아 정리하게 되었다. 뇌수술 후 중환자실로 나오는 환자들은 대개 아직 의식을 회복하지 못한 상태로 침대에 누운 채 어수선하게 뒤척이거나 신음 소리를 내며 통증을 호소하기 마련이다. 그래서 우리는 인계를 받으면 전산으로 환자의 처방을 확인하여 미리 수액과 진통제부터 준비했다가 환자가 나오자마자 진통제를 투여하곤 했다.

그러나 할아버지는 다른 환자들과 달리 침대에 앉아서 활기 넘치는 목소리로 여기저기 돌아가며 고맙다는 인사를 하고, 손까지 흔들며 들어오고 계셨다. 굵은 손마디나 구릿빛 얼굴이 최근까지도 노동을 쉬지 않으셨을 것 같은 인상에, 이름표를 보기 전에는 도저히 팔순이 가까운 연세라고 생각되지 않을 만큼 호탕하고 건강해 보였다. 나는 속으로 농사일보다는 바닷일을 하셨을 것 같다는 생각을 하며 할아버지를 맞았다.

"머리 아프지 않으세요?"

"어이구, 아니에요. 좋습니다. 선생님들 덕분에 다 괜찮습니다."

"피 묻은 것 닦아드릴게요. 옷 갈아입으신 후 CT 찍으러 가실 거예요."

"아이구, 고맙습니다. 다 알아서 해주십시오."

보통 기본적인 의식사정이 끝나면 심전도를 연결하여 활력징후◆를 확인하고, 바로 담당레지던트가 동행하여 CT를 찍어 수술 후 출혈 여부를 확인하는 게 수순이다. 그런데 곧 뒤따라 나온 담당레지던트가 들고 온 차트를 테이블 위에 던지듯 내려놓으며 "그 환자, CT 없어요!" 하고 한마디 툭 던졌다. 신입간호사일 땐 앞뒤 다 잘라먹고 그렇게 퉁명하게 던지는 말에 기분부터 상했지만 이제는 안다. 그도 감당하지 못하는 어떤 불편한 감정을 감추려는 것임을. 이 할아버지의 수술을 둘러싸고 뭔가 석연치 않은 일이 있는 것이다. 옷을 갈아입히는 일을 조무사에게 맡기고 방문을 닫고 나왔다.

"무슨 일이에요?"

"Dura◆◆안 열었어요. 그냥 Skull두개골만 열었다 닫고 나왔어요."

두개골만 절개하고 그 안의 뇌 조직을 둘러싸고 있는 막은 절개하지 않아 CT를 찍을 필요가 없다는 것이다.

"왜요? 상태가 그렇게 안 좋았어요?"

"원래 종양을 제거할 목적으로 수술 들어간 거 아니에요!"

담당레지던트는 속상해서 그런지, 짜증이 나서 말하기도 싫다는 기색이었다. 그렇다고 질문을 멈출 수는 없다.

"그럼 뭐예요? 수술 목적이 뭐였는데요?"

◆ 체온, 맥박, 호흡, 혈압을 의미하며 신체 기능을 나타내는 지표로 본다.

◆◆ 뇌와 척수를 둘러싸는 3겹의 뇌막 중 가장 바깥쪽의 막. 경질막이라고도 한다.

"환자가 원하니까 했죠! 종양 제거 못 한 거 환자한테는 비밀로 하세요!"

이 말을 남기고 담당레지던트는 더 이상 말하기 싫은 듯 자리를 떠났다.

"할아버지, 수술 부위가 위험하지 않은 곳이라 CT는 필요 없다고 하네요."

내가 말을 바꾸는데도 환자는 한마디 의문을 제기하지도 않고 연신 "아, 예에, 고맙습니다. 다 알아서 잘 해주시겠지요." 하신다.

급한 대로 환자를 안심시키고 황급히 전산기록을 열어 확인한 할아버지 상태는 절망적이었다.

할아버지께선 벌써 두 차례나 종양 제거 수술을 받은 병력이 있는데다 새로 발견된 종양은 여러 개였고, 모양이나 크기, 위치도 수술이 어려운 말기상태였다. 의료진이나 가족은 수술이 불가능한 걸 알고 있었지만 수술에 대한 환자의 기대가 워낙 컸다. 어차피 마지막이니 원하시는 대로 시도라도 해보자는 수술이었다. 혹여 종양 일부라도 제거할 수 있으면 다행이라는 기대가 없지는 않았을 것이다. 그러나 두개골을 절개해보니 이미 종양은 손도 댈 수 없다는 상황만 확인하고 수술실을 나온 것이다.

아무것도 모르는 환자는 수술 결과는 물어보지도 않고 마냥 고맙다는 인사를 하기에 여념이 없으셨다. 당연히 결과가 좋으리라 믿고 계시거나 어쩌면 무의식적으로 확인을 피하고 계신지도 모르겠다.

나는 수간호사에게 상황을 보고하고 긴급히 간호사들을 스테이션으로 불러 모았다. 환자가 자신의 상태를 잘 모르고 있고 가족과 주치의 사이에서만 자세한 정보가 오고 갔으므로 누군가 실수하지 않도록 주의를 주어야 했다. 의사소통 통로를 통일하기로 했다. 의료진 모두에게 함구령이 내려졌고 환자 상태에 대한 모든 설명은 주치의에게 미루도록 했다. 만약 환자가 수술 결과나 이후 치료에 대해 물으면 "잘 모르니 주치의와 상담할 수 있게 연결해드리겠다."라고 답하라는 지침이 내려졌다.

다시 태연한 표정으로 환자 곁으로 돌아갔다.

"갈증 나실 텐데 앞으로 6시간은 더 있어야 물을 드실 수 있거든요. 물이랑 젖은 거즈를 갖다 드릴 테니 찬물로는 입만 헹구시고 젖은 거즈를 입에 물고 계시면 갈증이 덜할 거예요."

나도 모르게 사소한 것들에 대한 설명이 길어졌다.

"예~예. 고맙습니다, 선생님. 정말 고맙습니다."

얼굴과 목에 묻어 있는 피와 소독액을 닦으면서 중심정맥관을 건드려서 아프다고 소리칠 만한 상황인데도 할아버지는 연신 고맙다며 기분 좋게 웃으셨다. 마음이 아프다. 뭔가를 감춘 사람의 죄스러움 때문에 쉽게 환자 곁을 떠날 수가 없었다.

"진통제 들어갔으니 곧 편안해질 겁니다. 좀 쉬고 계세요. 이제 보호자 면회시켜드리겠습니다."

그 순간 예상치 못한 일이 벌어졌다. 날카로운 심전도 알람과 천둥 같이 터져나온 할아버지의 고함 중 어느 것이 먼저였는지 구분할 수 없었다. 심전도 모니터상에서 할아버지의 심장박동이 분당 180회◆를 넘어서며 심전도가 심하게 흔들렸고, 할아버지는 뻘겋게 달아오른 얼굴로 숨을 몰아쉬며 무시무시하게 큰 소리를 쏟아내고 있었다. 그러나 너무 흥분한 상태라 처음엔 의미를 가진 단어가 되지 못했다.

"망할 놈! 불효막심한 놈! 그놈을 보면 내 머리가 터져 죽을 거야! 선생님, 그 인간 말종, 싫어요! 안 보게 해주세요!"

내가 겨우 알아들은 말은 이유를 알 수 없는 것들이지만, 할아버지는 숨이 넘어갈 듯 위태로워 보였다. 일단 보호자는 부르지 않을 테니 진정하시라고 사정을 했다. 한참 만에야 조금 수그러들었지만, 할아버지께선 여전히 분을 삭이지 못해 숨을 몰아쉬며 말씀을 이어갔다.

"괘씸한 놈! 내가 저를 어떻게 키웠는데……. 지 에미랑 한통속이 되어가지고 애비가 죽기를 기다리는 배은망덕한 놈! 내가 두 번씩이나 사업자금도 대주고…… 그렇게 뒷바라지를 했건만 은공도 모르고……. 선생님, 글쎄 큰놈이 지 에미랑 짜고서 나를 묻어버리려고 나 몰래 내 무덤이나 알아보고……. 천하에 막돼먹은 놈 같으니라고!"

◆ 노인의 경우 표준 심박동수는 분당 60~70회 정도이다.

할아버지는 분노와 배신감으로 이성을 잃으신 듯 보였다. 대충 상황을 짐작할 수 있을 것 같았다. 환자 상태를 잘 알고 있는 부인과 큰아들이 할아버지의 임종에 대비하여 미리 묘지를 알아본 것이 화근이 된 듯하다. 전화를 받고 달려온 가족들에게 환자가 많이 흥분한 상태라 면회가 곤란하다고 알리니 왜냐고 물어보지도 않는다. 불안한 눈빛과 잔뜩 움츠러든 모습에서 이미 두 분이 험난한 전쟁을 치러왔음을 알 것 같다. 두 분은 내내 복도에서 안절부절못하다가 회진 온 주치의를 만나 수술 경과를 듣고 돌아갔다.

보호자와 주치의 사이에 어떤 얘기가 오갔는지 충분히 예상되건만, 환자 앞에 선 주치의의 목소리는 밝고 쾌활하다.

"할아버지, 잘 끝났으니 안심하세요. 그래도 중환자실에서 하루 이틀은 지켜보아야 합니다. 금식 끝나면 식사 잘 하시고요!"

다시 이어지는 할아버지의 감사 인사.

그 이후 면회 시간, 식사 시간은 매번 전쟁이었다. 할아버지는 주변에 부인이나 아들의 모습이 비치기만 하면 이성을 잃고 난폭해지셨다. 밤에는 멀리 사는 둘째 아들과 딸이 찾아와 할아버지의 분노를 누그러뜨려보려 했으나 전혀 소용이 없었다. 식사를 도와주는 간호사들에게 끊임없이 미안해하시면서, 때론 바쁜 간호사를 기다리지 못하고 모로 누워 식판을 기울여 옹색한 식사를 하시면서도 끝내 두 보호자를 보려 하지 않으셨다. 환자 침상 주변에서 일어나는 일과 병실 밖 보호자들과 의료진들 사이에서 이루어지는 결정이 전혀 다른 세상의 일처럼 따로 돌아가고 있었다.

할아버지가 암 진단을 받은 후 부인과 큰아들은 줄곧 할아버지의 상태와 경과에 대해 듣고 의사결정을 하는 주보호자였다. 그래서 누구보다도 할아버지 상태에 대하여 잘 알고 있었다. 말기 상태에 계신 할아버지를 돌보며 할 수 있는 모든 치료를 하는 한편, 할아버지의 임종을 염두에 두지 않을 수 없었을 것이다. 그러면서도 수술에 동의했을 만큼 두 분은 할아버지의 희망을 꺾지 않으려 최선을 다했다. 그러나 결과는 최악이다.

우리와 문화적으로 유사한 일본에서 이루어진 한 연구◆에 의하면 의료진은 암환자의 예후에 대해 보호자에게 설명할 때는 순순하게 의학적 판단만 말하거나 비관적으로 말하는 반면, 환자에게 설명을 할 때에는 희망적인 면을 부각하는 경향이 있다고 한다. 우리는 그런 대화법이 어떤 결과를 낳는지 지금 확인하고 있었다. 그렇지만 해결책은 알지 못했고, 결과는 고스란히 가족이 감당할 몫이었다. 그 가족은 직격탄을 맞아 폐허로 변해가고 있었다. 믿고 의지하던 가족에 대한 의심, 가족이 나의 완쾌를 바라지 않는다는 오해, 이로 인한 배신감과 분노로 이성을 잃은 환자가 있다. 그리고 환자의 희망을 꺾지 않겠다

◆ 「한국의료윤리학회 제16차 춘계학술대회 자료집」 16p, 2010

는 책임감 때문에 언제까지일지 기약도 없이 속수무책으로 환자의 폭력을 감당해야 하는 가족이 있다. 의료진은 그 중간에서 환자와 가족을 향해 각기 다른 말을 하며 혼란에 빠져 있었다.

지금 너무 밝기만 하셨던 할아버지를 떠올리면 이미 당신의 상태를 짐작하고 계셨는지도 모른다는 생각이 든다. 그렇다면 당시의 분노는 다른 데 원인이 있었던 게 아닐까. 모현의료센터에서 호스피스 케어를 받다 61세에 위암으로 사망하신 분이 남기셨다는 말씀이 그때 할아버지의 심정을 말해주는 것 같다.

> 나는 31년 동안 내 아내와 두 아들에게 권위 있는 남편, 아버지로 살아왔다. 그런데 내가 병에 걸리니까, 특히 치유할 수 없는 암에 걸리니까 나에 대한 이야기를 나를 빼놓고 지들(의료진과 가족들)끼리 쑤군거리고 결정한다. 나는 소외감과 배신감을 느껴서 더 이상 살고 싶지가 않다. 마치 내가 집 안의 붙박이장이나 통나무로 취급당하는 것 같아 30년 동안 헛살았다는 생각이 들고 인생이 허무해진다.

이처럼 병원에서 의료진과 가족들로부터 소외받거나 치유의 주체가 되지 못하는 현대의 의료시스템 안에서 환자들의 역할은 수동적일 수밖에 없고, 자신의 몸과 생명에 대해 발언권을 갖지 못한다는 데 분노를 느끼기도 하며 수십 년 함께 살아온 가족에게 절망감과 함께 좌

절을 느끼기도 한다.◆

또 한바탕 소란을 치른 직후에 간호사실에서 이런 말이 나왔다.

"이럴 땐 눈치 없는 신규도 한 명 없나? 환자분, 종양 절제는 못 하셨잖아요, 한마디만 해주면 되는데……."

그때 나는 '그런 의사소통 오류를 통해서라도 할아버지께 진실이 알려지면 어떨까? 환자와 가족, 의료진이 함께 그 사고를 수습하며 추스를 수도 있지 않을까?' 하는 생각을 해보았다. 진실을 알리는 것이 환자에게 위험을 초래할 수 있다는 막연한 믿음은 흔들리고 새로운 확신은 없을 때였다. 다만 분명한 것은 이대로 두면 할아버지가 생의 마지막 날을 끔찍한 폭력 속에서 맞게 될지도 모른다는 사실이다. 그건 너무 처참하다.

몇 년 전, 한 환자는 참을 수 없는 고통을 호소하는 자신의 말에 귀 기울이지 않고 "의료진과 한통속이 되어" 자신의 행동을 저지하는 가족에게 분노하여 이성을 잃었다. 결국 부인과 아들에게 손찌검을 했고, 사지가 억제된 상태에서 가족에게 욕설을 퍼부으며 발버둥을 치는 모습을 마지막으로 임종을 맞았다. 그때 나는 그 환자의 급작스런 죽음보다도 한 사람이 가족에게 휘두른 폭력을 마지막으로 남겨두고 생

◆ 손영순 까리따스 수녀, '호스피스 현장에서의 생명윤리', 「2009 한국생명윤리학회 춘계학술대회 자료집」, 79p, 2009

을 마감할 수도 있다는 사실에 큰 충격을 받았다. 그리고 그 가족이 아름답게 이별하도록 돕지 못한 자책감으로 오랫동안 괴로워했었다. 그런데도 나는 할아버지께 뇌수술을 포기한 사실을 철저히 비밀로 하는 데 동조했다.

우리는 모두 위기에 처한 그 가족을 위해 무언가 하고 싶었지만 할 수 있는 일이 별로 없어 보였다. 담당레지던트를 만나 할아버지께 진실을 말하는 것이 좋지 않겠느냐고 상의를 했을 때, "가족이 원하지 않는 걸 어떻게 하겠어요."라는 대답이 돌아왔다. "처음에야 환자분을 걱정하여 그랬을 수 있지만, 상황이 저 지경인데 마음이 바뀌었을 수도 있지 않나요."라고 반문하자 "어차피 오늘내일 전동 갈 텐데 일반병동에서 해결하도록 두세요."라는 대답이었다. 끼니를 거르고 수면부족에 시달리며 일하면서도 다급한 환자들을 살피기에 벅찬데 굳이 성가신 일을 벌일 생각이 없었을 것이다. 말은 쉽게 꺼냈지만, 나도 엄두가 나지 않긴 마찬가지였다. 굳이 핑계를 대자면, 우리 의료진이 환자에게 진실을 말하고 도움을 주기에는 환자가 중환자실에 머무르는 시간이 너무 짧았다. 진실을 말한 후 환자가 상황을 받아들이기까지 환자와 가족을 세심하게 지켜보고 지지해줄 수 없다면 그 또한 무책임한 행동이 아닐 수 없다.

그때 중환자실에서 그 가족을 위해 내가 한 것은 환자를 일반병동으로 전동 보낼 때 상황을 제대로 인계하여 일반병동의 의료진 중 누군가 관심을 가져주기를, 혹은 보호자들이 먼저 진실을 알리자고 의료진에게 청하기를 바란 것이 전부였다. 가족들에게 환자분께 상황을 솔직히 알리는 것에 대해 생각해보고 일반병동에 가면 의료진에게 도움을 청하라고 알려줄 수도 있었지만 그때는 그마저도 조심스럽고 자신이 없었다. 비겁했다는 느낌을 지울 수 없다.

공포 : 이들이 가진 두려움에는 이유가 있다

"애애애앵~."

휴일같이 조용하던 중환자실에 요란한 사이렌 소리를 울리며 한 무리의 사람들이 밀어닥쳤다. 사이렌 소리는 당황한 표정의 의사들이 거칠게 밀고 오는 이동침대 위에서 울리고 있었다. 침대 위에 눈을 감은 채 누워 계신 작은 체구의 할머니가 입으로 그 높고 날카로운 소리를 내고 있었다.

"애애애애애앵~."

주먹이 하얘지도록 움켜쥔 상태로 경직되어 있는 할머니의 작은 몸 어디에서 그렇게 높고도 긴 소리가 나올 수 있는지…….

침대를 끌고 달리던 의사 중 한 명이 숨을 몰아쉬며 재빠르게 상황을 설명했다. 할머니는 가슴 통증으로 입원하여 협심증을 확진하기 위해 조금 전 심장혈관조영술을 마쳤다. 혈관은 정상이었다. 담당레지던트는 급한 와중에도 "아주 깨끗했습니다."라는 말을 힘주어 덧붙였다. 검사를 마친 후 할머니는 특별한 부작용 없이 지혈을 했고 일반병동으로 이동하기 위하여 이송직원을 기다리던 중이었다. 그런데 할머니가 갑자기 사이렌 소리를 내기 시작하더니 의식이 떨어져 의사소통이 전혀 불가능해졌다. 검사 중에 콜레스테롤 찌꺼기가 떨어져 나와 뇌혈관을 막았다면 저 사이렌 소리는 '발작'의 일종일 수 있다. 의식상태를 사정하고 MRI를 찍어야 한다! 그런 판단에 따라 할머니는 일반병동 대신 중환자실로 옮겨진 것이다.

순식간에 중환자실에 비상이 걸렸다. MRI실에 연락해라, 그냥 내려가자, 정신없이 다그치는 주치의와 "할머니, 눈 떠보세요!" "손 잡아보세요" "여기 어디에요?" 의식 상태를 사정한다고 할머니 귓가에 대고 소리치는 간호사, 이리저리 뛰어다니며 처치를 하고 모니터를 연결하며 이동 준비를 하는 직원들로 북새통이 되었다. 그 틈에서 의사가 상황 설명을 마치는 순간, 나는 할머니의 의식 변화가 뇌경색이 아니라 극도의 공포감 때문임을 직감했다. 할머니가 울리고 있는 저 사이렌 소리는 발작이 아니라 비명이다!

나는 유난히 작은 체구의 할머니들에게 친밀감을 느끼고 공감을 잘

하는 편이다. 중학교 진학을 위해 읍내로 떠나던 순간까지 나는 어린 시절을 할머니 치마폭 안에서 보냈다. 어린 시절, 내 꿈은 전부 할머니 주위에서, 할머니의 이야기에서 영감을 얻은 것들이었다. 할머니는 내게 여신이었다가 엄마였다가 자매였고, 또 친구였으며 멘토였다. 어른이 된 다음 세상살이에 지칠 때마다 내가 마음속으로 부르며 매달리는 이름도 할머니고, 향수병에 걸리거나 마음을 다쳐 입맛을 잃었을 때 간절히 그리워하는 것도 할머니의 음식이다. 몇 가지 냄새에 민감한 것, 푸성귀를 좋아하는 식성이나 도무지 인공적인 것들, 현대적인 것들에 정 붙이지 못하는 것도 할머니를 닮아가는 중인 것 같다.

할머니는 가난하고 배고프던 시절에도 비린 음식이나 공장에서 만들어 파는 과자나 빵 같은 걸 전혀 드시지 못했다. 무슨 냄새가 난다고 하셨다. 비누 세수를 한 다음이나 로션이라도 바르고 할머니 곁에 다가서면 할머니는 질겁하며 나를 밀어내곤 하셨다. 모두 심한 인공의 냄새 때문이다. "왜요? 이렇게 좋은 냄새가 할머니는 왜 싫은데요?" 내가 납득할 만한 대답은 돌아오지 않았다. 그냥 한사코 "냄새가 난다."며 진저리를 치시는 것이다. 그래서 할머니는 매번 읍내 나들이를 하거나 서울 큰아버지 댁에 다녀오느라 외출을 하실 때면, 하얀 두루마기에 맞춰 하얀 구두를 신을 만큼 멋을 부리시던 할아버지로부터 "촌스럽다."는 역정을 들으시면서 시장 입구에서 파는 풀빵으로 끼니를 대신했다고 하셨다. 할머니의 몸은 문명으로부터 온 모든 종류의 냄새에 알레르기 반응을 보이는 것 같았다.

나들이에서 돌아오신 날의 할머니는 평소와 달리 아주 낯선 분이 되었다. 할머니 곁을 항상 떠나지 않던 재미있는 이야기 대신 생전 하시지 않던 한탄과 우울한 푸념이 이어졌다. 가만히 들어보면 모두 좋은 사람들 이야기인데도, 할머니의 결론은 늘 엉뚱하게 "늙으면 죽어야 되는데……."가 되는 것이다.

"장터머리를 나서는데 저만치 앞서 벌써 버스가 도착해 있는 거라. 기사가 버스를 세우고 우리 내외를 기다려주는데 그 젊은 버스기사가 사람이 좋아서 천천히 와도 된다며 기다려. 참 고마운데……. 걸음도 느린 늙은이가 얼마나 답답했을까. 늙어서 나다니면 젊은이들한테 폐나 되는데……. 버스에 탄 이들이 늙은이가 나다닌다고 흉이나 보지 않았을까 몰라. 늙으면 죽어야 하는데……."

"버스를 타니까 학생이 벌떡 일어나서 자리를 내주네. 정말 괜찮다고 하는데 한사코 일어나. 고마운 일이지만 마음속으로는 흉보지 싶어. 늙으면 움직이는 게 죄다 폐가 되는데……."

"빨리 죽어야 하는데 젊은이들 힘들게 너무 오래 살까 봐 걱정이다."

나는 그 마음을 한참 후 도시에 나와 고단한 생활을 해본 뒤에야 이해했다. 할머니께 마을을 나서는 일은 항상 익숙하지 않은 환경에 노출되는 것을 의미했다. 마을 밖은 속도까지 빨라서 할머니를 순식간에 '마을의 어른'에서 '도움이 필요한 노인네'로 바꾸어버렸다. 외출하실 때마다 할머니의 마음에 상처를 입히는 것은 마을 밖 세상 그 자체였을 것이다.

그런 할머니께서 노환으로 돌아가시기 전 얼마간 읍내에 있는 현대식 병원에 입원하셨다. 입원해 계신 동안 가벼운 치매증상을 보였다. 치매증상이라기보다는 낯선 환경으로 인한 섬망이나 일시적인 혼란일 수도 있었다. 어쨌든 나는 할머니의 정신이 맑지 않음을 차라리 다행이라 여겼다. 현대식 병원, 그 안에 가득한 온갖 인공의 냄새, 할머니의 이해력 밖에 놓여 있는 일들, 관계 맺기는커녕 구별하기조차 어려운 사람들, 그 엄청난 속도……. 할머니께서 절대 온전한 마음으로 감당할 수 없는 것들이었다.

바로 그 할머니가 읍내도 아닌, 고향땅으로부터 자동차로도 몇 시간씩 걸리는 먼 서울에 오셔서 세계적 규모를 자랑하는 '초일류' 병원에 입원하신다는 상상을 해본다. 내가 만난 많은 할머니들이 자식들의 손에 이끌려 첨단시설과 장비를 갖춘 대형병원에 입원하셨다. 입원 수속을 하고 입원실에 올라온 순간에 이미 만신창이가 되셨을 할머니. 이리저리 실려 다니면서 무슨 괴물 같은 큰 기계 앞에 서기도 하고 이유를 알지 못한 채 피를 뽑히고, 또 정확히 이해할 수 없는 이유로 밥을 굶는다. 느닷없이 가슴을 풀어헤치고 검사를 한다고 할 때도 그냥 '등신처럼' 눈길로 아들이나 손자손녀를 찾는 것이 전부였을 것이다. 퇴원을 하라고 해도 혼자서는 빠져나갈 수도 없을 것 같은 미로에서 유일하게 믿을 데는 자식이나 손자손녀 중 한 명밖에 없을 것이다. 죽을 수도 있다는 검사를 받는다. 의사나 간호사는 계속해서 간단한 검사라고 안심을 시키지만, 심장을 건드리는 어마어마한 검사인 줄 아는데 안심이 될 리가 있겠는가. 서늘한 검사실 복도에 누워 기다리고, 낯선 장비들에 둘러싸여 검사를 받는 동안, 또 어딘가로 실려가 회복되기를 기다리는 시간들을 할머니는 홀로 견디셔야 했다. 곁을 지켜주는 가족도 한 명 없이 한 번씩 다가와 이해할 수 없는 몇 마디를 던지는 낯선 의료진들 틈에서 검사를 받고 회복하는 내내 할머니는 극심한 불안과 공포로 바짝 굳어 계셨을 것이다.

"할머니, 지혈 다 끝났네요. 이제 병실로 보내드릴 거예요, 잠시만 기다리세요."

회복실간호사의 한마디에 할머니는 팽팽하게 당겨져 있던 긴장의 끈을 놓아버렸다. "애애애앵~." 하는 긴 사이렌 소리와 함께 할머니의 의식도 방향을 잃어버렸다.

"MRI실 준비되었대요!"

직접 침대를 끌고 이동하려는 주치의의 움직임이 감지되었다. 나도 모르게 주치의 앞을 가로막고 나섰다. 전문가다운 처사인지 따져볼 겨를이 없었다. 다만 이미 몸과 마음이 만신창이가 되신 할머니를 MRI 기계 속으로 다시 밀어넣는 것이 무지막지하게 느껴졌을 뿐이다.

"잠깐만요, 선생님. 제가 깨워볼게요! 할머니 그냥 겁나서 그러신 것 같아요."

주치의가 말없이 자리를 내주었다. 그도 미심쩍어 갸웃거리던 참이다.

"할머니, 듣고 계시죠? 검사는 전부 정상이래요. 심장도 멀쩡해요! 할머니 모시고 가라고 가족들 불러놨으니까 걱정 말고 눈 한번 떠보세요. 눈 안 뜨시면 혹시 어디 편찮으신지 비싼 검사를 해봐야 되거든요. 눈 뜨시고 그냥 일반병실로 가요."

"심장은 진짜 멀쩡하다는데, 괜히 비싼 MRI 찍으면 너무 아깝잖아요."

"선생님, MRI가 얼마나 해요?"

"50만 원은 넘는 것 같던데……. 한 60만 원쯤 할걸요."

"가족들은 연락되었나요?"

"일반병동에서 기다리고 계세요. 병동으로 보내드리려고 막 이송직원을 불러놓고 기다리던 중이었거든요."

직원들이 눈치껏 말을 주고받는 중에 사이렌 소리가 멎었고 할머니가 살그머니 한쪽 눈을 뜨셨다.

"봐요, 할머니. 멀쩡하시죠? 저 보이시죠?"

그제야 할머니는 두 눈을 뜨고 고개를 끄덕였다. 아직 다 가시지 않은 두려움과 조심스런 안도감, 수줍음이 뒤섞여 있었다. 할머니께선

운이 좋았다.

노인환자들은 중환자실에 입원했다는 것만으로 엄청난 스트레스를 받고 정신을 놓아버리는 경우가 많다. 늘 죽음을 의식하며 살고 계신 노인들에게 중환자실 자체가 공포의 대상일지도 모르겠다. 24시간 환하게 밝히는 전등, 각종 기계소리와 다급한 외침 등 끊이지 않는 소음, 그리고 철저하게 생활리듬을 무시하고 이루어지는 처치들……. 중환자실은 말 그대로 특수한 곳이다. 우리는 자정이나 새벽 2시 무렵에 중환자실 전체 환자를 대상으로 환자가 누운 상태에서 기계로 들어올려 체중을 재고 침대시트를 갈고 환의를 갈아입혔다. 새벽 4시 무렵부터는 전신목욕을 시키는 게 정해진 일과였다. 그 중간에는 한 시간마다 혈압을 측정하고, 두 시간마다 체위를 바꾸고, 가래를 뽑느라 자는 환자를 깨워야 했다. 거의 모든 환자들이 매일 하는 흉부 X선 촬영도 새벽 1시 무렵에 시작되었다. 그리고 새벽 6시가 되기 전에 인턴들이 나와 채혈을 했다. 환자들이 언제 잠을 제대로 보충하는지 정확하지 않았다. 그냥 낮에도 늘 눈을 감고 있으니 그때 자려니 짐작할 뿐이다. 멀쩡한 사람도 혼돈을 일으킬 만큼 낮과 밤이 따로 없었다. 그래서 의료진도 정확한 환자 상태를 판단하는 데 혼란을 겪기도 한다.

뇌출혈로 왼쪽 다리 힘이 없어졌다 회복 중이던 할머니가 있었다.

호전되어 다리 힘은 정상으로 돌아왔으나 매일 밤 10시 무렵이면 의식이 나빠져 지시에 따라 행동하지 못하고 통증을 가해도 약해졌던 왼쪽 다리는 움직이지 않았다. 매일 밤 비슷한 시간에 비상이 걸리고 할머니는 응급 CT를 촬영했다. 늘 이상은 발견되지 않았고 검사실에서 돌아오면 환자는 회복되어 있었다. 매일 같은 시각에 되풀이되는 일이었다. 나는 문득 '할머니의 의식이 나빠지는 것이 아니라 깊은 수면에 빠진 것은 아닐까?' 하는 생각이 들었다. 우리 할머니도 유난히 초저녁 잠이 많으셔서 저녁 9시가 되기 전에 곯아떨어지곤 했다는 사실이 기억났다. 텔레비전이 생기면 아이들이 할아버지, 할머니도 몰라보고 버릇이 없어진다는 어른들의 우려 때문에 우리 집은 할아버지 방에 텔레비전을 두었다. 매일 저녁 8시 30분경이면 할아버지 방에서 연속극을 보던 우리가 할머니를 깨워보려고 애썼다. 할머니의 코 고는 소리가 방해가 되기도 하고, 할머니가 그렇게 재미있는 연속극을 보지 않고 주무시는 게 안타깝기도 했기 때문이다. 하지만 한 번도 할머니의 잠을 쫓는 데 성공하지 못했다.

어느 날 저녁, 검사실에서 돌아오신 할머니는 왼쪽 다리를 들어보라는 의료진의 말에 전혀 반응하지 않다가 간호사가 통증을 가하자 "아야!" 하며 다리를 번쩍 들어 피하고는 간호사에게 욕을 퍼부었다. 내가 "할머니가 아주 깊은 잠에 빠졌던 건 아닐까?" 하자 다른 간호사들도 "맞아요, 검사실 가느라 찬바람 쐬면 깨시는 거고……." 하면서 동조를 했다. 담당레지던트도 그런 의심이 없지 않았는지 난감한 표정으로 서서 "그렇다고 검사를 안 할 수도 없잖아요." 하고 대꾸했다. 사고는 언제나 그렇게 작디작은 틈새를 파고든다는 사실을 누구나 알고 있었기 때문에 할머니의 의식 변화가 수마睡魔 때문이라는 심증이 아무리 굳건하더라도 검사를 하지 말자고 주장할 사람은 없었다. 그래서 할머니는 중환자실 침상이 부족해 일반병동으로 '밀려'갈 때까지 매일 밤 반복해서 꼬집히고 CT를 촬영할 수밖에 없었다.

상황이 이러니 '중환자실 정신증'을 보이는 환자가 그리 자주 발생하는 것도 무리는 아니었다. 중환자실 입원 후 환자들이 경험하는 극심한 스트레스가 특별한 기질적 변화 없이도 갑작스런 의식 변화를 초래한다고 여겨, 이를 중환자실 정신증이라고 한다. 중환자실 정신증을 일으키는 원인이 다양하다고는 하지만, 우리는 그냥 중환자실에 입원했다는 사실 자체가 중환자실 정신증을 일으킨다고 믿었다. 지속적인 긴장감, 움직임을 제한하고 생활의 리듬을 깨뜨리는 치료환경, 다른 환자의 죽음을 목격하게 되는 상황, 검사나 처치에 대한 두려움, 어쩌면 모든 중환자의 마음속에 잠재해 있을 죽음에 대한 공포 등을 생각해보면 중환자실은 맨 정신으로 견뎌내기 힘든 곳이었다. 멀쩡하던 환자들이 갑자기 불안해하면서 안절부절못하고, 지남력을 잃어버렸다. 심하면 헛것을 보고, 망상에 시달리며, 난폭해지기 일쑤였다. 중환자실 정신증은 장기 입원 환자들에게 자주 나타난다고 알려져 있지만, 내 경험에 따르면 노인환자들은 입원 하루 이틀 만에 이런 증상을 보이는 경우가 흔했다. 우리는 노년기엔 일상적으로 죽음을 의식하며 살기 때문이 아닐까 짐작했다. 노인의 마음속에 잠재되어 있던 죽음에 대한 공포가 중환자실에서 극대화되면서 노인환자들이 일종의 정신적 공황상태에 빠진다는 추측이었다. 특히 심폐소생술이 있거나 환자 중 누가 사망한 날 밤이면 거의 어김없이, 노인환자들 중에서 지남력을 잃고 불안해하거나 망상을 보이는 환자가 생기곤 했다. 때로 심폐소생술을 시행하는 중에 두세 명의 환자가 불안한 움직임을 보이면서 간호사들을 긴장하게 만들기도 했다. 증세는 환자가 슬그머니 침상 밖으로 나오려는 것으로 시작되었다.

"어디 가시려고요?"

"어, 그냥…… 저기……."

"여기는 병원이에요. 입원한 것 기억나세요?"

설명을 하면 이내 수긍하듯 자리에 눕지만, 5분도 안 되어 다시 슬그머니 움직이고 간호사가 달려오고……. 이렇게 반복하다가 어느 순간, 행동을 제지당한 환자는 화를 내며 난폭해진다. 망상이나 환각을 먼저 경험하건 불안 증세가 앞서건 결국에는 제지하는 의료진과 환자 사이에 몸싸움이 벌어지고, 억제대가 적용되거나 진정제가 투여되었다. 그러면 환자의 섬망은 더욱 심해지고, 그 때문에 중환자실 입원기간이 길어지는 악순환이었다.

처음 나는 그런 환자들의 변화를 이해할 수 없었고 그 변화를 알아챌 만큼 준비되어 있지도 않았다.

어느 날 밤 근무 중, 깨어 계시던 어느 할머니는 환자 침상 앞 테이블에 기대어 기록을 하던 내게 안쓰럽다며 잠을 좀 자라고 성화셨다.

"할머니, 저는 간호사예요. 환자들을 봐야 하는데 자면 어떡해요."

주변을 휘 둘러보시던 할머니의 대답은 이랬다.

"내가 대신 봐줄게. 나는 잠도 안 오는데 이렇게 앉아서 봐주지 뭐. 책상에 엎드려서 잠깐이라도 눈을 좀 붙여."

모처럼 시골 할머니를 대하듯 다정한 시간을 보낸 그날 새벽, 목욕을 시키고 옷을 갈아입혀 드리고 나자 갑자기 할머니의 태도가 돌변했다. 이것저것 트집을 잡으시며 나를 괴롭히는 것이었다. 나름 마음을 다해 살펴드리고 있었는데 말이다! 보통 새벽 4시부터 6시 사이가 간호사들이 중환자실 환자들을 닦아주는 세면 시간이었다. 상식 밖의 이른 시간이지만 당시 업무표에 그렇게 정해져 있었고, 인계 부담이 큰 신입간호사들은 그보다도 훨씬 이른 시각부터 의식이 없는 환자들을 씻기기 시작하곤 했다.

나는 부담을 무릅쓰고 최대한 늦은 시각까지 기다렸다가 할머니를 깨웠다. 그리고 다른 사람들이 젖은 수건으로 대충 얼굴만 닦아드리는 동안, 나는 세숫대야에 물을 담아 나르며 개운하게 씻으시도록 마음을 썼다. 그랬는데……. 서운한 정도가 아니라 배신감이 느껴졌다. 아침 면회 시간에는 보호자에게 간호사들이 환자를 때린다고 이르고 계셨다. 인공호흡기를 단 환자는 간호사가 두 시간마다 체위변경을 하면서 큰 소리가 나게 등을 두드리니 할머니 말씀이 거짓말은 아니다. 하지만 묘한 뉘앙스가 보호자의 눈빛을 흔들었다.

"할머니께서 옆 환자분 등 마사지하는 소리에 놀라셨나 봐요."

보호자에게 해명하려는데 계속 이어지는 할머니의 말.

"여기 간호사들 수상해. 내 몸을 깨끗하게 닦아서는 새 옷으로 갈아입히더라니까. 관에다 집어넣으려고……."

할머니께선 새벽에 갑자기 몸을 씻기는 것을 장례 전에 시신을 닦는 염하는 절차로 오해하신 것이다.

"저기 저 간호사가 나를 나무 밑으로 데리고 가서…… 독약을 주사해서……."

할머니 마음속에 잠재된 죽음에 대한 공포와 불안이 상황을 왜곡하고 망상으로 이어지고 있었다. 다행이라고 해야 할지 그 말에 보호자는 의혹의 눈빛을 거두었고, 혹시 할머니가 치매가 아닌지 걱정을 하셨다. 나는 그런 건 아니다, 중환자실에서 받는 스트레스 때문이니 일반병동에서 가족들과 함께 계시면 금방 좋아질 것이라고 설명하고, 보호자들에게 교대로 환자 곁을 지켜달라고 요청하였다. 중환자실 환경이 주는 스트레스 때문이니 가족들과 낯익은 이들의 지지가 도움이 되리라고 믿었다. 내친 김에 할머니께서 중환자실 정신증을 보이는 것 같은데, 일반병동으로 보내 보호자랑 함께 지내게 하면 안 될지 담당 레지던트와 상의도 했다. 담당레지던트가 내 요청을 받아들여서 그랬는지는 알 수 없지만, 할머니께선 그날인가 그다음 날인가 바로 일반병동으로 이동하셨다.

우리가 초기에 상황을 알아채고 가능한 한 일반병동으로 옮기거나 가족과 함께 지낼 수 있도록 했으면 상황이 달라졌을지도 모른다. 그러나 이런 일은 보호자가 대기하지 않는 밤에 자주 발생하고, 환자의 상태가 일반병동으로 옮길 만한 상황이 아닐 때도 많았다. 더구나 진정제를 투여하고 억제된 상태로 침대에 누워 있는 기간이 길어지면 예정된 검사나 처치는 모두 연기했다. 그리고 연속적으로 다른 문제들이 생겨나기 시작했다. 예정된 시술은 받지 못하고, 중환자실 정신증만 조절하다 혼미한 의식 상태로 두 팔에 억제대를 한 채 일반병동으로 가는 경우도 많았다.

배제 :
나의 죽음을 왜 다른 이가 결정하는가

평범한 입원이었다. 조금 다른 점이라면 응급실을 통해 입원하는 환자들이 보통은 의료진의 권유대로 그날 응급실 당직교수를 주치의로 정하는 게 관례인데, 그 환자는 굳이 다른 주치의를 지명해 입원했다는 정도다. 병원 의사의 지인이라고 하더니 그쪽을 통해 정보를 얻고 주치의를 선택한 것 같았다. 환자는 의식이 온전했고 마비되거나 약한 곳도 없어 겉보기엔 상태도 양호해 보였다. 그래서 나는 환자에게 특별한 주의를 기울이지 않았다. 격리방 침대에서 환자와 보호자가 이야기를 나누는 한가로운 풍경과 환자의 방 앞에서 컴퓨터를 들여다보고 있는 낯선 의사의 뒷모습이, 그가 특별히 주의를 기울여야 할 환자가 아님을 말해주고 있었다.

그런데 얼마 후, 의사들이 그 환자 방 앞 컴퓨터 주변에 모여 검사 결과를 넘겨보며 웅성거리고 있었다.

"어떻게 이런 상태로 일상생활을 할 수 있었지? 신기하다."

"처음 보는 경우다."

담당간호사는 환자가 심각한 내과질환을 앓고 있었다며, 담당의들 사이에 오고 간 말들을 전해주었다. 오래 환자를 진료해온 내과 주치의에게 연락이 되었는데, 그로부터 환자가 간신히 버텨온 상태라 아주 작은 부담만 생겨도 돌이킬 수 없는 상태로 빠질 수 있다는 의견을 받았다 한다. 담당레지던트는 마취가 필요한 수술이나 시술은 영 불가능하겠다며 심란해했다. 하지만 환자는 수술이나 시술을 하지 않으면 안 되는 위험한 상황이었다. 내과에서도 담당의들이 여럿 오고 갔고, 그들로부터 감지되는 분위기는 뒤숭숭했다. 보호자들과 담당의, 주치의, 지인인 의사, 내과주치의와 담당레지던트들 사이에 환자 치료에 대한 의견들이 어수선하게 오갔다.

그 가운데 보호자들이 주치의와 면담을 했고, 어느 순간 담당레지던트가 시술 처방을 내렸다. 주치의와 보호자들이 면담 끝에 마취 없이 시술을 해보기로 결정했다는 것이다. 보호자들이 위험에도 불구하고 수술을 해달라 간청한 것이려니 짐작했다. 그런데 면담을 마치고 병실로 돌아온 보호자들의 표정이 밝아 보였고, 환자도 시술하게 되었다는 소식을 반겼다.

나는 이 상황이 좀 혼란스러웠다. 내가 잘못 알고 있었나? 저 가족들이 정말 수술을 하기로 결정한 것이 맞나? 어리둥절한 기분이었다. 내가 파악하기로는 보호자들의 요청에 못 이겨 의료진들이 거의 요행을 바라고 내린 결정 같았다. 그만큼 위험하다는 분위기였고, 수술은 막다른 길에서 받아들인 마지막 선택이었던 것이다. 보호자들이 환자 앞이라 위험성에 대해 함구하고 있는 걸까? 혹시 보호자들이 수술의 위험성에 대한 설명을 그냥 관행적으로 하는 것으로 오해하고 있는 게 아닐까? 담당레지던트에게 "정말 시술하는 것 맞아요? 보호자들 분위기가 너무 좋잖아요. 위험성에 대해 충분히 설명된 걸까요?"라고 묻자 "시술하기로 한 것 맞아요. 환자가 내과 ○○○선생님 지인이고, 교수님이 직접 설명하고 동의서를 받은 건데 잘 알겠죠……."라는 반응이었다. 보통 담당레지던트가 보호자를 면담하여 수술에 대해 설명하고 동의서에 서명을 받는 게 관례였지만, 환자가 내과선생님의 지인임을 감안하여 특별히 주치의가 설명을 하고 동의를 받은 것이다. 담당레지던트도 면담에 배석하지 않아 정확히 어떤 말이 오고 갔으며, 어떤 분위기에서 시술 결정이 이루어졌는지 모르는 눈치였다. 주치의가 직접 동의서를 받았다는 말에 나도 '그래, 잘 알고 결정했겠지. 결과에 직접 책임을 지는 주치의인데, 어련히 자세히 설명했을까…….' 하고 생각했다.

나는 수술이나 시술을 앞둔 상태에서 보호자가 담당레지던트 면담을 마치고 나오면 설명이 충분했는지, 환자나 보호자들이 제대로 이해했는지 알아보고 필요하면 추가 설명을 하거나 추가 면담을 주선하는 나름의 절차를 지키고 있었는데, 그날은 그 절차를 생략해버린 것이다. 일종의 VIP 신드롬인 셈이다. VIP이니 주치의가 특별히 면담하여 모든 것을 결정했고, 담당레지던트나 간호사들은 환자나 보호자들이 성가시지 않도록 평상시에 반복적으로 확인하던, '번거롭지만' 안전장치이기도 한 절차를 생략해버렸다. 그래서 본의 아니게 환자 · 보호자와 의료진의 의사소통에 허점이 생겼을 수도 있는 것이다. 우리들 마음에 자리 잡고 있던 것이 꼭 환자와 가족에 대한 배려뿐이었을까? 굳이 파고들자면 주치의로부터 특별히 배려 받는 VIP들은 담당레지던트나 간호사들을 무시하고, '아랫사람들'의 설명에 귀를 기울이지 않는 경우가 많았다. 우리 마음속에 환자에 대한 배려보다는 기분 나쁜 상황을 피하려는 의도나 민감한 상황에 굳이 끼어들어 문제를 만들고 싶지 않다는 생각이 더 컸는지도 모르겠다. 어쨌든 시술을 앞둔 환자와 가족들의 분위기는 예상만큼 심각하지 않았다. 나는 찜찜해하면서도 내가 뭘 잘못 알고 있겠거니 생각하기로 했다.

시술 전 보호자 면회 시간. 가족들이 대거 몰려들어 마지막 인사라도 나누는 분위기일 줄 알았는데, 의외로 면회도 단출하게 끝났다. 환자에게선 미뤄둔 일을 처리하러 가는 것처럼 홀가분함마저 느껴졌다.

"시술 잘 받고 오세요!"

간호사들의 인사에 환자는 뒤를 돌아보지도 않은 채 침대에 앉아 여유롭게 손을 흔들며 시술실로 떠났다. 너무 쉽게 받아들이는 그 모습이 오히려 마음에 걸렸다. 저 환자, 저렇게 보내도 되나? 그리고 몇 시간 후, 환자는 혼수상태로 논란의 한가운데에 있었다.

보호자들은 "멀쩡하게 걸어 들어온 환자가 간단한 시술을 받다가 다 죽게 생겼다."라며 의료사고를 의심했고, 주치의는 "보호자들이 사정해서 위험 부담을 무릅쓰고 시술하기로 한 것인데 결과가 안 좋다고 태도를 바꾼다."라며 서운해했다.

며칠간 환자의 가족들과 의료진이 의료사고다, 불가항력이었다, 언쟁을 되풀이하며 오해와 분노를 키워가는 동안 혼수상태의 환자는 관심 밖에 있는 것처럼 보였다. 보호자들과 주치의 사이에서 정확히 환자의 상태가 어떠한지, 앞으로 환자에게 필요한 것이 무엇인지 의논할 상황이 되지 못했다. 졸지에 남편을 잃은 부인은 의료진을 향한 분노를 주체하지 못했고, 특히 주치의를 만나면 멱살이라도 잡을 것처럼 달려들어 거세게 항의했다. 비슷한 상황이 반복되자 주치의의 회진 시간이 불규칙해졌다. 보호자 만나기를 꺼려하는 것이리라. 그럴수록 부인은 더욱 필사적으로 병원 곳곳을 헤매며 주치의를 찾고 주변 사람들에게 억울함을 호소했다. 누군가 하소연을 들어줄 사람이 절실한 순간이었을 것이다.

그러나 주치의와 담당레지던트뿐 아니라 간호사들도 이미 눈에 보이지 않는 선 바깥으로 물러나 있었다. 분쟁의 중심에 놓여 있는 환자를 간호하는 일은 언제나 팽팽한 긴장감을 필요로 했다. 보호자들에게 작은 공감을 표현하는 일조차도 다르게 해석될까 걱정이 앞서는 것이다. 평소에는 쉽게 하던 "죄송합니다."라는 말에 인색해졌고, 언제나 강조되던 경청과 공감의 미덕 대신에 일정한 거리를 유지하며 경계선을 벗어나지 않는 균형감, '전문가다운' 사무적인 태도가 자리를 잡았다. 환자의 상태에 대해 직접 언급하지 말라는 주의가 내려졌다. 모두들 흠 잡을 데 없이 공손했지만 절대로 어느 선 이상 다가서지도 않았다. 어쩌다 큰맘 먹고 건넨 위로의 말이나 눈빛은 부인의 격한 하소연에 놀라 재빨리 철회되었다. 지인이라는 의사조차도 가끔 어두운 표정으로 환자를 방문하여 말없이 지켜볼 뿐 부인을 만날 엄두를 내지는 못하는 것 같았다.

그 팍팍한 시간들. 부인의 항의 방문을 받은 병원의 여기저기에서 수시로 전화가 걸려왔다. 그때마다 나는 내 어머니의 한 시절을 떠올리며 자책감으로 마음이 무거웠다. 산발을 한 채 정신없이 병원 어딘가를 헤매고 다니는 부인의 모습이 보이는 것 같았다.

어느 해 여름, 나중에 어머니의 맏며느리가 된 후배가 시골 어머니 댁에서 며칠 머물다 갔다. 후배는 처음 해보는 지리산 산행 끝이라 다리를 절며 몸살을 앓았다. 어머니는 나를 쏘아보며 "아이고, 숭악한 선배를 만나가지고……. 저런 선배 따라다니지 마라." 하시면서 사흘 내

내 후배를 당신 옆에 붙들어두고 보살피셨다. 그러나 나중에 며느리가 그 일을 이야기했을 때, 어머니는 후배의 방문 사실조차 기억하지 못하셨다. 어머니께선 그때가 "하늘 같던 아들"의 신상에 일이 생겨서 넋을 놓고 살던 시절이었노라고 하셨다. "미친 사람처럼 온 들을 쏘다니다가 정 견딜 수 없을 때면 읍내 막내 시누이한테 달려가 몇 마디 꺼내놓아야 겨우 숨이 쉬어지던 시절"이었다 하셨다.

환자의 부인도 그런 시기를 보내는 중이었을 테지만, 병원에는 어머니의 막내 시누이 같은 사람이 없었다. 어머니의 그 시절을 떠올리며 가슴 아파하던 나조차도 마음뿐, 넋이 나간 모습으로 황망하게 중환자실을 오가는 그 부인 앞에서는 다른 이들과 마찬가지로 인색하고 방어적인 간호사였다. 그 상황에서 우리가 감당할 수 있는 일은 그저 정성껏 환자의 신체를 돌보는 일뿐이었다. 그러나 오래지 않아 이 일에 대해서마저 심각하게 회의하게 되는 날이 찾아왔다.

그날 회진 시간에 주치의와 부인이 병실 앞에서 딱 마주쳤다. 며칠째 주치의를 만나지 못했던 부인은 주치의를 보자 심하게 흥분해서 통곡하듯 소리치며 달려들었다.

"아이고~ 내 남편 살려내라! 내 남편 살려내! 멀쩡한 사람을……."

부인이 절규하자 당황한 주치의는 지금 환자가 죽었냐며, 무슨 말을 그렇게 하냐고 대꾸했다.

주변에 있던 사람들이 일제히, 그리고 보호자까지, 흠칫하면서 환자에게로 시선을 돌렸다. 검사실에서 돌아온 후 최초로 환자에게 사람들의 관심이 쏟아지던 순간이 아니었을까? 모두들 혼란스러워하고 있었다. 지금 환자는 살아 있는가? 환자의 혼수상태가 지속되면서 뇌사가 아닐까 의심이 들기도 했지만, 아무도 정확한 상태에 대해 알지 못했다. 누구도 감히 보호자의 동의가 필요한 무슨 검사를 하자고 나설 수 없는 상황에, 인공호흡기로 연명하며 간신히 심장박동을 유지하고 있었다. 혼란에 휩싸인 채 경악하며 서 있었던 그 순간, 우리가 하고 있는 일의 의미를 돌아보지 않을 수 없었다. 그때 이후로 나는 때때로 찾아오는 심한 의혹에 휘둘렸다.

우리는 환자의 심장 기능을 유지하기 위해 필사적으로 노력하고 있었지만, 환자를 살리거나 호전시킬 수 있으리라는 기대가 없었다. 그렇다고 보호자들이 환자의 죽음을 받아들이고 잘 이별할 수 있게 돕는다는 목적이 뚜렷했던 것도 아니었다. 그러면 왜 이렇게 애를 쓰고 있는 거지? 혹시 보호자들이 지치기를 기다리고 있는 것은 아닐까? 단지 시간을 벌기 위하여 환자의 심장박동을 유지하면서 임종을 연기하고 있는 것 같았다. 정말 그때 우리는 어서 보호자들이 지치기를, 그래서 그만하자 선언하고 환자의 죽음을 둘러싼 각종 부담으로부터 벗어날 수 있기를 기다렸는지도 모른다. 그래서 후배 간호사가 "다른 사람이 보면 지금의 우리, 참 재수 없을 것 같아요. 그죠?" 했을 때, 나도 고개를 주억거릴 수밖에 없었다.

결국 가족들과 의료진이 전혀 환자를 보낼 준비가 되지 않은 상황에서 환자는 임종을 맞았다. 사망선언을 하고 환자의 시신을 수습하는 순간까지도 우리는 보호자들과의 긴장을 의식하느라 막 세상을 떠난 사람에게 집중하지 못했다. "아무리 잘못한 게 없어도 사람이 죽었는데 미안하다는 말 한마디는 있어야 하는 것 아니냐. 그냥은 억울해서 못 보내겠다."라며 버티는 보호자들의 말은 항의가 아니라 사정이나 절규에 가까웠다. 의료진이 보호자들이 원하는 '최소한의 예의'를 갖추었지만, 스스로 생각하기에도 옹색하기 짝이 없었다. 차마 할 말이 없었기 때문이라고 믿어주면 좋겠다. 부인은 "간호사들이 잘못한 것 없다는 거 알아요. 간호사들한테 화낸 게 아니니까 마음에 두지 마세요. 수고가 많으셨어요."라는 말로 우리를 더 부끄럽게 했다. 눈빛이나 표정은 여전히 굳은 채였다. 나는 부인과 눈을 마주치지도, 환자에게 잘 가시라는 인사도 한마디 하지 못했다. 다만 부끄러움을 감추느라 어정쩡한 표정으로 고개만 숙여 환자를 배웅했다. 임종기도를 하고 그 상황을 모두 지켜본 사제 한 분이 기가 막히다는 표정으로 자꾸 우리들을 돌아보느라 무거운 걸음이 뒤처지고 있었다. 그 표정이 '도저히 믿을 수가 없다. 내가 보고 있는 게 정말 현실이냐?'라고 내게 묻고 있는 것 같았다.

떠나는 환자의 시신을 보면서 나는 상황에 압도되어 아무것도 할 수 없는 우리들 곁에 '어른'이 있었으면 좋겠다는 생각을 했다. 죽음이나 세상의 온갖 불운 앞에 쉽게 흔들리지 않는 어른이 있어 '이 사람들아, 서운한 마음도 있겠지만 가족들을 좀 이해하고 위로해주게. 가장을 잃은 사람들 아닌가.' 나무라주고, '이보게, 황망하고 억울하겠지만 잘해보려다 이리 된 것 아닌가. 어서 정신을 차리고 사람을 잘 보내드리는 게 먼저일세. 인력으로 안 되는 일인가 보네.' 하고 위로해주면 얼마나 좋을까. 그 옛날 고향마을 우리 할아버지께서 그러셨던 것처럼 말이다. 그러나 이삼십 대의 의사, 간호사들이 일하고 있는 중환자실에는 그런 어른이 없었다. 그래서 환자는 가족과 의료진의 판단에 따라 위험성을 감지하지도 못한 채 수술을 받고 황망하게 죽음을 맞을 수밖에 없었나 보다. 결정과 선택을 대신했던 우리는 불행한 결과 앞에서 각자 슬픔과 책임감에 짓눌려 환자를 제대로 '보호'하거나 대변할 경황이 없었다. 스스로 선택하지 않았지만 '누가 대신할 수 없는 죽음'을 그렇게 홀로 감당할 수밖에 없는 것. 중환자가 된다는 건 어쩌면 고립되고 소외된 상태에서 자신의 병과 죽음에 대해 제3자가 되는 일인지도 모르겠다.

제 3 장

중환자실에서 죽는다는 것, 이별하기 어렵다는 것

그에게도
작별할 시간이
필요하다

52세의 심부전증 환자. 젊은 나이였지만 이미 심장 근육은 힘을 잃고 늘어져 마지막 순간이 얼마 남지 않았다. 그때는 아직 우리나라에서 심장이식수술이 성공하기도 전이다. 그는 심장 밖으로 뿜어내지 못한 혈액이 정체되어 폐울혈◆을 만들어서 심한 호흡곤란으로 중환자실에 입원했다. 손가락 끝에 끼운 산소포화도 측정기의 수치는 처음부터 정상치를 한참 밑돌고 있었다. 보통 산소포화도 수치가 90퍼센트 근처로 떨어지기만 해도 의료진은 금방이라도 무슨 일이 생길 것처럼 긴장하는데, 환자의 산소포화도 수치는 80퍼센트를 간신히 넘겼

◆ 폐의 혈관 내에 혈액량이 증가한 상태를 말한다.

다. 굳이 기계가 수치를 알려주지 않아도 검푸른 입술과 가쁜 숨소리만으로도 아저씨의 상태는 누구나 짐작할 만했다.

아저씨는 정말 잘 참는 환자였고 상태의 위중함에 비해 정해진 시간에 상태를 확인하여 기록하는 것 외에는 간호사들의 손이 많이 필요하지 않았다. 돌이킬 수 없는 말기상태였으니 의료진이 해줄 만한 일도 없었다. 아저씨는 항상 반쯤 세워진 침대에 기대어 눈을 감은 상태로 힘겹게 버티고 계셨다. 너무 요구가 없으니 오히려 마음이 쓰였는지 담당레지던트나 간호사들은 수시로 "괜찮으세요?" "숨차지 않으세요?" 하면서 관심을 보였고 그때마다 환자는 괜찮다고 힘겹게 고개를 끄덕이거나 짧게 입술을 움직여 보이곤 하셨다. 그 모습에서 나는 힘들 때마다 묵묵히 담배를 태우며 견딜 뿐 말수가 없으셨던 아버지의 한때를 느꼈다. 그래서 내 담당이건 아니건 그렇게 아저씨께 눈길이 갔던 것이다.

약해질 대로 약해진 상태로 침대에 기대어 계신 분이지만 만만치 않은 내공과 함부로 대할 수 없는 위엄이 느껴졌다. 인품을 확인해주듯 면회객들도 많았다. 매일 저녁 면회 시간마다 빠짐없이 오는 동생들이 몇 명 있었고, 아침 면회 시간에도 늘 사람이 많아 보호자들이 교대를 하느라 분주했다. 선하고 활기찬 분위기의 면회객들에 둘러싸여 간간이 힘겹게 고개를 끄덕이기도 하면서 침대에 기대 있던 모습이 10년도 더 지난 지금까지 눈에 선하다. 조금만 침대머리를 낮추어도 격

렬하게 찾아오는 기침과 호흡곤란 때문에 환자는 입원 후 한 번도 반듯이 누워보지 못했다. 기절하듯 깜빡깜빡 조는 정도로밖에는 수면을 취하지 못하면서 며칠을 견디는 중이었다. 산소포화도 수치는 지속적으로 떨어지는데도 짜증 한번 내지 않는 아저씨 모습에 도움이 되지 못하는 의료진의 안타까움만 커지고 있었다.

아마 그날 나는 저녁 근무조 책임간호사였을 것이다. 호흡이 점점 가빠지고 산소포화도 수치가 70대로 낮아진 것이 불안해 나는 환자 주변을 맴돌고 있었다. 모니터를 보고 있는 내 호흡이 가빠지는 것 같았다. 내가 몇 번씩이나 괜찮겠냐며 걱정을 하는데 아저씨는 여전히 괜찮다는 몸짓을 보이셨다. 하지만 이미 대답도 힘겨워 보였고, 나는 조바심이 났다. “괜찮으세요? 제발 숨차면 말씀하세요. 기도삽관◆을 하고 인공호흡기를 달면 훨씬 편안하실 거예요.” 내가 적극적으로 기도삽관을 권유하자, 환자는 작지만 또렷한 목소리로 천천히 “괜.찮.아.요.” 하고 거절했다.

그러나 당장이라도 심장이 멎을 것 같은 위기감에 우리가 평정심을 잃었다. 나는 담당레지던트를 부르고 환자에게 사정하듯 매달렸다.

“제발 숨차면 숨차다고 말씀하세요. 네? 숨 쉬기 편하게 도와드릴게요. 기도삽관을 하면 편해질 거예요. 기도삽관 하고 조금만 쉬세요.

◆ 환자가 자발호흡을 할 수 없는 경우 기도에 관을 삽입하여 호흡을 도와주는 시술이다.

네?"

연락을 받고 온 담당레지던트도 기도삽관을 하자고 환자를 설득하기 시작했다. 어느 순간, 잠시도 의식을 놓지 않고 버티던 아저씨의 반응이 느려졌다. 지친 아저씨가 고개를 끄덕였는지 혹은 고개를 떨어뜨린 것인지 분명치 않았지만, 우리는 환자가 기도삽관을 하자는 데 동의한 것으로 받아들였다. 담당레지던트가 다급하게 기도삽관을 준비하라 외쳤고, 순식간에 처치가 시작되었다. 입을 통해 기도로 관을 삽입하기 위해서는 환자를 반듯하게 눕힌 상태에서 고개를 최대한 뒤로 꺾어야 한다. 환자를 반듯이 눕히기 위해 침대머리를 내리는 순간, 무슨 말인가 하려는 듯 아저씨가 축 늘어져 있던 오른손을 다급하게 휘저었다. 나는 뒤로 눕는 바람에 숨이 차서 그런 것이겠거니, 혹은 기도삽관에 대한 공포감에 반사적으로 보이는 몸짓이겠거니 하고 환자의 팔을 붙들었다.

"환자분, 잠시만 참으세요. 금방 끝날 거예요. 그런데 환자분도 모르는 사이에 손으로 관을 잡아당기거나 해서 다칠 수가 있거든요. 그래서 기도삽관을 하는 동안 손을 좀 묶을 거예요."

친절한 목소리였지만 참으로 냉정하고 일방적인 통보였다. 그렇게 환자의 양손을 묶고 기도삽관을 했다. 정확히 표준 업무지침에 따른 행동이었다.

"환자분! 입 크게 벌리시고 깨물지 마세요. 관이 기도로 들어갈 때

숨이 차고 기침이 날 거예요. 그 순간만 참으면 금방 끝나요!" "잠깐만 참아주세요!" "깨물지 마시고 입 크게 벌리세요!" "잠깐만 기침을 참아 보세요!"

기도삽관을 시작하면 매번 간호사나 담당레지던트가 다급하게 소리치지만 대개 소용이 없다. 거의 반사적인 기침, 본능적인 공포감을 이성으로 억제하기가 쉽지 않은 까닭이다. 때문에 미리 진정제를 주사하고 심하면 근이완제를 사용하기도 하면서 기도삽관을 하기 마련이다. 그런데 환자는 하얗게 질린 상태로 식은땀을 흘리면서도 단계마다 입을 벌리고 기침을 참으면서 기도삽관에 협조하려고 했다. 환자가 죽을힘을 다해 의료진의 지시에 따르고 있다는 것을 느낀 순간 내 가슴이 덜컥했다. 조금 전 환자의 오른손 움직임이 뭔가 하고 싶은 말이 있다는 의사 표시였다는 예감이 들었다. 두려움이나 호흡곤란으로 인한 저항의 몸짓이라 해석하기엔 이후 보여주신 모습이 너무 이성적이었다. 어른 손가락 굵기만큼이나 굵은 플라스틱 관을 목구멍 속으로 밀어넣는데도 아저씨는 저항하지 않으셨다. 호흡곤란과 반사적인 기침조차 참으면서 입을 벌리라면 최대한 입을 크게 벌리고 숨을 참으라면 힘껏 참는 모습은 지금껏 본 적이 없고 앞으로도 기대하기 어려운 것이었다. 환자에 대한 안타까움과 함께 불안한 예감이 마음속에서 떠나질 않았다.

다급한 마음으로 기도삽관을 하고 인공호흡기를 연결했지만, 한숨

돌리고 보니 심란하기 짝이 없었다. 숨 쉬기 편하게 도와드리겠노라고 했지만, 돌아보니 그 말은 모두 거짓말에 가까웠다. 기도 속으로 관을 삽입했다는 사실만으로도 환자 앞에는 많은 난관이 기다리고 있었다. 환자는 말을 할 수 없고 억제대나 진정제 때문에 스스로 움직일 수도, 기침을 해 가래를 뱉어낼 수도 없다. 게다가 폐렴이 생기지 않도록 수시로 가래를 뽑는 고통스런 처치를 받아야 한다. 나중에 성형수술 때문에 아주 짧은 순간이나마 기도삽관 상태로 가래 뽑는 경험을 한 간호사는 그것이 죽고 싶을 만큼 끔찍한 고통이었노라고 회상했다. 온몸을 들썩일 정도로 기침을 하며 가래 뽑기를 마친 환자들 눈가에는 무의식 상태에서도 눈물이 흘러 있곤 했다. 그런 처치를 최소한 두 시간마다 반복해야 했다. 새벽마다 찍어 확인하는 폐 사진에서 조금이라도 가래가 끼어 폐포가 펴지지 않았거나 폐렴의 흔적이 보이면 간호사들은 끈적이는 가래를 털어내기 위해 두 손바닥을 둥글게 오므려 환자의 등을 마구 두드렸다. 손바닥과 환자의 등이 마주치며 내는 소리는 한밤에 중환자실을 가득 메우며 크게 울려퍼졌다. 요란한 소리에 놀란 옆자리의 환자들은 겁을 먹고 간호사들이 마구 때려서 무섭다며 중환자실에서 나가게 해달라고 보호자들에게 매달리기도 했다.

또한 목을 지나서 기도 속으로 삽입되는 관 자체가 엄청난 고통을 유발했다. 관의 위치가 조금만 움직여도 자극이 되어 환자들은 기침과 구역질을 했다. 그 고통 때문에 잘 참던 환자도 한순간 손을 들어 관을 잡아 빼려고 한다. 그래서 기도삽관을 유지하는 동안에 환자들은 두 손이 묶인 상태로 지내야 했다. 스스로 자세 변경을 할 수 없고, 그 때문에 욕창 발생 위험성이 높아지고, 이를 예방하기 위해 간호사들이 수시로 몸을 돌려 누이며 등을 마사지하거나 두들겨주어야 한다. 그때마다 관의 움직임이 기침을 유발하고……. 악순환이다.

고통을 견디지 못한 환자들은 어금니로 입 속을 지나가는 인공기도관을 깨물어서라도 제거하려고 했다. 이를 막기 위한 조치로 입안에 넓고 굵은 인공 기도를 하나 더 삽입했다. 자해하지 못하도록 물리는 재갈의 일종인 셈이다. 다물지 못하는 입속은 바짝 말라가고 의식 있는 환자들 대부분은 수분이 부족하지 않은 상태에서도 엄청난 갈증을 호소하곤 했다.

그리고 반창고. 기도에 삽입한 관과 특별히 만들어진 죽을 주입하기 위해 코를 통해 위에까지 삽입한 고무나 실리콘 관들을 고정하려고 입과 코 주위에 겹겹이 붙인 반창고는 보기만 해도 내 얼굴이 가려운 기분이 든다. 반창고로 인한 가려움은 기도삽관 상태에서 의식이 있었던 환자들이 토로하는 대표적인 괴로움 중 하나이다.

"너무 가려워서 잠깐 입 주변을 긁으려고 했을 뿐인데 간호사 서너 명이 의사랑 비명을 지르며 득달같이 달려와 손을 잡아채서는 꽁꽁 묶어버리더라고요. 정말 끔찍했어요. 잠깐 입가만 긁으면 살 것 같은데,

그걸 못 하게 하니!"

억제대에 묶여 있는 손을 풀었다가 제지당한 경험이 있는 환자가 인공호흡기와 인공기도를 제거한 후 간호사에게 하소연했다. 그때 그렇게 가려운데 자신의 행동을 제지한 간호사들이 야차같이 느껴졌다고.

상황이 이렇다 보니 기계호흡기를 제거할 때까지 환자는 잠들어 있는 편이 좋다. 그 환자에게도 기도삽관 직후 근육이완제와 수면제가 주입되기 시작했다. 기도삽관 직후 환자는 계속해서 묶인 오른손을 흔들어 글씨를 쓰며 무슨 말인가를 하려고 애쓰고 있었다. 종이와 펜을 가져다주었지만 기운이 없어서인지 알아볼 수 없는 어지러운 선들만 힘들게 그려내었다. 몇 번씩 시도해도 환자는 의미 있는 기호를 만들어내지 못했다. 우리는 환자분에게 알았다고, 나중에 좀 좋아지면 말씀하시라고 달래며 근육이완제와 수면제 양을 계속 늘렸다. 그런데 상당한 양이 주입된 상태에서도 환자는 잠이 들지 않았고, 한사코 오른손 검지를 움직였다. 아저씨가 정신을 차리기 위해 안간힘을 쓰고 있는 것 같았다. 힘이 없어 약하게 까딱거리는 손가락을 보고 있자니 마음이 울컥했다. 아저씨의 오른손을 감싸 쥐고 "아저씨, 잠드셔도 괜찮아요. 그만하고 제발 주무세요. 조금만 좋아지면 꼭 깨워드릴게요. 약속해요. 꼭." 하는데 내 손바닥 안에서도 손가락이 계속 움직였다.

한참 만에 깨워드리겠다는 말을 믿으신 건지, 그간 늘린 약의 효과가 나타나기 시작한 건지 환자의 손가락이 조금씩 힘을 잃더니 마침내 움직임을 멈추었다.

비로소 평화가 찾아왔고 내 마음도 편안해졌다. 이제야 환자가 제대로 세팅(?)이 된 것이다. 호흡 수는 기계가 정한 대로 정확한 숫자를 기록했고 근육의 움직임마저 모두 차단되자 모니터상의 맥박과 혈압이 일정한 숫자에 고정되었다. 산소포화도 수치도 조금 나아져 우리의 호흡곤란증도 비로소 사라지는 듯했다. 완벽한 평화였다. 그러나 환자의 상태는 좋아지지 않았고, 모니터가 정지된 듯 똑같은 심전도를 보여주는 가운데 며칠이 흘러갔다.

그날 저녁 면회 시간, 가족의 대표라며 남동생 두 명이 담당레지던트 면담을 신청해왔다. 면담은 공개된 간호사 스테이션에서 이루어졌다.

"보호자들끼리 상의를 했는데 가망이 없으면 더 이상 적극적인 치료를 하지 않았으면 합니다."

사실 더 해볼 치료도 없는 상태였다. 가족들이 먼저 말을 꺼내자 담당레지던트는 안도감을 느낀 것 같았고, 나도 보호자들의 결정이 매우 반갑다. 그런데 "사실 저희는 저 형님의 친동생들이 아닙니다. 교회에서 만난 동생들인데……."로 시작하는 이야기. 그 환자는 외롭게 자란 분으로 오래전에 부인을 잃고 홀로 남매를 키워왔다. 그 와중에도 동생들에게 정신적인 지주가 되어주었을 만큼 인품 있고 존경받는 분이었다. 그 동생들은 환자가 자신들에게는 친형님 이상이라고 강조했다. 조금도 과장되어 보이지 않았다.

"그런데 형님이나 저희들이 경제적으로 여유가 없어 가망 없는 치료에 돈을 쏟을 형편이 못됩니다. 고등학생 딸과 중학생 아들이 있는데, 형님 대신 저희가 학교는 제대로 보내고 뒷바라지해야 하지 않겠습니까?"

그래서 희망이 없는 치료를 더 이상 지속하지 않겠다고 결정한 것이다.

이야기를 듣고 있던 내게 '홀로 키운 남매'라는 말이 날카롭게 와서 박혔다. 맙소사! 우리가 무슨 짓을 한 거야. 도대체 무슨 짓을……. 그날의 다급했던 손짓, 좀처럼 멈추지 않던 오른손 검지……. 환자는 정말 다급하고 간절하게 전할 말이 있었던 거다. 남매에게!

환자가 보호자들과 의료진의 결정을 알아차린 듯 그날 밤 내 근무시간이 끝날 무렵에 92회에 고정되어 있던 맥박수가 91회로 표 나지 않게 느려졌다. 내 경험으로 보면 고정되어 있던 맥박수가 처음에는 1~2회씩 떨어지다가 어느 시점에 갑자기 40회, 30회로 느려지고 순식간에 심장이 멎는다. 보호자들에게 혹시 밤에 상태가 나빠질지도 모르니 가까운 곳에 대기하라고 연락했다. 그리고 밤 근무조 간호사에게 적절한 시점에 가족을 불러 임종을 지킬 수 있도록 하라고 당부하고 퇴근했다. 다음 날 출근길에 나는 환자의 침상이 비어 있거나 이미 다른 환자가 입원해 있을 거라고 생각했다. 환자가 심장 기능이 나쁜 상태에서 오래 버티셨기에 맥박이 느려지기 시작하면 금방 멎을 게 분명했다. 그러나 예상과 달리 환자는 맥박 수만 또 1회 느려진 채 굳건히 견디고 계셨다. 마치 심장이 멎기를 기다리는 사람처럼 나는 환자 주변을 맴돌았다. 임종하는 순간만큼은 놓치지 않고 보호자들과 함께 있도록 해드리고 싶었다. 그러나 그날도 변화는 없었다. 보호자들이 24시간 대기하는 가운데 하루에 1회씩 아주 느리게 환자의 심장이 속도를 늦추고 있었다. 처음 기도삽관을 한 후에 수면제가 듣지 않던 때처럼 아저씨가 최선을 다해 버티시는 것처럼 보였다. 아주 지루하게 느려지는 맥박을 보던 나는 문득 '아, 아저씨는 차마 죽을 수가 없는 거구나.' 하고 깨달았다. 친척도 없이 남겨두고 떠나야 하는 남매 때문에 차마 죽을 수가 없는 것이다! 다시 가슴이 덜컥했다. '도대체 우리가 무슨 짓을 한 거지? 그때 멈추어야 했던 거야. 그때 기도삽관을 할 게 아니라 남매를 불러야 했던 거야!' 그랬다면 환자가 남매에게 작별 인사라도 할 수 있었을 것이고, 어쩌면 남매가 살아가면서 삶이 고단할 때마다 기억할 수 있는, 아버지의 마지막 한마디는 들을 수 있었을지도 몰랐다. 기도삽관 후 며칠이나 그 고통스런 시간이 연장된 것인지도 불분명했지만, 설사 그렇게 생명이 연장되었다 한들 무슨 의미가 있을까? 마지막 인사도 못 한 어린 아들딸 때문에 차마 갈 수 없는 아버지가 저렇게 필사적으로 몸부림치고 있는데…….

지켜보기에도 힘겨운 그 싸움이 안타까워 우리는 '이제 그만하시라.'고 빌었다. '동생들이 믿을 만한 분들 같았어요. 아이들을 잘 보살펴줄 테니 안심하세요.' 하면서.

어느 오후, 무거운 마음으로 중환자실 입구에 들어섰을 때 환자의 침상이 눈에 들어왔다. 교복을 입고 가방을 멘 채 침상 곁에 나란히 서 있는 남매의 등. 아저씨가 임종을 맞는 중이었다. 그렇게 아이들에게 마지막 당부 한마디, 작별인사도 못 하고 아저씨는 떠났고 남매는 울음소리도 없이 장례식장으로 가는 아버지의 시신을 따라갔다. 멀찍이서 화인火印처럼 가슴에 박히는 그 모습을 지켜보는데, 내 머릿속에선 '우리가 무슨 짓을 한 거지?' 하는 말만 맴돌았다.

그 이후로 나는 자주 남매의 등과 힘겹게 까딱이던 아저씨의 오른손 검지손가락을 떠올렸다. 그럴 때마다 작별 기회를 지켜드리지 못한 죄송함과, 마지막까지 최선을 다하셨던 아저씨의 모습을 아이들에게 전하지 못한 미안함이 함께했다. 지금이라도 남매에게 아버지가 얼마나 최선을 다해 버티셨는지 전할 기회가 내게 주어지면 얼마나 좋을까 하는 상상도 많이 했다.

그 무렵 텔레비전에서 '치료를 거부할 수 있는 환자 권리'를 다룬 영화인지, 드라마를 본 적이 있다. 예술가로 기억하는 주인공 남자가 투석 등 생명유지에 필수적인 치료를 거부하고 퇴원을 요구한다. 예술을 하지 않고 병원에 누워 있는 자신은 더 이상 자신일 수 없으니 치료를 거부하고 마지막까지 자신답게 살다 죽도록 해달라는 것이었다. 아마 불치병이었을 것이다. 친구들은 물론 부인인지 연인인지 하는 여성까지 갈등하다 환자의 뜻을 지지하게 되는데, 병원에서는 절대 생명을 위협하는 환자의 퇴원 요구를 받아들일 수 없다. 치열한 논쟁과 갈등 끝에 사건은 재판으로 이어지고, 결국 환자 측이 승소한다. 환자가 휠체어를 타고 퇴원하는 장면에서 그 앞에 나타난 주치의는 끝까지 환자의 선택에 동의하지 못한다.

환자가 스스로 치료를 거부할 수 있다는 사실도 놀라웠지만, 환자의 주장에 찬성을 하건 반대를 하건 진지하게 고민에 참여하는 주변인들의 모습이 가슴에 와 닿았다. 청소를 하다 말고 주저앉아 TV를 보다가 걸레를 든 손으로 눈물을 훔쳤던 기억이 난다. 그런 일이 가능한 세상인데……. 중환자실에 누워 있는 우리 환자들과 도움이 되지 못하고 괴롭기만 한 내가 모두 불쌍했던 것 같다.

그런 사례가 축적된 덕분인지 미국에서는 1990년대에 이미 환자의 자기결정법 Patient self-determination act이 제정되었다.◆ 그 법에 의하면

◆ 자기결정법이 제정된 계기는 1976년에 발생한 '퀸란 사건'이다. 1975년 당시 21세였던 카렌 퀸란은 친구의 생일파티에서 술과 약물복용으로 혼수상태에 빠졌다. 의식이 없는 상태로 병원에 이송되어 인공호흡기를 부착했으나 회복할 가능성은 거의 없었다. 그녀의 부모는 회생이 불가능하다는 의료진의 판단, 그런 환자에게 고통스러운 치료를 하면서 생명을 연장시켜야 할 윤리적 의무가 없다는 신부의 해석을 고려하여 인공호흡기 제거를 병원에 요청했다. 그러나 의료진은 이를 거부하였고 그 부모는 법원에 소송을 걸어 1976년 마침내 인공호흡기를 제거해도 좋다는 판결을 얻었다. 이 사건은 세계적으로 존엄사 논쟁을 촉발했다.

환자는 자신과 관련된 의사결정에 참여할 권리가 있고, 자신의 가치관을 반영하여 사전의료지시서advance health care directive를 작성할 수 있다. 무의미한 연명치료를 거부하고 호스피스-완화의료를 선택하고 편안한 임종을 맞이할 수 있는 것이다. 회생 가능성이 없는 환자에 대하여 의사는 사전의료지시서에 대한 정보를 제공할 의무가 있다. 그래서 미국에는 병원 어디나 사전의료지시서에 대한 안내문이 붙어 있고, 환자들이 작성한 사전의료지시서는 의무기록에 포함되어 다른 의료기관으로 이송시에도 함께 보낸다고 한다. 인터넷 검색을 해보니 국가보건기구에서 운영하는 의학도서관에 접속하여 사전의료지시서에 대한 정보를 제공받고 각 주에서 사용되는 사전의료지시서 양식을 다운받을 수도 있었다.

최근엔 우리나라에서도 죽음준비 교육, 웰 다잉 교육을 하고, 사전의료지시서 쓰기 캠페인을 하는 단체도 생겨났다. 암 관리법이 제정되어 말기 암환자가 호스피스-완화의료를 받을 수도 있게 되었다. 그때 내가 사전의료지시서, 환자의 자기결정권에 대해 들어보았다면, 인공호흡기 치료를 받으라고 설득하기 전에 다른 가능성을 생각해볼 수 있었을까? 한 번도 생을 포기하지 않았던 환자였지만 임종이 임박했음을, 아니 인공호흡기 치료가 상태를 호전시키기 위한 것이 아님을 분명히 알았다면, 기도삽관을 미루거나 거부하고 먼저 남매를 만나겠다고 하셨을 것 같다.

그 아이가
애타게
전하려 했던
마음

그 아이는 뇌종양으로 한쪽 팔이 약해져 있지만 카리스마 넘치는 꼬마였다.

"가!" "싫어!" "오지 마!"

레지던트들이나 간호사들이 이모, 삼촌을 자처하며 아이의 마음을 얻어보려고 해도 좀체 마음을 주지 않았다. 입고 있는 옷이 흰 가운이든 수술복이든 의료진은 늘 아이에게 고통스런 검사나 처치를 의미하는 존재에 지나지 않았을 것이다. 오랜 병원 생활로 이미 그걸 알아버린 아이는 조금도 긴장을 늦추지 않고 사람을 경계했다. 그래도 그 주위엔 늘 레지던트, 인턴, 간호사 들의 발길이 끊이지 않았고, 나도 그 주변을 열심히 기웃거리는 사람 중 하나였다. 출근하면 맨 먼저 들러

인사를 하고 퇴근인사도 그 꼬마에게 하지만, 아이는 조금도 곁을 주지 않았다.

언제나 몸을 움츠린 채 날선 눈빛으로 사람을 살피던 아이는 그날도 침대 위에 엎드려 자신을 어르는 나를 달갑지 않은 표정으로 쏘아보고 있었다. 아이의 등 밑에 왼팔을 넣어 반쯤 안은 자세로 바짝 굳어 있는 아이의 긴장을 풀어주려고 애쓰고 있었다. 어느 순간 아이의 오른손이 다급하게 내 수술복의 짧은 소매 안으로 들어와 가슴을 움켜쥐었다. 한 번도 스스로 내민 적 없는 그 손길에서 심상치 않은 기운이 느껴졌다. 불길한 예감에 가슴이 덜컥했다. 아이의 내부에서 무슨 일인가 일어나고 있다. 정확히 알 수 없지만 아이가 공포에 질려 안전한 엄마 품으로 파고들려는 것 같았다. 그대로 아이를 꼭 안아주며 진정시키고 싶었지만 순간적으로 스친 불길한 예감이 내게 냉정하라고 경고했다. 나는 눈을 딱 감고 냉정하게 아이를 내려놓고 체크하기로 했다. 하지만 작은 몸 어디에서 그런 힘이 나오는지 아이는 필사적이었다. 담당간호사의 도움을 받아서야 겨우 아이를 떼어놓고 아이 상태를 살필 수 있었다. 아이의 상태는 별 변화가 없었다. 아이 엄마를 면회시켜주는 게 좋을 것 같았지만 대기실에선 아이 엄마가 다른 곳에 있는 것 같다며 휴대전화로 연락을 하라는 대답이고, 인계시간이 임박해 있었다. 인계를 마치는 대로 바로 아이 엄마를 면회시키기로 했다.

인계를 하는 중에 갑자기 긴급을 알리는 담당간호사들의 목소리가 들렸다. 그 아이의 방 앞이었다. 인계를 마친 담당간호사 두 명이 아이 상태를 확인했을 때 아이의 약한 팔이 더욱 늘어지고 눈의 초점도 흐려져 있었다. 응급상황이 선언되었고 간호사들은 아이 엄마와 담당레지던트에게 연락을 취하고 응급 CT 촬영을 준비했다. 중환자실에서 오는 연락은 늘 보호자들을 놀라게 해서 보호자들은 혼비백산한 얼굴로 허둥지둥 달려왔다. 얼굴이 하얗게 질린 아이 엄마는 숨을 몰아쉬며 내 입술만 쳐다보고 있었다. 나는 "아이가 엄마를 찾아요. 가서 안아주세요."라고 하는 대신 "음, 너무 놀라실 것 없고요. ○○이 팔 힘이 조금 약해진 것 같아서 CT를 찍으려고요." 하며 아이 엄마를 담당레지던트에게 보냈다. 아이를 안아주는 것보다 더 급한 일들이 많았다. 옆에선 담당레지던트가 CT 동의서를 들고 서 있고 간호사들은 이미 아이를 검사실로 옮길 준비를 마쳤다. 막 도착한 인턴과 이송직원이 벌써 아이의 침대를 끌고 병실을 나서는 중이었다. 동의서라고는 하지만 "CT는 많이 찍어봐서 아시죠? 여기에 서명하시면……." 하는 것이 설명의 전부였다. 그래도 어쨌든 필요한 절차임에는 틀림이 없었다. 아이 엄마는 뭔가 단서라도 찾으려는 듯 불안한 눈빛으로 주변을 돌아보며 손만 움직여 서명을 했다. 아이 엄마는 서명을 마치자 불안감과 궁금증을 억누른 표정으로 몇 걸음을 잠시 서성대다가, 포기하고 서둘러 중환자실을 떠나려 했다. 이미 오랜 병원 생활을 통해 수술실을 지나는 검사실 이동 통로엔 동행이 허락되지 않는다는 것을 알고 있고,

조금이라도 지체되지 않도록 질문도 참은 것이었다.

"그냥 같이 따라갔다 오세요. 혹시 아이가 겁먹을지 모르니까 손이라도 잡아주시고요."

혼란스러워 보이는 얼굴에 잠시 어리둥절한 표정이 스쳤지만, 아이 엄마는 또 질문을 삼키고 허둥지둥 침대를 뒤쫓아 갔다. 나는 차마 아이의 상태가 나빠지기 직전 엄마를 찾더라는 얘기는 할 수 없었다. 다만 검사실에서 돌아오면 아주 오래 엄마를 아이 곁에 머물게 해주겠노라 다짐하는 것으로 내 마음을 눌러두었다.

그러나 아이는 검사실에서 돌아오지 않고 응급수술을 위해 바로 수술실로 옮겨졌다. 아이가 다시 중환자실에 돌아왔을 때는 인공호흡기를 비롯해 배액관 같은 줄들 때문에 안아줄 수도 없는 상태였다.

그 이후 아이는 아주 오랜 기간에 걸쳐 중환자실과 일반병동을 오가면서 조금씩 상태가 악화되어갔다. 보통 환자들이 CT를 찍는 횟수보다 더 자주 수술실을 드나들고, 보통 환자들이 엑스레이를 찍는 횟수보다 더 많이 CT를 찍으면서……. 인공호흡기를 달고 기관절개술을 시행하고 소위 '중환자실 기본 세팅'에 해당되는 처치는 모두 받았다. 아이가 받은 검사나 처치가 많아 컴퓨터도 버거운지 전산으로 아이의 의무기록을 불러오려면 꽤 긴 시간이 소요되었다. 그렇지만 아이의 반응은 점점 약해졌다. 어쩌면 처음부터 시간이 문제였을 뿐 회복 가능성은 없었을 것이다. 아이가 나빠지는 동안 간호사들은 매 시간마다 아이의 의식 상태와 근력을 확인했다. 사지에 깊은 통증을 가하는 일이었다. 매번 조금씩 나빠질 뿐이었지만 그때마다 응급상황이 선언되었고, 더 자주 그 미세한 변화를 확인하기 위해 담당간호사, 책임간호사, 담당레지던트 등이 번갈아가며 통증을 가하고 CT를 찍었다. 때로 불안에 사로잡힌 아이의 엄마도 아이의 팔을 들었다 놓아보고 반응이 없으면 떨리는 손으로 아이의 팔을 꼬집어보았다. 아이의 반응이 너무 약해서 강도 높은 통증에도 근육의 반응은 알아보기 힘든 지경이고 아무리 봐도 호전될 것 같지는 않은 때에도 우리는 철저하게 의식사정을 하며 아주 작은 변화라도 놓치지 않으려고 애썼다. 마치 정확히 상태를 확인하기만 하면 특별한 치료를 하고 상태를 호전시킬 수 있다고 믿는 사람들 같았다.

그날도 품성 좋은 후배 간호사는 출근하자마자 아이에게로 찾아가 안고 볼을 쓰다듬으며 인사를 하고 있었다. 그 모습을 지켜보던 나는 아이가 말을 알아듣고 그 포옹을 느낄 수 있을까 봐 더럭 겁이 났다. 그럼 아이가 매번 그 통증을 느끼고 있을 것이 아닌가. 나는 자꾸 물러서고 싶었다. 모두들 너무 열심인 것이 내 마음을 불편하게 만들었다. 아침마다 회진을 오는 주치의는 도대체 흔들림이 없다. 그 상황에서 무엇을 기대하는 것인지 그 틈에서도 담당레지던트나 간호사들이 놓친 아주 작은 변화를 찾아내어 야단을 쳤다. 담당레지던트나 간호사들의 마음속에 무슨 생각이 오가는지 알 수 없지만, 그때마다 나는 아이의 멍든 팔다리를 떠올리며 우울한 기분에 빠져들었다. 시간마다 의식사정을 하는 의미를 알 수 없는데, 그 의식사정을 위해 아이에게 통증을 가하자니 매번 서늘한 기운이 내 몸을 꿰뚫는 것처럼 소름이 돋았다. 불가피한 전문 처치라는 최면이 도저히 먹혀들지 않았다.

중환자실간호사로서 내 생각에 문제가 있는 건 아닌가? 오래 고민했지만 결론을 내리지 못한 상태로 담당레지던트에게 의식사정을 안 하거나 줄이면 어떻겠냐고 상의를 했다. 환자가 더 이상 반응을 보이지 않고도 한참 지난 후였다. 그도 아주 오래 망설인 끝에 의식사정 횟수를 줄이자는 처방을 냈다. 혈압이나 맥박 같은 활력징후를 측정하는 것만큼이나 의식사정을 중요하게 여기는 신경계중환자실에서 이를 중단한다는 것은 아예 생각도 할 수 없었을 것이다. 아이가 인공호흡기에 의해 가슴이 오르내리는 것 외에는 아무런 반응도 없는 혼수상태로 악화되기만 하는 상황일지라도. 그래서 그 후로도 한참 동안 일부 간호사들이 담당레지던트 처방과 무관하게 시간마다 의식사정을 하고 기록을 남겼을 것이다.

아이의 반응이 모두 사라지고 나자 우리는 심전도 모니터나 CT 영상, 엑스레이에 매달렸다. 얼굴 표정 대신 이런 영상들이 아이의 변화를 말해주게 된 것이다. 그때 아이 엄마의 마음과 시선이 가 있던 곳은 어디였을까? 그런 지표들을 통해 아이의 상태를 설명하는 의료진의 시선을 따라 엄마조차 모니터에 눈을 고정하고 있었을지도 모르겠다.

모현의료센터의 수녀님께선 들려주신 그 어린이 환자의 어머니처럼.

호스피스 케어를 받기로 결정하고 병원 중환자실에서 이송된 어린이 환자에게서 처음 모니터를 떼어낼 때, 아이의 엄마는 큰일 나는 줄 알고 불안해했다고 한다. 병원 중환자실에서 내내 그 모니터를 통해 아이의 변화를 살폈는데 모니터를 떼어내면 어떡하나……. 그 어머니의 불안에 공감하며 새삼 우리가 얼마나 기계에 의존하고 있는지를 확인한다. 실제로 나는 아이가 정물처럼 중환자실의 익숙한 풍경으로 자리를 잡아가던 어느 날 인계 시간에 컴퓨터 화면에 띄워놓은 아이의 뇌 CT 영상을 보고 무심코 "안녕?" 하고 인사했다. 그만큼 CT 영상이 보여주는 표정은 생생했고, 통증에도 반응하지 않는 아이에게서 다른 무엇을 읽어낼 방법은 알지 못했다. 앞서 말한 모현의료센터의 어린이 환자 어머니는 아이의 몸에서 모니터를 제거한 후에 "이제야 아픈 후 처음으로 아이 얼굴을 쳐다보는 것 같다."며 눈물을 흘렸다고 한다. 그동안에는 모니터에서 삑삑 울리는 경고음들이 잠시도 엄마의 눈을 놓아주지 않았던 것이다.

"저, 카드 많죠?"

입원비 중간계산서가 나오는 날이다. 중환자실 입구에서 신용카드와 통장을 한 뭉치 들고 지나가는 아이 엄마와 마주쳤다. 아이 엄마가 억지로 웃는 표정을 지으며 농담처럼 말을 걸어왔지만, 마주 웃어줄 수가 없다. 아이의 입원비는 젊은 부부가 감당하기 힘든 금액이라 아이 엄마는 이리저리 돈을 융통하기에 바빴다. 신용카드 '돌려막기'를 해가며 겨우 버티고 있는 것이다. 아이 엄마는 고단하고 위태로워 보였다.

"매번 중간계산서 나올 때마다 정산하지 않아도 돼요."

아이 엄마가 대꾸를 하지 않는 것이 괜히 마음에 걸린다. 혹시 진료비 계산이 늦어지면 아이 치료에 영향을 줄까 염려하는 것인가? 차라리 아이 엄마가 치료비를 못 내겠다고, 아이가 저 형편인데 지금 진료비 계산이 급하냐고 항의라도 하면 마음이 편할 것 같다. 그러나 아이 엄마는 그 긴 입원기간 동안 병원이나 의료진을 향해 싫은 소리 한번 하지 않았을 만큼 순한 분이었다. 그렇게 아이 엄마를 버티게 하는 힘이 혹시 일말의 희망이나 기대라면 어떻게 하나? 하지만 그마저 없다면 무엇으로 버티겠는가? 입 밖에 내어 말하지는 못했지만, 그 몇 개월 동안 수시로 나는 마지막 순간을 기다렸던 것 같다. 도무지 끝이 나지 않을 것처럼 아이 주변에서는 시간도 아주 늘어져 있었다.

마지막 날, 지방에 계시던 할아버지, 할머니는 물론이고 평소 자주 볼 수 없었던 이모, 삼촌들까지 모여 있었던 걸 보면 아이는 충분한 시간을 두고 작별을 준비하고, 우리들에게 마지막이 임박했음을 경고했던 것 같다. 그럼에도 불구하고 지방에서 일을 하던 아이 아빠는 제시간에 도착하지 못했다. 일하는 곳이 연락이 쉽지 않은 데라 소식이 늦게 닿았던 것이다. 아이의 맥박이 점점 느려지고 느려지는 속도가 빨라지자 다급해진 어른들이 아이에게 조금만 더, 아빠가 도착할 때까지만 기다려달라고 빌었다. 그 길고 고통스러운 투병 생활 끝에 아이가 아빠와 마지막 인사도 없이 작별한다면 두 사람 모두에게 너무 가혹한 일이다. 그러나 우리가 할 수 있는 건 조바심 나는 기다림과 누구에게로 향하는지 알 수 없는 기도밖에 없었다. 제발.

정말 힘에 겨운 듯 아이의 심장박동은 아주 느리게 이어지고 있었다. 어른들은 모니터에 눈을 고정하고 잠깐씩 맥박이 사라질 때마다 숨을 죽이고 기다렸다. 모니터상에 맥박이 다시 나타나면 그제야 우리의 심장도 다시 뛰는 듯했다. 맥박이 뛰고 있다고 할 수 있을지 의심스러울 정도로 완만하게 심전도 곡선이 이어지고 있을 때 허겁지겁 아빠가 달려 들어왔다. 다급하게 아이의 이름을 부르고 말을 잃어버린 아빠가 아이의 손을 잡자 아주 힘들었다는 듯 아이의 심장이 작은 떨림마저 멈추고 심전도가 일직선을 그렸다. 아이가 떠난 것이다. 아이가 그때까지의 상황을 모두 지켜보고 있었던 것 같다.

담당레지던트의 사망선언이 있고 사후처치를 하는 시간이다. 평소대로라면 보호자들을 모두 내보내고 환자 상태를 말끔히 정리한 후에 다시 면회시켜야 했다. 모든 장치와 관들을 제거하여 말끔해진 환자의 마지막 모습을 보호자들에게 잠시 보여주고 신속히 장례식장에 연락을 한다. 가족들이 중환자실에서 애도할 시간을 주어야 했지만 그 시간은 짧을수록 좋았다. 다른 환자들이 감정적으로 동요하지 않도록, 혹은 의료진이 빨리 자기 자리로 돌아갈 수 있도록, 때로는 대기 중인 다음 환자를 위하여, 환자가 떠난 침대는 그 어느 때보다 빨리 정리한다. 마치 아무 일 없었다는 듯 시치미를 떼고 일상으로 돌아가는 것이 우리가 평소 임종환자를 보내는 방식이었다.

그러나 나는 이번엔 그 절차를 무시하기로 했다. 아이의 죽음 앞에서도 울음소리를 낮추느라 입을 막고 있는 아이 엄마나 소리 없이 눈물만 보이는 아빠의 모습이 안타깝기도 했고, 무엇보다 아이가 보낸 험한 시간들에 대해 빚진 느낌이 있었다. 아이의 엄마, 아빠에게 사후처치를 할 것임을 알려주고 원한다면 옆에 머물러도 좋다고 했다. 그것밖에 해줄 게 없었다. 사후처치를 하는 중에도 아이 엄마와 아빠는 각각 아이의 손 하나와 발 하나씩을 잡고 만지작거리며 숨죽여 흐느끼고만 있었다. 아이의 피부 여기저기에 붙어 있는 줄들을 제거하고 반창고를 떼어냈는데, 다행히 아이의 얼굴에는 반창고로 인한 그 흔한 상처가 하나도 없다. 조심스럽게 반창고를 제거하고 붙이던 의료진의 안타까움이 그대로 묻어나는 것 같았다. 고마우면서도 그들의 무력감이 읽혀 그것도 눈물겹다.

"혹시 입혀 보내고 싶은 옷이 있으세요?"

새 환의를 집어 들다 말고 나도 모르게 아이 부모를 번갈아 쳐다보았다. 갑자기 정신을 차린 듯 두 분이 동시에 눈물을 훔쳤고 아이 아빠가 대답 대신 황급히 달려 나갔다. 잠시 후 아이 아빠가 백화점 쇼핑백

하나를 들고 와 말없이 건네주었다. 언제부터 보호자 대기실의 사물함에 있었는지 알 수 없는 쇼핑백 안에 포장도 풀지 않은 새 옷이 들어 있었다. 모자까지 달린 옷 한 벌은 기하학적인 문양이 수놓아진 아주 세련된 디자인이지만 눈부시게 새하얀 빛이 맞춤한 '수의'임을 말해주고 있었다. 눈이 시려 깜빡거려가며 부지런히 새 옷으로 갈아입히고 멋쟁이 모자까지 씌워주었다. 그제야 눈에 들어온 아이의 얼굴이 눈이 부시게 예뻤다. '아, 맞아. 아이가 이렇게 생겼었구나.' 그사이 밖에는 장례식장 직원이 이송용 침대를 끌고 와 기다리고 있었다. 장례식장 침대로 옮기기 위해 아이를 안고 있던 나는 갑자기 마음을 바꿨다.

"그냥 안고 가실래요?"

"그래도 되나요?"

그간 금지하는 것 많은 병원의 규칙과 절차에 익숙했을 아이 엄마가 떨리는 소리로 되물었다. 나는 처참한 심정이다. '우리가 그랬나요? 그렇게까지?' 하고 묻고 싶었다. 무슨 억지 주장을 한다 해도 허용될 것 같은 시간에, 막 아이를 떠나보낸 엄마가, 아이의 주검을 안고 가도 되냐고 허락을 구하는 것이다. '이 마당에 안 될 게 뭐가 있겠어요?' 올라오는 말을 눌러두고 그냥 엄마 품에 아이를 넘겨주었다. 그렇게 간절했던 시간으로부터 너무 멀리 떠나온 지금, 아이가 차가운 주검으로 비로소 엄마 품에 안겼다.

아이의 시신을 안고 떠나는 젊은 부부를 보면서, 혹은 그보다 전에 아이 엄마의 위태로운 웃음을 볼 때마다 나는 희미하게 또 다른 불안을 감지했다.

오래전 소아중환자들을 돌볼 때, 수년에 걸쳐 중환자실 입원과 퇴원을 반복하는 아이의 엄마가 있었다. 아이의 절망적인 상태에도 불구하고 마지막까지 밝고 희망적인 태도를 잃지 않고 남편과의 사이가 다정해서 그 와중에도 간호사들의 부러움과 존경심을 불러일으켰다. 하지만 부부는 아이의 사망 후 얼마 지나지 않아 이혼을 했다. 우연히 만난 아이 엄마를 통해 그 사실을 들었을 때, 나는 연민으로 손을 한번 잡아주었을 뿐, 잊고 지냈다.

그런데 아이의 시신을 안고 가는 젊은 엄마의 뒷모습에 새삼 그 부부가 떠오른 것이다. 아이가 돌이킬 수 없는 상태에서도 버티어낸 시간들은 어쩌면 남겨질 부모님을 위한 시간이었을지도 모른다는 생각이 들었다. 마지막 순간에 아빠의 도착을 기다렸다가 심장박동을 멈추었듯 아이는 남겨질 두 분을 걱정하며 우리에게 도움을 청했는지도 모른다.

어릴 때 갑자기 병원으로 실려가 수술실에 누워 있던 나도 그랬다. 나는 무섭지 않았지만 아버지가 걱정되었고, 내가 괜찮다는 것, 아버지 딸로 태어나 아주 괜찮았다는 걸 전해서 아버지를 안심시키고 위로하고 싶었던 것 같다. 그런데 그 시간, 아이가 힘들게 심장박동을 유지하며 벌어준 시간을 우리가 허망하게 보내버렸다면 어떡하나?

그만큼 아이의 엄마는 위태로워 보였고, 오로지 아픈 아이를 중심으로 각자 힘겨운 시간을 견뎌온 가족들이 아이가 없는 자리에 함께 모여 새롭게 시작하는 일도 만만치 않으리라는 생각이 들었다.

'홀로 외롭게 죽어가는 이들이 없도록' 오랜 기간 호스피스 현장에서 일하고 계신 수녀님은 '호스피스란 죽음을 앞둔 말기환자와 그 가족을 사랑으로 돌보는 행위로서, 환자가 남은 여생 동안 인간으로서의 존엄성과 높은 삶의 질을 유지하면서 삶의 마지막 순간을 평안하게 맞이하도록 신체적, 정서적, 사회적, 영적으로 도우며 사별가족의 고통과 슬픔을 경감시키기 위한 총체적인 돌봄'이라고 소개하셨다. 그리고 내가 알기로 수녀님께서 일하고 계신 모현의료센터에서는 환자의 생전뿐 아니라 사망 이후에도 '사별가족 모임'을 지속하면서 가족들에 대한 지지와 돌봄을 제공하고 있다.

그런데 중환자실은 환자들이 마지막까지 죽음에 맞서 싸우는 곳이고 환자들은 전투의 어느 순간 불가피하게 죽음에 맞닥뜨리므로 호스피스와 거리가 먼 곳이라고 생각하고 있었다. 더구나 어린아이와 같이 절대로 마지막까지 치료를 포기할 수 없는 환자들이 호스피스 간호의 대상이 되기 어려운 것을 너무 당연하게 여겼다. 그러나 아이를 보내면서 나는 그 아이가 중환자실을 벗어나 호스피스를 선택하는 일은 어려웠다 하더라도 어느 시점엔가 호스피스 간호를 시작해야 했다는 생각이 들었다. 아이가 더 이상 돌이킬 수 없는 상태로 악화되어 누가 봐도 치료가 아니라 그 상태를 유지하는 데 목적이 있다고 보던 그 때, 아이 부모도 아이를 위한 옷을 준비할 만큼 마지막을 예감하던 시기에, 그때 치료를 중단하지는 않더라도 불가피하게 죽음이 다가오고 있음을 인정하고 가족과 함께 얼마가 될지 알 수 없는 기간을 어떻게 보낼지 상의해야 했던 것 같다. 아이에게 고통을 주는 처치들을 멈추고 아이가 엄마 아빠와 함께할 시간을 계획하는 것은 가능하지 않았을까? 그리고 아이가 떠난 후에 그 가족들이 맞이하게 될 상황에 대해 서로 의견을 나누고 준비할 수 있도록 돕는 것, 그것이 부족한 대로 중환자실에서도 가능한 호스피스 간호가 아니었을까 싶다. 그랬다면 아이를 보내던 날 아이 엄마에게서 감지되던 그 위태로움, 아이나 그 가족에 대한 의료진의 죄의식도 조금은 덜 수 있었을 것 같다.

나에게 생의 마지막 비밀을 내보인 그 소년

십 대 소년 한 명이 중환자실에서 반복적으로 심장정지를 겪으며 심장이식수술을 기다리고 있었다.

"선생님, 제발 어떻게 좀 해주세요. 어떻게 할 수 없나요?"

그날 새벽에 또 한 차례 심장정지가 있었다는 사실을 알고 마음이 급해진 소년의 어머니가 회진 중인 주치의를 붙잡고 매달렸다. 마음이 따뜻하기로 유명한 그 주치의는 그 말을 흘려듣지 못하고 걸음을 멈추었다. 그만큼 보호자의 목소리는 절박했고, 주치의는 무어라도 힘이 될 말을 해주고 싶었을 것이다. 심장이식밖에는 방법이 없음을 모두가 알고 있는 상황에서 주치의는 무슨 말로 보호자를 위로할 수 있을까? 회진에 참여하고 있던 레지던트, 간호사 들의 눈도 기대에 차

주치의를 바라보고 있었다.

"음. 이런 날, 며칠 후에 기증자가 많이 생기긴 하는데……."

난처한 얼굴로 서 있던 주치의가 혼잣말처럼 흘리고 창밖으로 눈을 돌렸다. 모두의 눈길이 일제히 향한 유리창 밖에는 비가 내리고 있었다. 주말 아침이었다. 당황한 우리는 서로 눈길을 피했다. 순간 내 머릿속에는 빗길에 구르는 젊은 남자의 오토바이가 지나갔다. 그때 누군가의 머릿속을 굴러간 것은 자가용이었을 수도 있다. 어쨌든 그 순간 우리가 소년과 어머니를 위해 마음을 다해 빌고 있는 것은 같았다.

아주 섬뜩한 발견이었지만 새삼스러울 것도 없었다. 우리 앞에는 언제라도 다시 거리를 활보하게 될 소년이 누워 있었고, 우리가 바랄 수 있는 일은 소년이 비탈길로 곤두박질친 젊은이의 삶을 대신하여 값지게 살아주기를 바라는 것뿐이었다. 우리들의 기도 덕분인지 그 소년도 너무 늦지 않게 심장이식수술을 받을 수 있었다. 수술을 마친 그가 고등학교를 졸업하여 대학에 가고 취업도 하는 그런 평범한 일상으로 돌아갔는지는 알지 못한다. 그 몇 년 사이에 심장수술을 받은 환자들이 많이 생겨나서 더 이상 간호사들과 소년들이 몇 년씩 소식을 주고받는 시대가 아니었다. 그사이에 뇌사자 장기기증과 장기이식수술에 대한 나의 열광은 회의로 바뀌어서 환자들의 퇴원 후 소식을 듣는 일에도 흥미를 잃어갔다.

그 무렵에 정운이가 중환자실에 입원했다. 그때가 첫 만남은 아니었을 것이다. 정운이는 오래전에 심장이식수술을 받았고, 합병증으로 여러 차례 옆 중환자실에 입원을 했었다. 몇 번은 옆 중환자실에 병상이 모자란다거나 장기이식에 대한 거부반응을 치료하기 위한 내과적 처치 때문에 우리 중환자실에 입원했다.

처음 그 아이가 내가 있던 중환자실로 다시 입원한 이유는 정확히 기억나지 않는다. 여러 가지 정황에 비추어 흉부외과중환자실에 병상이 모자랐거나, 상해 위험이 있어 일반병동에서 보살피기 힘들다는 이유가 아니었을까 짐작한다. 종종 심하게 불안정하거나 난폭한 환자가 낙상 등 상해 위험이 높다는 이유로 중환자실에 입실하는 경우가 있었다. 그럴 때면 중환자실간호사들은 "여기가 정신과병동이에요?" "불안한 환자가 중환자실에서 안정될 리 있어요? 없던 불안도 생기겠네요." 라며 담당레지던트에게 항의하고, 담당레지던트는 또 담당레지던트대로 "일반병동 사정을 몰라서 그래요? 중환자실에서는 최소한 24시간 간호사의 눈길이 미치는 곳에 환자를 둘 수 있으니 안전하잖아요." 라며 맞서곤 했다. 간호사는 담당레지던트의 결정을 철회시키겠다는 것도 아니고 담당레지던트는 간호사들이 환자를 안 받으리라고 여기는 것도 아니면서, 아마 서로 답답해서 그리도 줄기차게 싸웠을 것이다.

정운이는 섬망이 심해 행동이 종잡을 수 없이 불안했다. 의사소통이 되지 않는 상황에서 수시로 침대 밖으로 나오려고 했고, 제지를 당하면 막무가내로 버티다 난폭해졌다. 그래서 억제대로 묶여 있는 시간이 더 많았다. 그런 아이가 '이상하게' 내가 옆에 있으면 차분해졌고 간호사들도 아이에게 고통을 주는 검사나 처치를 해야 할 때마다 대신해 달라고 나를 불렀다. 그리고 아이를 억제할 때는 보호자 눈치를 보듯 내 눈치를 살폈다.

그 시기, 나는 누구보다 더 자주, 더 오래 아이 곁에 머무는 사람이었다. 상태가 좋은 환자의 가족들이라도 30분밖에 안 되는 면회 시간에 담당레지던트와 간호사들로부터 환자 상태나 치료 계획을 듣고, 또 다른 면회객을 위해 교대도 하느라 곁에 머물 시간이 많지 않았다. 더구나 처음엔 면역억제제 때문에, 나중엔 항생제 내성균이 생겨 그 전파를 막기 위해 가운을 걸치고 장갑을 끼는 등 아이 방에 들어가는 절차가 복잡해서인지 면회객들은 잠깐씩 바깥에서 창문으로 아이를 넘겨다보고 돌아갈 때가 많았다. 무엇보다도 수술만 받으면 끝인 줄 알았다가 끝없이 닥쳐오는 문제들 앞에 혼비백산해 있어, 제정신도 아닌(!) 아이 옆에 차분히 머물면서 대화를 시도할 겨를이 없었을 것이다. 그리고 담당간호사들은 늘 시간에 쫓겼다. 중환자실이라고는 해도 그 아이 말고도 몇 명을 더 맡고 있는지라 아이 곁에 머무르는 순간에도 손으로는 아이의 가슴을 다독이면서 눈은 다른 환자를 돌아보고 생각은 다음 할 일에 가 있기 일쑤였다.

그래서 아이는 수개월 이상 철저히 혼자였을 것이다. 심장수술을 받기 전 수시로 찾아오는 심장정지, 즉 죽음의 순간을 경험한 열 몇 살의 소년이 그 기억을 지울 사이도 없이 심장이식수술을 받았다. 이후 최소 한 달여의 시간을 무균 처리된 독방에 갇혀 지냈을 것이고, 수술 후 상태가 좋지 못했던 탓에 제정신을 차릴 시간도 없이 억제대에 묶여 있었을 것이다. 나는 아이가 악몽에서 헤어나지 못하는 게 당연해 보였다. 책임간호사여서 상대적으로 시간 활용이 자유로웠던 나는 틈만 나면 아이 방을 기웃거리고 자주 그 옆에 앉아 있었다. 너무 긴 시간 혼자여서 불안하고 무서웠을 아이인데, 그 불안을 이유로 또 격리방에 둘 수밖에 없는 것이 마음에 걸렸다. 그것만으로도 아이는 많이 편안해하고 안정이 되었다. 한 번씩 슬그머니 몸을 일으켜 침대 난간을 향해 몸을 기울일 때가 있지만, 위험하다고 설명하면 금방 고개를 끄덕이며 얌전히 눕곤 했다. 내 생각으로는 억제대가 필요하지 않았다. 위험이 있다고 해도 간호사들이 자주 쳐다보고 조금 더 움직이면 될 것 같았다. 물론 이런 내 생각에 불안해하는 담당간호사들도 많았다. 나도 그 불안을 모르는 바 아니었지만, 지금 병동이 조용하고 아이가 워낙 쇠약해진 상태라 움직임이 매우 느리니 괜찮을 거다 다독이고, "내가 자주 봐줄게." 하며 어울리지 않는 애교를 부려가면서까지 정운이를 억제하지 않으려고 욕심을 부렸다. 그런 내 생각을 아는지라 그날 담당간호사는 불안해하면서도 아이에게 억제대를 적용하지 못했을 것이다.

그날은 한 달간의 환자통계를 마감하는 날이었는데 숫자에 약한 나는 잠깐이나마 정운이를 완전히 잊었다. 소년이 자고 있는 것을 확인한 나는 간호사 스테이션에 앉아 온 신경을 통계표 작성에 쏟고 있었다. 한참 동안 계산기를 두드리다가 뭔가 이상한 느낌에 고개를 드는 것과 동시에 중앙 심전도 모니터의 알람이 울리기 시작했다. 모니터상에 아이의 심전도 신호가 끊겨 있었다. 반사적으로 아이 방을 향해 뛰는데 창문 너머로 비어 있는 침대가 눈에 띄었다. 낙상사고가 발생한 것이다! 아이는 침대 옆 바닥에 피범벅이 된 채 비스듬히 엎드려 누워 있었다. 응급상황을 알리는 소리에 몰려든 간호사들이 주삿바늘이 뽑힌 자리를 눌러 지혈하고 심전도를 다시 연결하는 사이 연락을 받은 담당레지던트도 달려왔다.

다행히 아이는 그 와중에도 비교적 정확히 상황을 설명했고 크게 다친 데도 없었다. 창 너머로 보이는 간호사를 부르려고 침대 밖으로 내려섰는데 너무 오래 누워만 있었던 탓에 다리에 힘이 없어 쓰러진 것이다. 아이는 두 발로 설 수 없었다는 사실에 너무 큰 충격을 받았는지 눈물이 그렁한 눈으로 몇 번이나 "누나…… 다리가……." 하는 말을 반복했다. 정말 다행이다. 고맙고 미안하다. 나의 욕심이 아이를 위험에 처하게 했던 것이다. 그래서 상황이 모두 정리된 후에도 아예 의자를 갖다 놓고 앉아 아이 곁을 지켰다. 설 수 없었던 다리 이야기를 반복하던 아이가 지친 듯 잠이 든 후에도 곁을 떠날 수가 없었다. 생각이 복잡했고, 더 이상 명분도 없어진 상황이어서 정운이 곁을 비울 수밖에 없는 담당간호사가 억제대를 적용하자고 할까 봐 겁이 나기도 했을 것이다.

여러 가지 복잡한 생각에 잠겨 있는데, 어느새 잠에서 깨었는지 아이가 슬그머니 내 손을 흔들고 있었다. 수줍어하는 표정으로 볼펜을 찾았다. 뭔가 할 말이 있나 보다. 그간 정운이가 글씨라고 써놓은 것들은 모두 의미를 알 수 없는 선들에 지나지 않았지만, 사인펜을 쥐어주고 새 종이를 끼운 글자판을 내밀었다. 한참 만에 아이가 아주 공들여 써낸 글씨는 놀랍게도 '강성운' '이금자 엄마'였다.

도저히 그 아이가 썼다고 믿어지지 않는 가늘고 단정한 글씨체였다. 마치 붓글씨를 쓰듯 길게 늘여 쓴 글씨체에서 깊은 감정이 묻어났고, 내용도 엉뚱해서 어리둥절해졌다. 아이에게는 하루도 빠지지 않고 찾아와 극성스럽게 의료진을 들볶는 엄마가 있다. 그런데 이금자 엄마라니? 아이의 표정이 비밀을 내놓은 듯 수줍고 조심스럽다.

"강성운이 누구야? 이금자 엄마는?"

"강성운~ 내 동생~. 내 동생~ 강성운~."

아이는 운을 맞춰 노래하듯 말하면서 제가 써놓은 글씨 위에 동그라미를 그려 지우고 있었다. '이금자 엄마'에 대해서는 아무런 단서도 없었지만, 부모님이 이혼하셨다는 사실이 생각나서 새엄마인가 보다 짐작했다. 아이가 새엄마랑 동생이랑 행복했던 어느 순간을 떠올리고 있는 걸까? 지금 그들을 그리워하고 있는 것일까? 너무 정성 들인 글씨체라 쉽게 무시할 수가 없다.

"성운이가 동생이야? 성운이 보고 싶구나, 그렇지? 성운이 보고 면회 오라고 전화해볼까?"

아무 대답도 들을 수 없다. 빙글거리며 웃는 아이의 눈빛은 이미 다른 곳에 있다. 동생과 놀고 있는 중인지도 모르겠다. 마치 아이는 바라는 것 없이, 다만 오래 옆에 있어준 사람에 대한 의리로 자신의 비밀을 나누었을 뿐이라고 말하는 것 같았다.

나는 설명할 수 없는 예감에 조바심이 났다. 그간 나는 당연히 정운이가 친엄마와 함께 살았을 것이라 짐작했지만, 그 글씨를 보는 순간, 부모님 이혼 후 아이가 아빠와 함께 살았을 수도 있겠구나 싶었다. 그 이금자 엄마와 강성운이라는 동생이 아이가 가장 친밀한 정을 나눈 사람일 수도 있는 것이다. 아이가 쓴 글씨의 의미를 이해하고 누군가에게 전달해야 할 것 같은 사명감을 느꼈다. 누구랑 상의를 하나? 인계를 받는 밤번 책임간호사는 아이가 낙상할 뻔했던 사고의 충격 때문인지 글씨 이야기엔 전혀 관심이 없다. 의식이 맑지 않은 환자의 낙서 하나를 가지고 내가 지나친 상상을 하는 것은 아닌지 벌써부터 기가 꺾이는 기분이다. 다음 날, 시시각각 생명이 오고 가는 변화를 겪고 있는 환자들 틈에서 이리저리 불려다니는 담당레지던트를 보니 내가 꺼내려는 이야기가 참 우스꽝스럽다. 의료진들이 관심을 갖고 해결에 나설 주제가 아니었다.

면회 시간. 소년의 아버지가 창밖에서 무거운 표정으로 아이를 바라보고 계셨다. 다가갔으나 돌아보지도 않으신다. 의료진으로부터 더 들을 얘기도 없다고 말씀하시는 것 같다. 그래도 잠깐 동안 아이의 상태에 대해 설명하고 조심스레 덧붙여본다.

"그런데 정운이가 동생이 보고 싶은가 봐요. 강성운 동생을 찾더라고요."

여전히 의미를 알 수 없는 침묵과 함께 아이 아버지의 몸이 아주 희미하게 앞뒤로 흔들리는 듯 보였다. 내 말을 듣기는 하신 걸까? 확인할 길이 없다. 이금자 엄마 이야기는 입에 올리지 못했다. 빠짐없이 면회를 오지만 아이를 만나거나 담당레지던트나 간호사의 설명을 듣는 일보다 수술집도의를 찾느라 경황이 없는 친엄마에게는 더더욱 말을 꺼낼 엄두가 나지 않았다.

몇 차례 아이를 얼러 '강성운'과 '이금자 엄마'에 대해 캐물어보았지만 아이의 의식 상태는 그날 이후 더 나빠지기만 했다. 두 번 정도 "강성운~ 내 동생~."이라는 똑같은 음조의 반응을 보였을 뿐, 더 이상 대화가 불가능했다.

의식 상태가 나아지지 않은 채 아이는 애초 심장수술을 집도했던 주치의가 있는 흉부외과로 옮겨졌다. 나는 아이가 쓴 이름을 간호사 중 누군가의 기억에 남겨두고자 했지만, 소용이 없었을 거라는 느낌이다. 혹시 아주 늦기 전에 아빠의 주선으로 정운이가 그 두 사람을 만날 수 있지 않았을까? 확인할 길은 없다. 그렇게 나는 또, 내게 생의 마지막 비밀을 내보인 소년이 요청한 '보호자'의 역할을 다하지 못했다.

그래서 정운이를 다른 중환자실로 보낸 후 사망 소식이 들려올 때까지 나는 한 번도 아이 소식을 묻지 않았다. 입·퇴원을 반복하며 정운이가 보낸 그 시간을 도대체 어떻게 받아들여야 하는지 혼란스러웠었다. 지금도 정운이에 대한 기억은 되풀이하면 할수록 처참하다.

'그 숱한 심장정지의 순간에 아이는 무엇을 경험했을까?'

어느 순간 여기에 생각이 미쳤다. 온몸에 소름이 돋았다. 죽음의 순간, 일종의 임사체험이 아니었을까? 사람이 살면서 한 번도 경험하기 힘든, 죽는 순간에야 단 한 번 경험할 것을 십 대 소년이 그렇게 여러 번 경험한 후에 수술을 받았고, 긴 시간 홀로 고립된 상태에서 치료를 받다 사망했다. 그런데 수술 전이나 후에 아이가 경험한 심정지에 대해 관심을 갖고 주의를 기울인 사람이 있었을까? 기억이 없다. 수술 후에 아이의 섬망이 너무 심해져 정신과에 의뢰한 적이 있었고, 정신과에서 한두 번 방문하여 약물처방을 했던 기억만 있다. 막연히 심장이식수술을 받은 환자들은 전문적인 정신과 상담과 치료를 받을 필요가 있다는 말을 뒷얘기처럼 하면서도 우리는 제대로 아이의 마음과 정신을 들여다볼 준비가 되어 있지 않았다. 아이의 마음과 정신이 무자비하게 상처 입는 동안 '심장을 떼었다 붙이면서' 아이를 살리기에 분주했던 우리 모습을 떠올리니 생명을 구한다는 말조차 잔인하게 느껴진다.

당신의
미련 때문에
사랑하는 사람이
고통받는다면

참으로 이상한 일이다. 그 젊은 여자 환자의 부친은 면회 시간마다 "아이고~ 어떻게 해~." 하며 우는 소리를 하고 뛰어 들어오지만, 정작 시선은 늘 환자가 아니라 간호사나 주변 사람들을 향해 있었다.

"선생님, 제 딸 살려주세요. 어떻게 좀 해주세요."

"제가 얼마나 걱정을 하는데요. 밥도 못 먹고 잠도 못 자요."

"이렇게 하면 될까요? 어제도 제가 계속 팔다리를 주물러줬거든요."

잠시 돌아서 환자의 다리를 주무르는 시늉을 하다 다시 환자를 등지고 서서 투정하듯 몸을 흔들고 서 있는 보호자. 불안하게 주변을 두리번거리며 매번 같은 말을 되풀이하는 그 환자의 아버지가 나는 몹시 불편하고 거북했다. 그 보호자가 걱정하고 있는 것이 환자인지 보호자 자신인지 구별이 되지 않았다. 그의 딸은 단순한 질환이 아니라 너무 늦게 발견한 뇌종양 때문에 혼수상태로 중환자실에 누워서 죽음을 기다리고 있는 20대의 아가씨이다. 그 사실을 너무 잘 알고 있는 보호자가 팔다리를 주무르는 정도로 환자에게 잘하고 있다는 생색을 내는 것이다.

며칠 뒤, 환자의 전 직장 동료들이 단체로 면회를 와 그 아가씨의 사연을 들려주고 갔다.

환자는 어렸을 때 어머니를 잃고 할머니와 생활했다. 경제적으로 어려워 원하던 대학 진학을 포기하고 취직하여 할머니를 부양했다. 부친이 제대로 딸을 돌보지 못했던 것이다. 오래 지켜본 환자에 대한 안타까움이 깊은 듯 동료는 환자가 부친의 반대로 연인과 헤어졌고, 그즈음에 할머니가 돌아가시자 우울증에 빠졌다고 했다. 사직 후에도 몇 차례 동료들을 만났으나, 상태가 악화되었는지 모임에도 나타나지 않더니 결국 이 상태로 입원을 한 것이다. 이것이 무책임한 아버지 때문이 아니겠는가. 동료는 환자의 고단했던 삶과 이른 죽음에 대한 안타까움을 부친에 대한 원망으로 표현하고 있었다.

나는 비로소 그 부친을 이해할 수 있을 것 같다. 어떤 사연으로든 딸에게 잘해주지 못한 회한을 품고 사는 아버지가 그분뿐일까. 어쩌면 정말 부친은 제대로 돌봐주지 못했던 딸에 대한 미안함으로 '정말 너를 걱정하고 사랑했다. 너를 살릴 수만 있다면 무엇이든 하겠다.'

는 마음을 그렇게 표현하고 있는지도 몰랐다. 제대로 손써볼 틈도 없이 혼수상태에 빠져 각종 장비와 줄들을 달고 누워 있는 딸에게 부친이 해줄 수 있는 일은 정말 그렇게 팔다리를 주무르는 일밖에 없어 보인다.

이제 환자의 심장이 멎기까지 아무 일도 일어나지 않을 것같이, 그 침상 주변 풍경이 고정되어 가던 어느 날 저녁에 환자의 부친이 젊은 남자와 나란히 면회를 왔다. 환자와 가슴 아프게 헤어졌다던 그 연인이다. 그 남자가 환자의 발등을 쓰다듬으며 울먹이던 순간에도 부친은 여전히 담당간호사에게 자신이 환자를 위해 무엇이든 할 생각이 있음을 강조하고 있었다. 정말 부친은 늦게나마 딸의 원을 풀어주려고 노력하며 딸과 화해하고 이별을 준비하고 있는 것 아닐까?

환자에 대한 연민을 고스란히 부친에게 투사하고 있던 간호사들의 마음도 그 남자의 등장으로 조금은 누그러졌다. 아마 환자에게도 그의 면회가 조금은 위로가 되었을 것이다. 하지만 그러는 동안에도 환자 상태는 나빠지고 있었다. 그리고 간호사실 주변에서 이제 DNR Do not resuscitation, 심폐소생술 금지 동의서를 받을 때가 된 것 같다는 이야기가 오고 갔다. 면회를 마친 후 담당레지던트가 먼저 보호자 면담을 요청했다. 머지 않아 심장정지가 올 것이다. 그때 심폐소생술을 시행해도 환자가 회복될 가능성은 별로, 아니 전혀 없다. 심폐소생술을 시행하여 환자의 신체에 불필요한 손상을 초래할 수도 있으므로 보호자가 동의한다면 심폐소생술을 시행하지 않을 것이다. 가족들과 상의해보고 결정되면 알려달라고 말했다.

"안 됩니다. 선생님, 우리 딸 살려주세요. 제가 뭐든지 할게요. 새벽에도 와서 마사지하고……."

몇 차례 면담에도 부친은 심폐소생술 여부를 판단할 준비가 전혀 되어 있지 않았다. 그래서 결국 심폐소생술 금지에 대한 동의서를 받지 못한 상태로 환자의 심장박동이 멎고 말았다. 의료진에게 환자의 심장정지란 늘 초응급상황을 의미하는 것이었지만, 이 환자의 심장정지를 확인하는 순간 병동에는 다급함보다는 심란한 분위기가 앞섰다. 연락을 받은 담당레지던트도 착잡한지 잠시 깊은 한숨을 내쉬었다. 모두들 정말 피하고 싶은 심폐소생술이다.

"DNR 동의서 있나요?"

"없어요. 보호자가 DNR을 거부했어요."

간단히 형식적인 확인을 마친 담당레지던트가 무거운 몸짓으로 침대 위에 오르며 보호자를 불러달라고 했다. 보통 때라면 심폐소생술을 마치거나 30분가량 시행했는데도 반응이 없을 때 보호자를 부른다. 벌써 보호자를 부른다는 것은 어떻게든 다시 보호자를 설득해 심폐소생술을 중단하겠다는 의도인 것이다. 간호사 한 명이 전화기로 달려가는 동안 담당레지던트는 화가 난 표정으로 가슴압박을 시작했고, 모두들 말없이 자기 위치를 잡고 심폐소생술을 시작했다. 다급함이라곤 찾아볼 수 없는 기계적인 움직임이다.

그러나 달려온 보호자는 전혀 이 상황을 멈출 의향이 없다. 담당레지던트의 말을 끝까지 듣지도 않고 "안 돼요! 선생님, 우리 딸 제발 살려주세요. 안 돼요!"라는 말만 반복하며 발을 동동 굴렀다. 담당레지던트의 말이 전혀 보호자에게 가 닿지 않는 듯했다.

"CPR 계속합니다!"

담당레지던트는 다시 거칠게 가슴압박을 이어갔고 나는 보호자를 내보내지 않았다. 간호사들도 분위기를 알고 심폐소생술 광경이 보호자 눈에 띄지 않도록 하는 노력을 모두 멈추었다. 지금부터 속칭 쇼피알ShowPR, 즉 환자의 심장을 살리기 위한 목적보다는 보호자에게 보이기 위한 심폐소생술이 시작되는 것이다. 심폐소생술 광경을 보호자에게 노출하여 보호자가 더 이상의 심폐소생술을 포기하기를 기대한다는 의미이다. 본격적인 쇼피알로 돌입하는 순간부터 의료진은 모두 화난 표정으로 각자 자기 생각에 빠져서 습관적으로 몸을 움직이고 있었다. 모두들 참을 수 없는 역겨움, 보호자 혹은 의료진 스스로에 대해 끓어오르는 분노를 억지로 누르고 있었을 것이다. 나를 포함하여 그 상황에 서 있는 사람들 모두가 공범이었다.

원래 DNR 여부에 대해 설명하고 동의를 받는 건 간호사 몫이 아니지만, 참을성 없는 나는 그 상황을 더 견딜 수 없어 보호자에게로 갔다. 보호자를 설득하는 내 말이 사정조였는지 협박조였는지 모르겠다.

"네, 알아요. 최선을 다하셨어요." "그만하셔도 돼요. 할 만큼 하셨어요." "이제 제발 그만해요, 네? 보세요! 환자가 너무 고통스럽잖아요. 그만하실 거죠?"

그렇게 억지로 밀어붙인 끝에 보호자가 울먹이며 고개를 끄덕였다.

"보호자가 동의했어요. DNR이에요. 그만해요!"

심폐소생술을 하면서도 보호자와 내 주변에 신경을 곤두세우고 있었을 의료진이 일제히 손을 멈추었다. 잠시 정해진 사망 확인 절차를 거쳐 담당레지던트가 사망선언을 했다. 의사들은 누가 붙잡을세라 겁내는 사람들처럼 서둘러 환자 곁을 떠났다. 사망이 선언되니 오히려 그 보호자가 차분해졌다.

환자 주변을 정리하고 사후처치를 하는데 환자의 앞가슴 피부가 조금 벗겨져 있었다. 심장압박으로 입은 상처다. 사망한 환자가 통증을 느낄 리 없건만 상처를 닦고 밴드를 붙이는 내 손이 떨렸다. 환자가 쓰라리다고 인상을 찌푸리는 것 같다. 몸을 닦아주고 옷을 갈아입히는 동안 내 머릿속은 텅 비어 있었다. 늘 마지막에는 환의만 입고 거짓말처럼 단정하게 누워 있는 환자와 홀로 대면하는 시간이 있다. 그 시간은 내가 짧았거나 길었거나 환자를 돌보면서 갖게 된 감정을 풀어내는 시간이었다. 때론 '잘 가세요. 편히 쉬세요.' 기원하는 자리였고, 때론 '죄송합니다. 정말 미안합니다.' 하고 용서를 빌기도 하면서 비로소 그 환자로부터 놓여나는 것이다. 그렇지만 그날, 나는 그 젊은 여성의 주겸 앞에서 대상을 바꿔가며 치솟는 분노 외에는 아무런 생각도, 할 말도 떠오르지 않았다. 가족은 왜 그렇게 미련이 남아 딸의 마지막 길에 그런 고통을 주어야 했으며, 우리는 왜 비겁하게 보호자를 내세우며 원치 않는 심폐소생술을 해야만 했나?

그 전에도 종종 환자의 회생을 목적으로 하는 것이 아니라 가족의 요청에 따라 심폐소생술을 시행할 때가 있었다. 대개 임종하는 순간에 가족이 곁을 지켜야 한다고 믿는 사람이 아직 도착하지 않은 가족을 기다리며 심폐소생술을 원하는 경우였다. 그런 경우 대개 가족이 도착할 때까지 소극적으로 심장압박만 유지했다. 어느 환자는 딸이 공항에서 오는 길이 막혀 도착이 늦어지자 담당레지던트가 그의 가족과 '인공호흡기만 유지하다 딸이 도착한 후에 사망선언을 하는 것'으로 타협(?)을 하기도 했다. 그런 경우에도 딸이 임종을 지켰다고 할 수 있는지는 모르겠다. 정확히 언제가 환자가 사망한 시점인지 헷갈리는 순간이 많았다. 어떤 때는 심장의 자발적인 박동이 멎는 순간이 사망으로 정의되고, 누군가는 심장과 호흡이 모두 멈추어야 사망이므로 의료진이 심장압박을 하거나 인공호흡기만 유지하고 있어도 사망은 아니라고 주장하기도 했다.

그 젊은 여성의 마지막 순간을 지켜본 후, 나는 애타게 사전의료지시서 같은 제도를 기다렸다. 당시에는 그런 제도가 있는지 정확히 알지 못했지만, 내가 마지막 순간을 스스로 결정할 수 있어야 하고 그것을 확실하게 보장해줄 방법이 필요하다고 생각했다. 드라마에서 나오듯 유언장을 작성해야 하나? 남길 유산도 없는 멀쩡한 처녀가 그것 때문에 갑자기 변호사를 찾아가기도 그렇고……. 자필로 기록하고 공증을 받아놓으면 효력이 있을까? 큰 병에 걸리면 아예 병원엘 가지 말아야 하나? 갑자기 쓰러지면? 병원에 가는 것도 내가 선택할 수 없는 상황이 오면 어떻게 하지? 생각이 많았지만 길은 보이지 않았다. 그리고 그때는 심폐소생술 금지 동의서도 사전의료지시서의 일종이라는 사실을 몰랐다. 심폐소생술 금지 동의서는 늘 환자가 혼수상태로 빠진 후, 심장정지가 일어나거나 심장정지 후 심폐소생술이 소용없을 때, 보호자들이 작성했기 때문이다.

최근에 품위 있는 죽음, 웰 다잉well dying에 대한 관심이 높아지고, 사전의료지시서의 필요성을 느끼는 의료진이 많아지면서 말기 암환자들에 대한 심폐소생술 금지 동의서 작성이 많이 늘었다고 한다. 한 대학병원 암 병동에서 어느 시기 동안 사망한 환자들이 100퍼센트 심폐소생술을 시행하지 말라는 사전의료지시서를 작성했다는 기사도 있었다. 그러나 그 내막을 자세히 살펴보면 실상은 다르다. 대부분의 심폐소생술 금지 동의서는 환자가 의식을 잃은 후 가족들이 작성했고, 그 결정에 환자가 직접 참여한 경우는 5퍼센트에도 미치지 못했다. 환자가 의식이 있는 경우에도 DNR은 환자 모르게 비밀리에 이루어지기 일쑤다. 나는 개인적으로 그렇게라도 가망 없는 환자에게 심폐소생술이 시행되지 않은 것을 다행으로 여기는 사람이지만, 그걸 사전의료지시서라고 할 수 있는지는 의문이다. 사전의료지시서란 원래 환자가 자신의 가치관에 따라 특정 치료를 선택하거나 거부할 수 있도록 의사결정에 참여할 기회를 제공하기 위하여 미리 작성해야 하는 것 아닌가. 그렇게 함으로써 환자는 자신의 뜻대로 마지막을 준비할 기회를 얻고, 가족은 환자에게 최선을 다하지 못한 게 아닌가 하는, 연명치료 거부 결정에 따른 부담을 덜 수 있는 것이다. 연명치료 여부를 결정하는 가족들은 어떤 결정을 하든 죄의식으로부터 자유롭지 않아 보였다. 환자를 포기한 것은 아닌지, 혹은 환자를 고통스럽게 하고 있는 건 아닌지……. 정도의 차이는 있겠지만 의료진의 입장도 크게 다르지 않았다.

나는 가족들에게 구두로 연명치료, 생애 말기 치료에 대한 내 생각을 밝혀두었다. 구두로 사전의료지시서를 작성한 셈이다. 가족이 내 뜻을 지켜줄 터이니 그것만으로도 효력을 발휘하기는 할 것이다. 그렇지만 기회가 되면 꼭 서면으로 사전의료의향서를 작성해둘 생각이다. 가족이 내 의사를 알고 있더라도 그 결정에 대해 의료진이 가질 우려와 부담감을 덜어주기 위한 것이기도 하다. 의료진은 의사결정 과정에서 늘 환자의 가족들에 대한 부담을 안고 있다. 주보호자가 동의한 결정에 대해서도 다른 가족들이 이의를 제기할 가능성이 없지 않았고, 중환자실에서 일어난 분쟁은 의외로 주보호자를 중심으로 한 가족들과 의사소통이 잘되고, 충분히 공감했다고 생각한 가족에게서 발생하는 경우가 많았다. 가족 간에 의견 불일치가 있을 수 있고, 생각보다 가족관계가 복잡한 경우도 많았다. 그래서 우리는 가족 중 새로운 얼굴이 나타나면 여태까지 한 의사결정에 대해 이의를 제기하지 않을까 하고 바짝 긴장을 했다.

의료진이 전문적인 판단에 따라 임종이 임박한 환자에게 사전의료의향서◆에 대한 정보를 제공하는 것도 쉽지 않아 보였다. 의료진에 대한 불신이 심했기 때문이다. 심폐소생술 금지 동의서 작성을 의논했다가 보호자로부터 환자를 포기한다며 오해받고 원망을 듣는 의료진의 모습도 자주 보았다. "그럼 그런 복잡한 상황에서 비전문가인 환자나 가족이 어떻게 적절한 의사결정 시기를 알 수 있나요?" 어느 토론회에서 누군가 중환자실의사에게 물었다. 의사는 "가족들이 먼저 말을 꺼내주면 좋겠습니다. 의사에게 우리는 이런 생각을 가지고 있는데, 결정을 내릴 때인가 물어주세요."라고 답했었다.

나의 서면 사전의료의향서는 순전히 그 말을 염두에 둔 것이다. 훗날 내 뜻에 따라 내린 결정 앞에서 망설이는 의사가 있다면, 서면으로

◆ 보통 사전의료지시서와 사전의료의향서는 같은 의미로 쓰인다. 그러나 이를 적용하는 논의 과정에서 환자가 의료적 상황에서 '지시'하는 게 가능한가 하는 문제제기가 있어, 환자의 의사를 밝힌다는 의미로 최근 사전의료의향서라는 말을 쓰기 시작했다. 이 책에서는 굳이 두 가지 용어를 통일하지 않고 필자가 경험한 상황에서 쓰던 용어를 그대로 살렸다.

작성된 사전의료의향서가 내 가족에게 좀 힘이 되어주지 않겠는가 생각한 것이다. 그걸 근거로 의사는 혹여 다른 가족이 나타나 문제를 제기하지 않을까 하는 우려를 지울 수 있을 것이다.

물론 사전의료의향서가 일반화되고 그 양식이 정교해진다 하더라도 20대 젊은 아가씨가 이용할 가능성은 낮을 것이다. 결국 우리가 죽음에 대한 논의를 금기시하고 가족들과 상의하는 걸 불편해하는 한 상황은 변하지 않을지도 모르겠다. 당시 내가 지금만큼이라도 어른스러웠다면, 그날 쇼피알을 하기 전 그 부친이 딸을 살려달라고 발을 구를 때에 그걸 심폐소생술을 해달라는 의미로만 받아들이지 않았을 것 같다. 젊은 아가씨의 죽음이라는 상황에 압도당하지 않고 보호자의 슬픔과 대면하는 걸 두려워하지도 않았다면, 그래서 "그 슬픔을 이해한다. 아버지 때문에 딸이 이렇게 된 것도 아니다. 마음은 충분히 알지만 우리 힘으로 어찌할 수 없는 상황이다. 또 다른 회한을 만들지 말고 고인을 편히 보내드리자."라고 했다면, 그래도 그 부친이 의료진이 말리는 심폐소생술을 계속하자 했을까? 사전의료의향서에 대한 논의에 앞서 죽음에 대한 막연한 공포와 터부를 깨는 것이 먼저라는 생각이 든다.

어느 노동자의 죽음

사실 나는 처음 중환자실에 누워 있는 그 환자를 보는 순간부터 괜히 그 가족의 진료비 부담이 걱정되었다. 첫 입원이고 겨우 30대인 남자에게서 유난히 궁핍함이 느껴졌다. 오랜 시간 가난과 병에 찌든 사람처럼 피부색이 좋지 않았고, 실제보다 훨씬 나이가 들어 보였다. 단순히 종양 때문에 의식이 맑지 않은 정도가 아니라 전반적으로 생기가 느껴지지 않았다. 환자를 보고 있으면 마치 말기상태에 가까운 내과환자를 보는 듯 불안한 예감이 들고 괜히 심란해졌다. 입원 후 며칠 동안은 보호자로 동행한 노모 외에 다른 면회객도 없어 더 신경이 쓰였을 것이다. 그 노모를 보는 순간, 근거도 없이 '아, 이 모자를 어째…….' 하는 생각이 스쳐지나갔다. 내 불안감의 원인을 정확히 몰랐지만 우리 병원의 진료비가 할머니께서 아들을 큰 병원에 입원시키면서 각오한 수준을 훨씬 뛰어넘을 것 같은 느낌이 들었다.

그리고 얼마 후 나는 정말로 그 환자 때문에 가내수공업 수준의 작은 공장 노동자가 월급을 얼마나 받는지 궁금해하고 있었다. 뇌종양 수술비가 아니라 '매일 유지비 100만 원, 며칠에 한 번씩 시행하는 필터 교체 시마다 수백만 원 추가'라는 첨단장비 사용료 때문이었다. 그렇게 한 달을 유지하면 1억이 넘게 든다고 했다. 그 엄청난 액수를 입으로 옮기면서도 믿기지 않아서, 나는 그 젊은 환자의 침상 앞에 서서 그가 살아오면서 받은 월급 총액이 얼마나 될까, 그 액수가 생애 마지막 얼마 동안에 부담해야 할 병원비보다는 많을까 비교하고 있었던 것이다.

그는 작은 공장에서 일하던 노동자였다. 정확히 언제부터인지 알 수 없지만, 오랫동안 진통제로도 해결되지 않는 두통을 앓아왔다. 처음에는 본드를 많이 사용하는 작업 환경 때문이라 생각했다. 직장을 쉬면 나아질까 하여 몇 차례 일을 쉬어보기도 했지만, 크게 달라지지는 않았다. 결국 두통은 일을 할 수 없을 정도로 심해졌고, 직장을 그만두고 쉬기만 했다. 환자는 그러고도 한참이 지난 후에야 입원했다. 그간 병원을 찾았는지 확인할 수는 없었다. 환자는 이상행동을 보이는 정도에 이르러서야 이웃 주민의 연락을 받은 노모에 이끌려 입원을 한 것이다.

나의 쓸데없는 걱정과 달리 환자는 의식이 혼미하긴 해도 비교적 안정된 상태로 며칠을 지냈고, 뇌종양 제거 수술도 문제없이 잘 마쳤다. 수술 후에 의식이 명료하게 돌아오지 않았지만 회복은 순조로웠다. 그래서 수술 이틀째 되는 날에 일반병실로 이동했다. 그간 입원비 중간계산서가 나오지 않았던 건지, 보호자가 감당할 만한 수준이었는지 보호자는 간호사들에게 진료비 걱정을 내비치지 않았다.

그런데 일반병동에서 회복 중이던 환자는 갑작스런 호흡곤란, 저혈압 등 심부전 증상을 보여 다시 중환자실로 이송되었다. 검사 결과 아주 심각한 폐 색전증이 발견되었다. 긴급히 흉부외과에 의뢰하여 응급수술에 들어갔다. 수술실로 이동하여 준비하는 중에도 환자의 상태는 계속 나빠졌고, 흉부외과 담당레지던트가 다급하게 보호자를 찾았다. 환자의 심부전이 심각해 급히 순환보조장치◆부터 삽입해야 시술이 가능하다는 것이었다. 환자의 상태가 매우 위중했지만 워낙 비용이 많이 드는 처치인지라 반드시 보호자의 동의가 필요했다. 고령의 보호자, 환자의 어머니가 병원에 상주하고 있었지만, 그런 응급상황에서 의사결정을 감당하기 어려운 분이었다. 그냥 큰아들의 전화번호만 내밀었다. 직장에 다니느라 병원에 오진 못하지만 그 형이 주보호자였던 것이다. 다급한 담당레지던트는 전화기를 건네받아 속사포 같은

◆ 심근이 기능저하에 빠졌을 때 순환기능을 보조 혹은 대신하여 신진대사를 유지하기 위한 장치.

몇 마디로 설명을 마치고 녹취 동의를 받았다. 그 설명으로 보호자가 상황을 제대로 이해하기는 어려웠겠지만, 보호자는 상황의 위중함을 감지한 듯 추가 질문 없이 처치에 동의했다. 나와 마찬가지로 그 가족의 경제적 부담을 걱정하던 간호사는 그 상황을 인계하며, "비용이 아주 많이 들 것"이라는 담당레지던트의 말에, 뒤늦게 달려온 형은 필요하면 해야지 어떻게 하겠느냐며 재차 동의 의사를 분명히 했다고 전했다.

환자의 생명이 위험하다는 상황에서 다른 선택의 여지가 없었을 것이다. 그렇게 비싼 장치를 삽입하고도 환자는 수축기혈압이 80mmHg에도 못 미치는 심각한 쇼크 상태로 수술실을 나왔다. 동공 빛 반사도 보이지 않는 혼수상태였다.

정신없이 수술실에서 나온 환자를 정리하고 장비와 모니터 세팅을 하고 있을 때, 신경외과 집도의가 환자를 보러 왔다.

"이거 곤란한데……. 이 보호자들 가난한데……. 돈 없어!"

물끄러미 환자를 들여다보던 신경외과 집도의가 대뜸 쏟아낸 말이었다.

"정말 보호자들 돈 없어. 가난하다고. 가족들이 진짜 착하고 그런데……. 지금까지 나온 치료비도 힘들다고 수술 후에 보호자가 날 찾아왔었다고. 정말 이런 큰돈 없어!"

마치 우리가 환자 가족들에게 빚 독촉을 하고 있는 빚쟁이라도 되는 양 빙 둘러보며 쐐기를 박았다.

“이 환자, 좋아져 봐야 vegetative state로 갈 건데, 그럼 큰일이지. 야아, 그거……. 그게 더 큰일이라고!”

응급수술은 흉부외과에서 진행했으니 환자가 신경외과중환자실에 입원을 해 있어도 흉부외과 환자였다. 줄곧 환자 곁에 앉아 상태를 관찰하며 장비를 조절하고 있던 체외순환기 담당주치의가 말없이 두 손으로 머리를 감싸쥐었다. 몰려든 담당레지던트들과 간호사들도 일제히 참았던 한숨을 내쉬었다. 그러나 어쩌란 말인가?

vegetative state. 식물상태 혹은 지속적 식물상태. 더 적나라하게는 식물인간이라고들 한다. 그렇다고 뇌사는 아니다. 나는 평소 지속적 식물상태에 빠지는 것보다는 차라리 죽는 것이 더 나을 것 같다고 말해오긴 했지만, 그 환자들도 살아 있는 소중한 생명이라는 데 이견이 있는 것도 아니었다. 어쨌든 환자는 살아 있고 회복 가능성이 불확실한 상태였다. 수술로 종양은 제거했고 지금 이 고비를 넘기면 좋아질 수도 있는데 비싸다고 해서 있는 방법을 사용하지 않을 수도 없는 일이었다.

신경외과주치의가 다녀간 뒤 분명해진 건 우리가 더 이상 환자가 좋아지는 걸 기뻐할 수 없으리라는 것이었다. 괴로워하던 흉부외과주치의는 여전히 환자 곁을 떠나지 않았고, 순환보조장치에 익숙하지 않은 간호사들은 장비에 대한 공부에 열 올리며 열심히 환자를 돌보았다.

그러나 모두들 심란한 마음을 숨기지는 못했다. 나는 무얼 기대해야 하는지 생각하지 않기로 했다. 그냥 몸에 밴 습성대로 최선을 다하는 길밖에 없었다. 근무조마다 가장 숙련된 간호사들이 환자를 담당하도록 배정했고, 나도 그 주변에서 대부분의 근무시간을 보냈다. 체외순환기 덕분인지 모니터상에 나타난 환자의 혈압 수치가 아주 미세하게나마 조금씩 오르는 것 같아 내심 불안했다.

"어머, 어떡해! 어떡해! 동공반사가 돌아왔어. 좋아지나 봐, 어떡해."

매 시간 반복하던 의식사정을 하다 말고 담당간호사가 수선을 떨었다. 주변의 신경외과, 흉부외과 의사들, 간호사들이 환자 주변으로 우르르 몰려들었다. 환자가 호전된 것을 확인하자 모두들 당황했다. 응급수술을 하고, 비싼 장비를 사용하고, 식사시간을 반납하고 잠을 줄여가며 환자를 돌봐온 의료진이 환자의 호전 앞에서 보일 만한 반응이 아니었지만, 그건 감출 수 없는 모두의 진심이었다.

환자의 혈압이 조금 상승하여 낮은 상태에서나마 안정되어가면서 그간 한방울도 나오지 않던 소변이 조금씩 흘러나오기 시작했다. 장기의 혈액순환이 회복되기 시작한 것이다. 또 한 차례 소변이 나온다고, 진짜 좋아지려나 보다고, 이제 어쩌냐고 약간의 술렁임이 있었다. 벌써 이틀을 넘기고 있었다. 의료진에게 새로운 고민이 생겼다. 순환보조장치의 필터는 막히지 않더라도 감염예방을 위해 주기적으로 교환하는 것이 원칙인데 그 날짜가 다가오고 있었던 것이다. 이미 의료진은 보호자들 앞에서도 환자의 상태가 호전되는 것에 대한 다행스러움보다는 진료비에 대한 염려가 앞서는 마음을 숨기지 않았다. 오히려 보호자들의 반응이 담담하고 침착했다. 그래도 최선을 다하는 게 도리가 아니겠냐고 하는 보호자들의 선한 표정이 더욱 의료진의 마음을 압박하고 있었다.

결국 의료진과 가족은 새로운 필터로 교체하지 않고 최대한 버티어 보되 필터가 막힐 경우 순환보조장치를 제거하기로 결정했다. 면담을 마치고 돌아온 흉부외과주치의는 "내가 이 일로 먹고살지만 이럴 때는 정말 이 장비를 만든 사람이 원망스럽다."라며 맥없이 의자에 몸을 내려놓았다.

필터 교환이 예정되었던 날이 지나도 순환보조장치는 잘 작동했고 환자의 상태도 별다른 변화 없이 고만고만하게 유지되었다. 환자가 회복될 가능성은 점점 낮아지고 있었다. 필터 막힘으로 순환보조장치가 멈추어 환자가 악화되는 것과 그 전에 환자 상태가 악화되어 더 이상 순환보조장치를 유지할 필요가 없어지는 상황 중 어느 쪽을 바라야 할지 가늠하기 힘들었다. 물론 의료진, 가족, 환자 중 누구에게 유리한 상황을 말하는 것인지는 나도 잘 몰랐다. 분명한 것은 그 환자에게는 하루가 24시간이 아니라 100만 원이라는 사실이었다.

신경외과주치의가 노골적으로 환자가 호전되는 것이 더 불행한 일이라고 입 밖에 내어 말하기 시작했을 때, 나는 '좀 심하다. 환자가 알아들으면 어쩌려고…….' 하면서도 속으로 찔끔하는 기분이었다. 나는 환자가 살기 위하여 최선을 다하고 있을까봐 겁을 내고 있었고, 그 의사는 내 마음을 그대로 환자 귓가에 옮긴 것뿐이었다.

어느 날, 간호사 스테이션. 간호사 한 명이 밑도 끝도 없이 "우리가 사채업자보다 더 무서운 것 같아요." 하고 내뱉었다. 주변에 있던 간호사들은 무슨 말인지 묻지도 않고 고개를 끄덕거렸다. "뭐, 맘대로 죽을 수는 있나?" "여기 있다 보면 죽는 게 제일 어려운 것 같아요." 모두 같은 생각을 하고 있었던 것이다.

그러면서도 의료진은 거의 완벽에 가까운 팀워크를 보이고 있었다. 체외순환기를 담당하는 주치의는 며칠째 환자 옆을 지키고 있었다. 매 근무조마다 중환자실의 가장 숙련된 간호사들이 환자를 담당했다. 환자의 침상 옆에선 자발적인 교육과 토론이 이루어지고, 의사가 간호사에게, 간호사가 의사에게 정보를 전달하고 받을 때 발생하는 그 흔한 신경전도 없이 누구나 기꺼이 정보를 주고받았다. 함께 굶고 잠을 설치는 생활이 공유되자 의료진 사이에 전에 없이 따뜻한 말들이 오고 갔고, 의료진과 환자 가족들도 그 어느 때보다 많은 대화를 나눴다. 주치의는 자진해서 특진을 취소하라고 처방했다. 조금이라도 진료비 부담을 줄여주고 싶었을 것이다.

그러나 우리가 환자의 상태가 호전되길 원하지 않는다는 사실을 앞에 두고 보면 이 상황이야말로 비극이었다. 내게는 실수를 용납하지 않는 의료진의 철저함이 더 잔인하게 느껴지는 시간이었다. 어쨌든 오래지 않아 환자는 악화되었고 필터가 막히기 전에 돌아가셨다. 우리는 안도의 한숨을 내쉬었다. 누군가의 때 이른 죽음을 앞에 두고 절대 그래서는 안 되는 줄 알면서도 다행스러웠다. 그것이 감출 수 없는 솔직한 마음이었다.

체외순환기를 삽입할 때, 그 환자는 회복 불가능한 말기환자가 아니었다. 애초에 입원의 원인이 되었던 질환은 치료가 끝난 상태였고, 그 고비를 넘기면 회복할 수도 있는 응급상황이었다. 따라서 의료진이나 가족에겐 선택의 여지가 없었다. 아무리 비싼 처치라고 하더라도 우선 시행하고 보는 것이 원칙이었고, 보라매병원 사건◆ 이후 의료진이 가족의 경제적인 이유에 따른 치료 중단 혹은 퇴원 요구를 받아들일 가능성은 없어 보였다. 그 결정에 따른 부담과 책임은 모두 가족의 몫이었다. 남은 가족의 생계를 위협할 만큼 심각한 의료비 부담을 감수하고서라도 생명을 지킬 의무가 가족에게만 있는 것도 아닐 텐데……. 그 사실을 너무나 잘 알기 때문에 우리는 "진료비를 대신 해결해줄 것도 아니면서 왜 환자에게 비싼 치료를 권하고 가망이 없다면서 퇴원 요구를 들어주지도 않는가?" 하는 보호자의 항변에 늘 말문이 막

◆ 1997년, 뇌수술을 받고 중환자실에 입원 중인 환자의 부인이 치료비를 이유로 퇴원을 요구하자 의료진은 이를 받아들여 인공호흡기를 뗀 채 퇴원시켰다. 환자는 죽음에 이르렀고 법원은 1심에서 "회복기 환자를 퇴원시켜 죽음을 방조했다."라며 의료진에 유죄를 선고했다. 이 사건을 통해 우리 사회에서도 존엄사에 대한 논쟁이 시작되었다.

혔다. 그럴 때마다 법이나 보라매병원 사건을 핑계 대며 옹색하게 버티는 수밖에 없었다. 그 노동자의 죽음을 둘러싸고 겪었던 가족과 의료진의 고민은 새삼스러운 일도 아니었다. 비싼 의료비 문제는 가족뿐 아니라 중환자실에서 근무하는 의료진도 자유로울 수 없는 부담이었다.

그 할아버지가
중환자실에
들어온 이유

내과중환자실 담당레지던트로부터 전화가 왔다. 병동에 입원해 있던 말기 암환자의 상태가 악화되어 중환자실에 입실해야 하는데 내과중환자실에 병상이 부족하다는 것이다. 마침 우리 중환자실 침상은 비어 있었고, 말할 필요도 없이 환자가 우리 중환자실에 입실하는 게 당연해 보이지만 타 과 중환자실에 환자를 입실시키는 것은 간단치 않다.

한 병원에 입원한 다 같은 중환자이지만 간호사들은 타 과 환자 맡기를 꺼렸다. 과마다 관례가 된 절차와 규칙이 있고 그에 따라 간호사들이 알아서 처리할 일이 많은데, 타 과 환자를 맡으면 익숙하지 않은 일을 해야 하고, 낯선 담당레지던트들과 의사소통이 원활하지 않아 말썽이 생기기 쉬웠다. 특히 내과환자는 중증도가 높고, 장기 입원할 가능성이 있었다. 내과중환자실에 병상이 잘 비지 않아 한번 입원하면 침상을 비워주지 못하는 경우도 많았다. 그러다 보니 중환자실 담당레지던트나 주치의도 한두 개 남은 병상을 쉽게 타 과에 내주려고 하지 않았다. 갑자기 중환자나 응급환자가 발생할 경우 침상이 없어 입원이나 수술을 못 할 수도 있고, 다음 날 수술환자가 나오기 전에 병상을 비워주지 못해 곤란을 겪은 경험을 다들 가지고 있었다. 병상을 내달라는 '타 과'의 요청을 물리치고 미리 병상을 확보해두는 것도 각 과 중환자실 담당레지던트와 책임간호사의 주요 업무 중 하나였다. 그래서 중환자실 침상을 둘러싼 갈등과 잡음이 많았기에 결국 진료과 협의를 거쳐 각 과별로 해당 중환자실의 침상이 부족할 때 이용할 수 있는 중환자실 배정 원칙과 순서를 정해두고 있었다.

그런데 내과중환자실 담당레지던트는 그 순서를 어기고 바로 우리 중환자실에 침상 요청을 했다. 신경외과중환자실 담당레지던트와 이미 얘기를 끝냈다는 것이다. 확인 전화를 하기도 전에 신경외과 담당레지던트가 달려 나왔다. 이 환자는 내과환자이긴 하지만 신경외과 문제도 가지고 있어서 우리 중환자실로 와야 한다는 설명이었다.

말기환자가 어딘들 문제가 없을까. 그럼 차라리 전과를 받든가. 반말로 통화하는 걸 듣고 두 사람이 친구 사이라는 걸 알고 나니 괜히 못마땅하다. 신경외과 담당레지던트는 웬일인지 들떠 보였고, 연신 환자를 빨리 중환자실로 이송하라고 재촉이었다. 막상 병동에서는 아직 환자의 중환자실 이동 여부가 결정되지 않았다고 한다. 말기환자인지라 '심폐소생술 금지' 및 '중환자실 입실' 여부를 결정하기 위한 면담이 진행 중이니 기다리라는 것이다. 중환자실 담당레지던트의 다급한 분위기와 달리 한참이 지나도 병동에서는 연락이 없었다. 확인 결과 "보호자들 마음이 이랬다 저랬다 결정을 못 하고 다시 담당레지던트와 면담 중"이라는 대답이다. 중환자실 입실이 아직 결정되지 않았고, 가족들이 심폐소생술을 시행하지 않겠다고 하면 중환자실 입실이 취소될 수도 있는 것이다. 그동안에도 신경외과 담당레지던트는 뭐가 그리 급한지 여러 차례 중환자실에 들락거리며 왜 환자를 이송하지 않냐고 성화였다.

가족들의 고민이 깊었는지 한참 후에야 환자의 중환자실 이동이 결정되었다. 보호자들이 아주 어렵게 'DNR 금지 동의서'와 '중환자실 입실 동의서'에 서명을 한 것이다. 이건 좀 의외의 상황이다. 심폐소생술을 하지 않겠다는 동의서는 내게 적극적인 연명치료를 하지 않겠다는 의미로 해석되었다. 그럼 중환자실로 입실하지 않고 병동에서 가족들과 함께 남은 시간을 보내는 게 좋을 텐데 왜 굳이 중환자실로 이동해야 하는가? 내과 담당레지던트의 대답은 "가족들이 원한다."는 것이다. 가족들이 무엇을 원한다는 것인지 묻고 싶으나 담당레지던트는 얼버무리는 태도로 더 이상의 질문을 피하는 것 같았다.

곧이어 환자가 중환자실로 입실했고, 차트에는 'DNR 금지 동의서' '중환자실 입실 동의서' '중심정맥관 삽입◆동의서' '지속적 혈액투석 동의서'와 '투석용 카테터 삽입 동의서'가 함께 들어 있었다. 심폐소생술을 하지 않기로 하고 중환자실에 입실한 것은 그렇다 해도 다른 동의서들은 또 뭔가. 우리는 심폐소생술 금지 동의서가 있는 경우 더 이상의 적극적인 연명치료는 하지 않고 보존적인 치료만 하면서 지켜보는 것으로 이해하고 있었다. 그런 경우 대개 중환자실에 입실하지 않고 일반병동에서 임종을 준비하거나 중환자실에 입실하더라도 침습적인 치료를 하지 않는다고 알고 있었다. 그런데 심폐소생술 금지 동의서와 더불어 중환자실에 입실했을 뿐 아니라 적극적인 연명치료에 해당한다고 여겨지는 투석 등의 침습적인 처치에 대한 동의서를 한꺼번에 작성한 것이다. 이런 침습적인 처치들을 다 하겠다는 것은 적극적인 연명치료를 하다 마지막에 심장마사지만 하지 않겠다는 뜻인가? 그럼 당연히 기도삽관이나 인공호흡기 치료도 해야 할 텐데, 왜 가장 기본적인 연명치료에 해당하는 기도삽관과 인공호흡기 적용에 대한 동의서만 빠진 거야? 도대체 어쩌라는 것인지……. 내가 투덜거리자 내과중환자실에서 온 간호사가 "내과에서는 원래 그렇게 해요."라고 대

◆ 단기간에 다량의 약물을 투여하기 위한 처치.

답했다. 일종의 세트처럼 중환자실 입실 시점에 말기환자들에게 예상되는 침습적인 처치들에 대해 한꺼번에 동의서를 받아둔다는 것이다. 미리 동의서를 받는 것이야 좋다. 하지만…….

"그러면 심폐소생술은 심장마사지만 하지 않겠다는 것으로 봐야겠네?"

"아마도……."

"그럼 기도삽관이랑 인공호흡기 치료는 어떻게 해?"

"너무 기본적이고 당연한 거라서 동의서를 안 받는 것 아닐까요?"

자신이 없는지 간호사는 말을 흐렸고, 나는 여전히 혼란스럽다.

정리를 마치고 보호자를 부르자 눈물범벅이 된 얼굴의 가족들이 달려왔다. 오래 환자를 어루만지고 있어도 되풀이하는 말은 "여보, 조금만 힘내요." "아빠 힘내세요." 하는 말뿐이다. 이미 생의 마지막에 와 있음을 알고 심폐소생술은 시행하지 않겠다는 동의서에 서명을 했어도 다시 한 번 이 고비를 넘겨주었으면 하는 바람까지 버리지는 못한 것이다. 나도, 내과 담당레지던트도 말없이 그 모습을 지켜보고 서 있었다. 병동에서 이미 설명을 했으니 따로 더 할 말도 없었다. 뒤늦게 의료진의 등장을 눈치 챈 딸이 다가와 내 손을 잡고 "선생님, 우리 아빠 좀 잘 봐주세요." 부탁을 한다. 손을 마주잡고 고개만 끄덕끄덕하는데, 그걸로 충분했는지 같은 당부를 몇 번 반복하던 딸은 곧 다시 환자 곁으로 되돌아갔다. 면회 종료를 알리자 어렵게 발을 떼려던 부인이 되돌아와 담당레지던트의 손을 움켜쥐었다.

“선생님, 잘 봐주세요! 제발 마지막까지 최선을 다해주세요!”

부인의 격한 당부가 이어지자 침통하게 마주 보며 고개를 주억거리던 담당레지던트의 표정이 달라졌다. 사무적으로 바뀐 목소리에 긴장감이 어리면서 황급히 보호자를 밀어내려는 기색이 역력했다.

“그럼 심폐소생술을 하겠다는 겁니까?”

“아, 아니 그게 아니라 마지막까지 최선을…….”

“그게 심폐소생술을 하겠다는 말씀 아니냐고요!”

담당레지던트는 어렵게 내린 결론에 혼선이 생길까 봐 당황한 듯 보였다. 어쩌면 생각이 복잡해질까봐 두려워하는지도 몰랐다.

“네, 보호자분. 잘 알겠습니다. 걱정하지 마세요.”

내가 서둘러 분위기를 수습하는데 정작 담당레지던트는 다른 생각에 빠져 있는 것 같았다. 나는 담당레지던트도 혼란스러워하고 있을 거라고 짐작했다.

환자는 의식이 혼미하여 가끔 알아들을 수 없는 소리를 내며 뒤척이기도 하면서 비교적 안정되어 보였지만, 호흡이 거칠고 산소포화도도 낮아 조만간 기도삽관 여부를 결정해야 할 것 같았다. 몇 번 오가며 지켜보던 내과 담당레지던트가 어차피 자발호흡으로 유지하기 어렵고 인공호흡기를 적용하는 것은 시간 문제이니 미리 기도삽관을 하겠다고 한다. 내과중환자실에서 계속 담당레지던트를 찾는 것으로 보아 그쪽에 위급한 환자가 있어 자주 올 수 없으니 시간이 있을 때 미리 기도삽관을 해두려는 걸로 보였다.

나는 개인적으로 말기환자에게 가장 중요한 시점이 기도삽관 전후라고 생각한다. 기도삽관을 한다는 것은 말을 할 수 없게 된다는 걸 의미한다. 의식이 있던 환자도 기도삽관 후 투여하는 진정제나 근육이완제 때문에 의사표현을 할 수 없게 될 가능성이 높았다. 거기서 상태가 악화된다면, 지금이 환자가 가족들에게 목소리를 들려줄 수 있는 마지막 기회였다. 그 옛날 남매에게 작별인사도 못 하고 떠난 환자처럼. 나는 의사표현을 할 수 없게 된 후에 이루어질 어떤 연명치료도 기도삽관만큼 결정적으로 중요하게 느껴지지 않았다. 더구나 미리 심폐소생술을 하지 않겠다고 결정한 환자인 만큼 기도삽관을 하기 전에 보호자를 불러 상의해야 한다는 생각이다. 그러나 담당레지던트의 생각은 달랐다. 호흡곤란이나 호흡정지는 언제나 생명을 위협하는 응급상황이고, 필수적인 응급처치는 보호자의 동의를 필요로 하지 않는다는 것이다. 심폐소생술을 하지 않겠다는 동의서를 작성했다고 하더라도 숨이 넘어가는 환자를 그냥 두고 볼 수는 없다고 했다. "숨 넘어가는 환자를 두고 볼 수 없어요."라는 담당레지던트에 소신에는 나의 주장에 대한 약간의 도덕적 비난이 섞여 있다는 것을 안다. '곧 그렇게 되겠지만 지금 당장 숨이 넘어가는 상황은 아니잖아요. 꼭 필요한 동의서가 아니더라도 시간이 있으니 보호자와 한 번 더 상의해볼 수는 있지 않나요?' 입속에서 맴도는 말을 참아야 했다. 이제 환자는 '우리 환자'가 되었지만, 그는 여전히 타 과 레지던트이다. 나도 그를 잘 모르고 그도 나를 잘 모른다는 뜻이다. 신뢰가 없는 사이에 간호사가 의사에게 하는 조언은 자칫 자신의 판단에 이의를 제기한다는 오해를 사고 반발만 불러일으킬 수 있었다. 그 상황에서도 나는 약삭빠른 판단을 했다.

"그럼 기도삽관 전에 잠시 가족 면회라도 시키죠."

"방금 면회하고 갔잖아요."

담당레지던트의 복잡해 보이는 표정이 마음에 걸렸다. 중환자실에서 그렇게 고민 많은 얼굴을 보는 일도 드물었다. 일반병동에서 보호자들이 중환자실 입실을 두고 고민할 때부터 계속 면담한 사람이다. 내가 상황을 잘 모르면서 생각 많은 사람을 흔들었나? 나는 곧 물러서고 말았다. 보호자 면회를 주장한 건 기도삽관 여부에 대해 보호자의 의견을 다시 확인하여 담당레지던트의 결정을 번복할 수 있다는 기대 때문이 아니었다. 그보다는 기도삽관으로 의사소통이 불가능해지기 전에 마지막으로 목소리라도 듣게 하고 싶은 마음 때문이었다. 하지만 이미 환자의 의식이 혼미하여 대화가 불가능했고, 시간을 지체하면서 담당레지던트와 언쟁을 벌일 만큼 내 신념이 강한 것도 아니었다. 이런 애매한 상황에선 '최선을 다해' 할 수 있는 모든 것을 다하는 것이 의료인에게 허용된, 가장 안전하고 도덕적인 대처법일지도 모른다. '그래, 심폐소생술을 하지 말라는 건 그냥 심장마사지만 하지 말라는 뜻이었을 거야. 그러니 여러 처치에 대한 동의서를 함께 작성한 것 아니겠어.' 그렇게 이해하기로 했다.

내과 담당레지던트와 신경외과 담당레지던트가 사이좋게 도와가며 기도삽관을 하고 인공호흡기를 적용했다. 그사이에도 내과중환자실에서는 연신 담당레지던트를 찾는 응급 콜이 울렸다. 기도삽관 후 인공호흡기를 적용하자마자 내과 담당레지던트가 뒷일을 부탁하고 떠났다. 신경외과 담당레지던트가 약물 주입을 위한 중심정맥관과 혈액투석을 위한 카테터 삽입을 대신해주기로 한 것이다. 비로소 신경외과 담당레지던트가 들떠 있었던 이유를 알 것 같다. 신경외과 담당레지던트는 투석용 카테터 삽입이 처음이었다. 신경외과중환자실 환자들은 중심정맥관을 수술실에서 삽입하고 나오는 경우가 많았기 때문에 중환자실에서 이를 경험할 기회가 드물었고, 신경외과환자들이 투석용 카테터를 삽입하는 경우는 더욱 희귀했다.

환자는 기도삽관을 하고 인공호흡기를 적용하는 과정에 진정제가 투여되어 의식이 없는 상태라 큰 부담 없이 첫 시술을 하게 되었으니 기분이 좋을 만했다. 매달 혹은 2개월마다 부서가 바뀌는 레지던트들에게 중환자실은 흔치 않은 시술을 집중적으로 경험하는 기회였다. 간호사들도 '좋은 케이스'가 생기면 그 처치를 경험하지 못한 레지던트에게 기회를 주도록 따로 챙기기도 하는 상황이라 담당레지던트의 반응에는 잘못된 것이 없었다. 그날 간호사들도 중심정맥관 삽입은 병동의 레지던트 1년차를 불러서 하자는 제안을 했다. 그런데도 나는 담당레지던트가 그 시술 경험을 얻기 위해 타 과에 침상을 내준 것처럼 보여 얄밉다. 아무래도 내게 상의 없이 타 과에 침상을 내준 데 대한 앙금이 남아 있나 보다.

중심정맥관이나 혈액투석용 카테터 삽입은 쉽지 않다. 쇄골 아래쪽이나 대퇴부 깊숙한 곳에 숨어 있는 혈관을 해부학 지식과 '감'으로 찾아 굵은 바늘로 찌르고 그 안에 카테터를 넣어야 하는, 말 그대로 '침습적'인 시술이다. 시술은 때로 10분도 안 걸리고 순식간에 끝나기도 하지만, 어려울 때는 부위와 시술자를 바꾸어가면서 몇 시간에 걸쳐 시도하고도 실패하기도 한다. 그 많은 환자들의 몸속 혈관들이 다 같은 위치에 다 같은 모양을 하고 있지는 않기 때문이다. 이 환자의 중심정맥관 삽입은 담당레지던트의 지도 아래 1년차 레지던트가 시행하여 비교적 쉽게 끝났다. 레지던트는 두어 번 만에 중심정맥을 찾아 순식간에 카테터를 삽입하여 고정했다. 문제는 대퇴정맥에 혈관투석용 카테터를 삽입하는 일이었다. 여러 번 혈관에 접근한 것 같은데도 카테터 진입이 안 된다고 했다. 여러 차례 세트를 바꾸고 부위를 바꿔가며 시도해도 소용이 없었다. 수술모와 마스크 사이로 드러난 얼굴에 땀방울이 가득 맺힌 채 한참 애를 쓰던 담당레지던트는 이제 혈관 위치도 헷갈릴 지경이라며 고개를 내저었다. 손을 바꾸어보겠냐고 묻자,

담당레지던트는 위치를 확인하고 다시 시도해보겠다고 했다. 나는 내 의견을 말하는 대신 해부학 책을 그 앞에 펼쳐보였다.

책을 펼쳐 확인을 하고도 시술은 쉽게 끝나지 않았다. 어렵게 혈액 투석용 카테터 삽입을 마치고 보니 어느새 저녁 면회 시간이었다. 환자 주변에는 피 묻은 방포들과 세트들이 어지럽게 널려 있었다. 몇 시간 사이에 기도삽관부터 중심정맥관 삽입, 주렁주렁 매달린 수액들, 인공호흡기에다 혈액투석기◆까지 준비된 상황에 보호자가 어떤 반응을 보일지 걱정되지 않을 수 없었다. 환자 상태가 조금이라도 덜 심각하게 보였으면 좋겠다. 마음은 급했지만 피범벅이 된 시트와 환의를 교환하여 어려웠던 시술의 흔적을 숨기는 것 외에는 별로 대비할 것이 없었다. 그나마 카테터를 삽입한 대퇴 부위에선 지혈이 되지 않고 피가 스멀스멀 배어나오기 시작했다. 급한 대로 두꺼운 거즈를 덮고 모래주머니를 올리고 시트를 덮어 감추었다. 시트에 묻은 작은 핏자국에도 보호자들은 혼비백산하기 마련이다.

면회 시간 직전에 내과 담당레지던트가 먼저 와서 기다렸다. 보통 내과중환자실 보호자 면회를 마친 후에야 타 과 중환자실로 오는데 그

◆ 혈액투석은 동맥에서 나온 혈액을 체외의 혈액투석기로 걸러 정맥으로 들어가게 하는 것으로 정기적으로(대개 주 3회 정도) 4시간 정도에 걸쳐 이루어진다. 이 경우 한꺼번에 다량의 혈액이 몸 밖으로 나오므로 혈압이 떨어지는 등의 위험이 있어 혈압이 낮은 쇼크 상태의 환자에게는 적용하기 어렵다. 이를 보완한 것이 지속적 정맥 간 혈액투석으로 정맥에서 나온 혈액을 몸 밖의 혈액투석기로 걸러 다시 정맥으로 넣어주는 방법으로 소량씩 24시간 지속적으로 유지한다. 주로 중환자실에서 이용하는 최신 혈액투석 방법이다.

도 보호자의 반응이 신경 쓰였던 게다. 타 과 중환자실에 있는 환자의 보호자를 먼저 챙길 줄 아는 걸 보니 그냥 믿음이 갔다. 보호자 응대도 잘해줄 것 같았다.

그런데 총총히 달려온 보호자는 환자에게 다가서다 걸음을 멈추고 담당레지던트와 간호사들을 번갈아 보며 묻는다.

"왜 이래요? 무슨 일이에요?"

몇 시간 전과 너무 다른 모습이 믿기지 않았을 것이다. 결국 보호자는 "이럴 거면 심폐소생술을 안 한다는 동의서는 왜 받았어요?" 하며 오열하고 만다. 심폐소생술을 하지 않는다고 포기하는 것이 아니라고 설명하지 않았나. 지금까지 이루어진 시술이나 처치는 모두 보호자들이 최선을 다해달라며 동의한 것들이다. 담당레지던트는 불편한 표정으로 설명을 덧붙였고, 보호자들은 대답 없이 울기만 했다. 그리고 면회를 마칠 때는 다시 나에게 최선을 다해달라는 당부를 했다. 그 이상 다른 표현을 찾기 어려웠을 것이다.

면회 시간이 끝난 후부터 '지속적 정맥 간 혈액투석기'를 연결하여 투석이 시작되었다. 그러나 얼마 안 있어 다른 중환자실에 더 급한 환자가 생겼는데, 병원에 몇 대 되지 않는 기계라 여분이 없었다. 내과 담당레지던트들이 상의한 결과 우리 환자의 우선순위가 낮다는 판단을 했고 투석은 중단되었다. 그렇게 어렵게 혈액투석용 카테터를 삽입해놓고 겨우 2시간 사용한 것이다. 허탈해하며 인계하고 있을 무렵에 간호사실로 피자가 배달되어 왔다. 담당레지던트가 '시술 성공'을 기념하며 한턱 쏜 것이다.

인계를 마친 초번 간호사들과 담당레지던트, 인턴들이 모여 피자를 먹고 있는 틈에서 '대체 오늘은 하루가 어떻게 흘러간 거야.' 하면서 그 환자에게 일어난 일들을 돌아보려고 했다. 밖에서는 밤번 간호사들이 부산했다. 그새 내과중환자실에 침상이 비었다고 그 환자를 이송한다는 것이었다. 그 시간에 침상이 비었다는 건 내과중환자실에서 누군가 임종을 했다는 뜻이다.

중환자실 환자를 옮기는 일은 위험하고도 간호사들의 손이 많이 간다. 더구나 그때는 인원이 적은 밤번 간호사들이 인계를 마친 후 미처 자신의 담당환자를 파악하지도 못한 시점이었다. 결국 초번 간호사들이 피자를 내려놓고 일어섰다. 이 모든 일이 일어나는 데 걸린 시간은 10시간도 되지 않았다. 그 이후 그 환자가 혈액투석을 다시 시작하기는 했는지, 호전되어 중환자실을 벗어날 수 있었는지, 중환자실에서 임종하셨는지는 알지 못한다. 더 이상 신경외과 처치를 필요로 하지도 않았는지 신경외과 담당레지던트에게서도 그 환자에 대한 소식은 들을 수 없었다.

이처럼 급박하게 돌아가는 중환자실에서 의사소통 오류는 각종 사고와 분쟁의 원인이 되는 경우가 흔했다. 대부분의 결정이 사전동의의 형식을 갖추기는 하지만 급박한 상황에서 사실상 선택의 여지 없이 이루어졌고, 그 해석을 둘러싸고 의료진 간에, 혹은 보호자와 의료진 간에 의견이 다른 경우가 많았다. 이 환자의 가족들은 심폐소생술을 시행하지 않겠다는 동의서가 더 이상의 침습적인 치료를 막아줄 것이라 믿었고, 의료진에게는 그것이 단순히 심장마사지를 시행하지 않겠다는 의미에 지나지 않았던 것처럼. 그래서 간호사들은 심폐소생술 금지 동의서를 앞에 두고 무엇을 하고 무엇을 하지 말아야 한다는 것인지 혼란스러워하곤 했고, 동의서를 받은 담당레지던트도 확실하게 대답하지 못하는 경우가 있었다. 심폐소생술 금지를 비롯한 사전 동의서들의 내용은 보다 구체적이어야 하고, 어느 정도 표준화된 양식이 필요할 것 같다. 긴박한 상황에서 전문가의 판단이 필요한 경우도 많겠지만, 최소한 의사결정에 참여한 사람들이 자신들이 결정한 내용이 무엇을 의미하는지 분명하게 인지할 수 있어야 할 것이다. 최근 사전의료의향서 쓰기 캠페인을 벌이고 있는 단체에서는 아주 세밀하게 의사표현을 할 수 있는 양식을 제안하고 있다.◆ 사전의료의향서를 작성하는 사람들이 늘어나면서 그 형식과 절차도 점점 좋아지리라 믿는다.

◆ 사전의료의향서는 생명 연장 및 특정한 치료 여부에 대한 의사를 서면으로 밝히는 문서다. 아직 관련 법률이 제정되지 않아 반드시 요구하는 형식은 없지만 전문가적 의견을 참고하여 작성할 수 있도록 돕는 양식이 마련되어 있다. 사전의료의향서실천모임(02-2228-2670)에서 받거나 한국죽음준비교육원 블로그 등에서 다운받을 수 있다.

할머니가 원한 '잘 이별하는 방법'은

팔순을 바라보는 연세에 심장병을 갖고 계시고 간 기능도 안 좋다고 하니 많이 불안하고 걱정이 되는 상황이었다. 하지만 그렇다고 해도 그 할머니와 자녀들의 태도는 좀 유별났다. 어쩌면 그 가족들이 가장 두려워한 말은 "이제 많이 호전되어서 일반병동으로 옮기셔도 되겠네요."라는 말이었을지도 모르겠다. 퇴원이 결정되면 하루라도 더 늦추려고 주치의와 협상을 했고, 한사코 이런저런 불편함을 이유로 들어 중환자실에 더 있게 해달라고 졸랐다. 입원기간 내내 마치 퇴원하지 않는 게 목적인 사람들처럼 호전되었다거나 퇴원하자는 이야기가 나오지 않도록 애를 썼다. 게다가 주치의가 필요하지 않다는데도 이것저것 불편함이나 위험이 따를 수 있는 검사며 처치를 요구하고는 했다.

할머니와 자녀들은 모두 경제적으로 풍족해 보였고, 만만치 않은 병원비나 간병비도 걱정하지 않는다 했다. 자녀들도 하나같이 극성스러울 정도로 효심이 깊은데, 의료진이 보기에는 이해할 수 없는 이상한 가족이었다. 딸들은 경쟁하듯 서로 비용을 감당하겠다고 나서고, 아들은 할머니를 잘 모시기 위해 결혼도 하지 않았다고 했다. 늘 할머니 곁에서 떨어지지 않는 아들은 보통의 아들들과 달리 매우 살가운 태도로 할머니를 보살폈다. 할머니께서도 오로지 당신의 몸만 걱정하시는 것처럼 보였다. 그 가족들의 지나친 극성이 아니었더라도 그 익숙하지 않은 모습 때문에 관심이 갔을 것이다. 그만큼 그 할머니의 입원은 매번 상상 이상으로 의료진을 지치게 만들었다.

할머니는 수차례 입원과 퇴원을 반복하는 동안에 일반병동을 거치지 않고 중환자실로 바로 입원하는 단골환자셨다. 중환자실 의료진들 중 아무도 할머니의 입원을 반길 리 없지만, 할머니와 그 가족들은 일반병실보다 중환자실에서 더 많이, 더 잘 치료해줄 것이라고 믿었고, 주치의도 할머니의 고집을 이기지 못했다.

아들이 미는 휠체어에 단정히 앉아 계신 할머니의 모습이 중환자실 입구에 나타나면 나도 모르게 한숨이 나왔다. 천천히 심호흡을 하고 마음을 다잡은 후에야 마중을 나갔다. 그 염려와 불안을 이해하려고 해도 그들의 요구는 상식적인 선을 벗어나 있었다. 할머니의 등장은 그 가족의 의료집착을 둘러싸고 또다시 기나긴 신경전이 시작되었음을 알리는 것에 다름 아니었다. 그건 중환자를 돌보는 일보다 몇 배 더 지치는 일이었다.

할머니의 마지막은 끔찍하다는 말 외에 다른 표현이 떠오르지 않는다. 심장병과 여러 장기의 기능 부전, 그에 따른 합병증들, 오랫동안 사용한 약물 부작용과 각종 감염이 겹쳐 할머니의 몸은 온전한 데가 없었다. 혈액응고장애로 반복되는 장출혈은 수차례 수술도 소용이 없었고, 약해질 대로 약해진 할머니의 피부는 손이 닿는 곳마다 벗겨져 핏물이 배어났다. 할머니가 의식을 잃은 지 오래되고, 몸이 만신창이가 되어가고 있을 때도 아들은 그 상황을 받아들이지 못했다. 수술을 해달라고, 장출혈을 멎게 해달라고 막무가내로 매달리는 아들을 설득하느라 담당레지던트와 간호사들은 면회 시간마다, 주치의는 회진 시간마다 진을 뺐다. 주치의는 할머니의 몸을 오래 사용해서 낡은 천에 비유하여 설명했다. 너무 낡아 어디를 수선하고자 바늘 자국을 내기만 하면 그 자국부터 찢어지는 양상이라고 말이다. 수술을 하고 상처를 꿰매면 바로 그 바늘 자국이 또 다른 출혈 원인이 될 정도로 할머니의 몸은 제 기능을 다한 셈이었다. 아무리 생명을 연장하고자 하는 일이지만 우리가 죄를 짓고 있는 것 같았다. 사소하게는 체위변경을 위해 할머니 몸에 손을 대는 일부터 우리가 하는 일이 모두 할머니 몸에 상처를 내고 있었다. 애초에 문제였던 할머니의 심장이 그나마 제일 잘 버티고 있었다.

그리고 찾아온 발작. 검사실로 이송하기에도 어려운 할머니의 몸, 특히 뇌 속에서 무슨 일인가 더 진행되고 있었다. 수차례 약을 증량해도 발작은 쉬이 사라지지 않았다.

"아, 그걸 왜 떼어가냐고요!"

뇌파검사기 앞을 막아선 아들이 금방이라도 울 것만 같았다. 24시간 모니터하던 검사를 마치고 기계를 치우려는데 할머니에 대한 치료를 중단하는 걸로 오해하신 것이다. 치료가 아니라 그냥 검사였을 뿐이라 설명을 해도 소용이 없다. 우리 어머니 포기하려는 것 아니냐, 돈을 낼 테니 차라리 다른 환자에게 쓸 기계를 새로 사라, 어머니한테 사용하던 이 기계를 제거할 수는 없다……. 그래서 환자에게 직접적인 해를 끼치는 검사가 아닌 경우에는 소용도 없는 기계를 환자 주변에 놓아두기도 했다. 필요하지 않은 것들을 붙여두면 무거우실 거다, 저게 피부에 붙어 있어 가려우실 거다, 하는 설명도 보호자에겐 모두 거짓말로 여겨지는 것 같았다. 그렇게 마지막 길이 험난하건만 평소 집념이 강하셨던 탓인지 병이 있는 할머니의 심장은 잘 견디고 있었다. 끝이 보이지 않았다.

그날도 매일 시행하는 검사 결과를 확인한 아들은 간 기능 검사수치가 더 올랐다는 말에 뭐라도 해볼 요량으로 더 적극적인 치료를 요구하며 담당레지던트를 다그치고 있었다. 이미 망가진 간을 되돌릴 방법이 없음을 설명하다 지친 담당레지던트는 골난 목소리로 내뱉었다.

"아, 간 기능을 되돌리는 방법이야 간 이식밖에 없고요."

간 이식수술이 아직 초기단계라 수술 예후를 예측하기 어렵고 비용 부담도 큰 시절이었다. 그 말에 주변 공기가 순간 출렁하는 기분이 들었다. '설마……. 답답해서 그냥 해보는 말이겠지…….' 나도 담당의가 실제로 그 가능성을 염두에 두고 말했다고는 믿지 않았다. 다만 '저 말을 어떻게 감당하려고…….' 하는 불안한 생각이 스쳤다.

아니나 다를까. 보호자는 그것이 무엇이든 해볼 수 있는 일이 있다는 말에 반색했다.

"그럼 제 간을 이식해주세요!"

잠시도 망설이지 않은 대답이었다. 당황한 건 오히려 담당레지던트였다. 부랴부랴 "간 기능만 놓고 말하자면 그렇다는 얘기지 할머니가 간 이식수술을 받을 수 있다는 얘기는 아니에요."라고 수습했다. 그래도 가느다란 희망이나마 발견했는지 아들은 눈을 빛내며 구체적으로 이것저것 물어보기 시작했다.

아무래도 할머니가 그 말을 들으신 것 같다. 그날 오후에 갑자기 할머니의 혈압과 맥박이 떨어지더니 순식간에 심장박동이 멎었다. 너무 느닷없는 심정지라 할머니께서 서둘러 이승을 떠나려고 하신 느낌이 들었다. 마치 아들의 간을 이식받지 않으려고 스스로 생명줄을 놓아버린 것처럼.

아들은 심폐소생술 금지 동의서에 서명하지 않고 끝까지 심폐소생술을 요구했다. 그러나 의료진은 정확히 30분을 채운 후 심폐소생술을 중단했다.◆ 내겐 가족이 요구한다고 해서 그 30분간 심폐소생술을 꼭 해야 하는지도 의문이었다. 그건 돌아가신 분에게 너무 잔인한 일 같았다. 그러나 아들은 심폐소생술 중단에 놀라 눈물을 보이며 계속 해달라고 사정을 했다. 도무지 의료진이 들어줄 것 같지 않자 아들은 결국 환자의 침대 위로 뛰어올라 스스로 심장마사지를 시도했다. 도대체 왜 그렇게 보내드리지 못하는 것인지 알 수 없었다. 이성을 잃고 할머니의 가슴을 압박하는 보호자를 말리느라 또 한 차례 소동이 일었다. 아들의 비통함에 공감이 되지 않은 나는 자꾸 아들의 표정을 살펴보지만, 꾸밈없이 혼비백산한 모습이다. 정말 저 가족은 그 긴 투병기간 동안 단 한 번도 할머니의 임종을 생각해보지 않았던가 보다. 다행히 연락을 받은 다른 가족들은 큰 저항 없이 할머니의 임종을 받아들이는 듯 보였다.

의식을 잃는 순간까지 당신 걱정뿐이던 할머니가 못마땅했던 나는 비로소 할머니에게서 어머니의 마음을 본 듯 괜히 고마운 기분이 들었다. 심폐소생술을 시행하는 중간 중간 반응을 확인하기 위해 가슴압

◆ 응급상황에서 심폐소생술을 할 때 가장 널리 쓰이는 기준이 30분이다. 30분간 적절한 심폐소생술을 시행했는데도 심장이 지속적으로 박동하지 않으면 회생 가능성이 극히 희박하고, 회생하더라도 신경학적 후유증이 심각할 것이라 보고 소생술을 중단한다.

박을 멈추었을 때, 심장박동이 회복되지 않은 걸 확인할 때마다 나는 마음속으로 할머니를 향해 '고맙습니다. 고맙습니다.' 하고 있었다.

사실 너무 오래전 일이어서 기억이 정확하지 않다. 어떤 장면은 다른 유사한 환자 사례에서 비롯된 것일지도 모르겠다. 그러나 만신창이가 된 할머니의 몸에 손을 댈 때마다 내 온몸의 신경이 곤두서던 그 느낌만큼은 아직도 생생하다. 그런 처참한 상황에 접할 때마다 화가 났지만, 늘 대상은 불분명했다. 그런 일은 이별할 준비가 되지 않은 가족들 때문에 발생하는 것만이 아니라 실패를 인정할 수 없는, 혹은 포기를 모르는 의료진이 그렇게 끝까지 밀어붙이는 경우도 있었다. 그런 경우 나도 이렇게까지 해야 하느냐고 뒤에서 흉을 보았지만, 당당하게 그들을 탓할 수는 없었다. 마지막까지 최선을 다해 한 생명을 구해보려는 몸부림과 '의료 집착적 행위'◆◆의 경계는 늘 불분명했고, 한때는 의료기술의 발전에만 열광하는 세상 전체가 우리 의료진이나 환자, 가족들에게 의료집착을 부추기는 듯 보이기도 했다.

엄마 품에 안겨 아빠가 운전하는 승용차 조수석에 타고 있다가 차가 급정거하는 작은(?) 사고를 당한 생후 몇 개월 된 아기가 있었다. 어른들에게는 경미한 사고였지만, 아이는 머리를 심하게 다쳐서 뇌수술을 받아야 했다. 아기가 수술실로 들어간 후 사색이 되어 있는 아이

◆◆ 치료 불가능한 환자의 생명을 삶의 질에 대한 고려 없이 무의미하게 연장하려는 행위.

엄마에게 "요즘은 워낙 기술이 좋고, 주치의도 수술을 잘하기로 정평이 나 있는 분이니 잘될 것"이라고 안심을 시키던 간호사들도 뒤에서는 속이 상해 어쩔 줄을 모르고 수군거렸다. "아, 아이 엄마가 왜 그랬대……." "왜 그게 위험한 행동인 줄 몰랐을까?" "수술이 잘된다고 해봐야 후유증이 남을 텐데……." "수술이 잘된다는 말 자체가 말이 안 되는 상황 아니에요?" 수술을 마치고 나온 담당레지던트는 수술이 아주 잘되었다고 하면서도 후유증이 얼마나 남을지는 모르겠다고 했다. 아이가 자라는 걸 지켜보아야 한다는 것이다. 참으로 기가 막힌 상황이었다.

그때 우리는 새삼 '아이 엄마들에게 그 간단한 안전상식조차 알려주지 않는 상황에서 이 화려한 의술들은 다 무언가' 자문하지 않을 수 없었다. 평생 장애를 안고 살아야 할지도 모르는 아이와 아이가 자라는 내내 불안해하면서 자책 속에 살게 될 아이 엄마에 대한 안타까움이 질문에 무게감을 더해주고 있었다. 그즈음 우리 중환자실에는 안전벨트를 착용하지 않은 상태로 택시 뒷좌석에 타고 있다 차가 급정거하는 바람에 경추손상을 입어 사지가 마비된 젊은 여성, 자전거 타다 넘어지면서 경추를 다친 남성, 스쿠터를 타고 가다 넘어져 사고를 당한 중년여성 등 유난히 경추손상으로 사지가 전부 혹은 일부 마비된 환자들이 많이 입원을 했다. 모두 사고는 경미한데 아주 심각한 손상을 입은 경우였다. 한편으로 TV에선 거의 매일 유명한 의사들이 등장하여 특정질병의 치료법이나 첨단의료기술을 소개하고는 했다. 예방이라는 것도 결국 조기 발견을 위하여 검사를 미리 받으라는 결론으로 이어지는 경우가 대부분이었다. 갓난아기의 뇌수술을 한 주치의나 경추손상을 입은 환자들의 담당주치의, 오토바이를 타고 달리는 청소년들을 보면 '달리는 장기들' '잠재적 기증자들'이라며 걱정한다는 장기이식수술 집도의도 모두 TV 출연을 했을 것이다.

그때 수술을 받고 나온 갓난아기의 방 앞에서 담당레지던트와 간호사들은 작은 주의와 교육만으로도 사고를 예방할 수 있는데, 일상적인 안전사고 예방교육은 하지 않고 화려한 의료기술, '기적 같은 신기술'을 자랑하는 사회가 결국 의료집착을 부추기는 것이라며 분개했다. 어느 의사가 방송에 출연하고 나면 갑자기 그 진료과에 환자가 쇄도하거나, 적용 대상이 아니라는데도 불구하고 방송에서 본 새로운 시술법으로 치료를 받고 싶다는 환자들을 보면 그런 비난이 전혀 근거 없어 보이지도 않았다.

그런 사회 분위기가 개별 환자를 돌보는 의료현장에서 일반인 가족들의 의료집착으로 나타나고 있었다. 우리는 어떤 결정이든 환자를 중심에 두고 생각하라고 배웠다. '내가 환자를 위하여 무엇을 하길 원하는가?'가 아니라 환자의 입장에서, 환자의 '최선의 이익'을 생각하라는 것이다. 그런데 의료집착적 행위가 발생하는 시점에 환자는 대부분 의식이 없고, 자신이 무엇을 원하는지 의사표현을 할 수도 없었다.

그러면 환자의 '최선의 이익'이 무엇인가? 대리인인 가족들은 당연하게 환자의 생명이 소중하다는 것, 환자가 '조금이라도 더 살고 싶어 할 것'이라는 전제하에 환자의 생명을 연장하기 위한 최선의 노력을 요구했다. 더 이상의 치료에 의미가 없다는 의료진의 전문적인 판단에 가족이 항변하는 일도 흔했다. 연일 새로운 약이 개발되고 엄청난 속도로 의학이 발전하는데 연명이라도 하고 있으면 내일이라도 기적 같은 치료법이 생기지 말라는 법이 있느냐면서 말이다. 물론 의료진은 오늘 없는 치료법이 어느 날 갑자기, 기적처럼 발견되지는 않는다는 걸 알고 있지만, 보호자의 절박한 항변에는 할 말이 없다. 그렇게 의료집착적 행위가 지속되는 것이다. 기적을 바라는 마음을 과학적인 설명이 이길 수 없기 때문일 것이다.

그러나 기적이 거의 일어나지 않는다는 걸 기억하며 정말 회생가능성 없이 누워 있는 환자의 입장에서 생각해보면 다르지 않을까? 환자가 살고 싶어 할 것이라는 가정을 '의식도 없고, 회복되지도 않을 상태에서 고통스럽더라도 조금 더 그 상태를 유지하고 싶어 할 것'이라는 결론으로 연결 짓기에도 무리가 있어 보인다. 나는 그렇게 자신의 건강을 염려하고 두려워하셨던 그 할머니조차도 마지막 시간을 견디던 당신의 모습을 직접 보셨다면 다른 결정을 했을 거라 생각한다.

또 가족들의 결정이 합리적인지와 상관없이, 의료진인 우리는 정말 그 힘든 연명치료를 환자가 원한다거나 환자에게 도움이 된다고 믿고 진행하였던가? 사실 그때 우리가 고려한 것은 '할머니께서 이 상황에서 무엇을 원하실까' 혹은 '이 상황에서 할머니께 무엇이 최선일까' 하는 문제가 아니었다. 가족들이 환자를 가장 잘 이해하고 환자의 뜻에 맞게 대리 판단할 수 있을 것이므로 대리인인 가족의 결정이 곧 환자의 의사를 반영한다고 믿었기 때문도 아니었다. 단지 가족들의 요구를 무시하기 어렵다는 현실적인 이유 때문이었다. 그 가족의 요구가 어디에서 비롯되었건 결국 우리를 움직인 것은 환자의 이익이 아니라 우리 자신의 이익이었던 셈이다.

그렇다면 그때 할머니께 '최선의 이익'은 무엇이었을까? 그 상황에서나마 '잘 이별하는 것'이 아니었을까? 내가 상상할 수 있는 한, 그것이 헛된 희망에 매달려 자신의 마지막을 붙들고 있는 가족 틈에서 환자가 가질 수 있는 최선의 희망이 아닐까 싶다. 요즘 관심이 높아지고 있는 웰 다잉이나 호스피스 케어의 일관된 주제도 결국 이것이다. 그때 할머니는 이미 의식을 잃은 상태여서 삶을 잘 마무리하고 준비된 상태에서 죽음을 맞이할 수는 없었지만, 남아 있는 자식들이 할머니의 죽음을 받아들이고 잘 보내드렸다면 그나마 할머니께 '좋은 죽음'이 되지 않았을까? 그때 그 아들의 의료집착도 어쩌면 '나 아직 어머니와 이별할 준비가 되지 않았으니 도와달라.'는 요청이었을지도 모르겠다.

생각해보면 내가 기억하는 죽음이나 장례식의 주제는 늘 '잘 이별하는 것'과 관련이 있었다. 내 기억 속의 장례식은 늘 떠들썩하다. 갑작스런 사고를 당했거나 억울하고 기막힌 사연이 있는 죽음일수록 더 그랬다. 젊은 과부가 통곡하고, 효자가 되지 못한 못난 자식들이 더 많이 울고 몸부림친다고 했다. 감당하기 힘든 슬픔과 충격으로 때로 일찍 떠난 망자나 하늘을 원망하기도 하고, 자신의 가슴을 쥐어뜯기도 하면서 남은 사람들은 회한과 설움을 녹였다. 내가 보기에 그 몸짓들은 생전에 말로 하지 못한 것들을 쏟아내며 죽은 이에게 용서를 구하고 화해를 청하는 것이고, 남은 이들이 다시 살아내려는 몸부림이기도 했다. 그때는 주변인들의 '이 사람아, 그러기에 그때 왜…….' 하는 안타까운 나무람조차 결국 따뜻한 위로와 공감의 언어였다. 그렇게 장례식은 죽은 이를 보내는 길이면서 남은 가족들이 주변 사람들의 위로와 격려에 힘입어 새 출발을 다짐하는 자리이기도 했다.

그런 치열한 애도 끝에 비로소 사람들이 죽음을 받아들이고 제대로 이별할 수 있다는 점을 생각하면, 맘 놓고 울 수도 없는 중환자실에서는 애초에 애도나 이별이 불가능한지도 모른다. 더구나 가족들은 의료집착적 행위 속에서 마지막까지 망자를 붙들고 놓지 못하고 있었고, 중환자실 의료진들은 그 모자가 제대로 이별할 수 있도록 도울 준비가 되어 있지 않았다. 때로 가족을 잃은 슬픔보다 제대로 이별하지 못한 아픔이 더 크다고 한다.

중환자실에서 제대로 이별하지 못한 그 모자가 장례식에서라도 제대로 이별했다면 좋겠다.

사람 사이에
흘러간 시간이
이래도
괜찮을까

많은 사람들이 사랑하는 사람을 위해 최선을 다하고 싶지만 경제적인 이유 등으로 좌절한 경험이 있을 것이다. 우리는 그런 이야기에 아주 익숙하다. 그래서 부와 권력이 있는 사람들은 죽음 앞에서 다를 거라고 상상하는 것 같다. 나도 그랬다. 내가 본 VIP 환자들은 수요가 적은 비싼 병실을 부담 없이 선택할 수 있었으므로 언제나 필요하면 초고속으로 입원을 했고, 입원하기도 전에 미리 소식을 접한 병원 측에서 이런저런 편의를 봐주도록 손을 쓰기도 했다. 지인을 통해 정보나 편의를 얻고자 하는 경우에도 당연히 VIP들의 지인들은 비교할 수 없이 월등한 권한의 소유자이니 수월했다. 이젠 아예 많은 병원들이 공식적으로 VIP 전담부서를 두고 그들의 검사나 입원 수속, 여러 가지 행정절차를 안내하고 있는 형편이다.

그래서 시설과 의료진뿐 아니라 진료비 수준도 최고를 자랑하는 병원의 간호사로 일하면서, 담당간호사들이 VIP 환자를 부담스러워하는 것과 달리 나는 오히려 VIP 환자의 입원이 속 편할 때가 많았다. 담당간호사들은 환자를 직접 간호하는 게 주 업무이니 당연히 까다로운 VIP 환자가 부담스러웠겠지만, 나는 환자들에게 비싼 검사나 상급병실 이용 동의서 같은 걸 받아야 하는 입장에 있었다. 사정이 뻔한 환자나 가족들에게 비싼 검사나 병실료에 대해 설명하는 일이 늘 마음의 부담이던 내게 VIP 환자의 입원은 최소한 진료비 부담으로 갈등하는 보호자들의 모습을 지켜보지 않아도 되는 일이었다.

그래서였을까? 내가 경험한 최고의 VIP였던 그 환자가 혼수상태로 중환자실에 입실하여 생명을 연장하던 몇 달 동안 나는 별다른 감정의 동요를 겪지 않았다. 그 환자가 VIP 병동에서 중환자실로 이동했을 때는 이미 모든 반응이 없어진 상태였다. 대부분의 환자들이 상태가 악화될 것 같으면 미리 중환자실로 옮겨 호흡기 치료 등 집중적인 치료를 받지만, 그 환자는 여러 장기가 제 기능을 잃어 회복이 불가능한 상태에서 중환자실로 이송되었다. 병원 측에서 아무리 편의를 봐주고 여러 가지 보완책을 마련한다고 해도 그 정도의 VIP 환자나 가족들에게 중환자실은 너무 불편한 곳이었기 때문일 것이다. 그동안은 VIP 병실에 장비와 인력을 투입하여 중환자실과 다름없이 집중치료를 해왔다고 했다.

회복이나 호전을 기대할 수 없는 상황에서 그 고령의 환자가 중환자실에 입원한 데에는 처음부터 목적이 분명했다. 최대한 생명을 유지하는 것, 아니 심장박동을 유지하는 것이라는 표현이 더 정확했다. 이미 혼수상태로 중환자실에 이송된 환자에게서 뭔가 인간적인 교감을 기대하기도 쉽지 않았지만, 결국 그 분명한 목적이 우리로 하여금 환자를 대상화하게 만들었을지도 모르겠다. 혼수상태로 입원한 환자일지라도 시간이 지나면 간호사들은 그 주변 사람들의 이야기나 행동을 통해 자연스레 환자의 구체적인 삶을 알게 되고, 돌보는 과정에서 스스로 만든 이야기를 통해 환자와의 특별한 관계, 감정을 쌓아가기 마련이다. 하지만 이 환자와는 그런 교감을 만들어갈 기회가 주어지지 않았다. 늘 환자 주변에는 환자보다 더 신경 쓰이는 병원 관계자나 환자의 지인들, 또 다른 VIP들이 드나들면서 지시와 점검, 당부를 했다. 치료나 업무 관계자라고 해야 할지 면회객이나 보호자로 봐야 할지 구별되지 않는 경우도 많았다. 신입 시절의 나라면 성가시더라도 환자를 위해 그 많은 면회객을 반겼을 것이다. 그때는 나도 주보호자 외에 면회객이 거의 없는 환자들을 보면 외롭겠다는 생각을 했고, 혼수상태에서나마 면회객들이 많은 중환자들의 침상을 흐뭇하게 바라보았던 것 같다.

그러나 내가 입원을 해보니 스스로 몸을 추스를 수도 없는 상태로 누워 있는 내 모습을 아무에게나 보여주고 싶지 않았다. 그래서 그때 이후로 고향마을, 회사, 혹은 교회에서 대규모로 면회를 왔는데, 정해진 규칙대로 두 명씩 들어와서는 면회를 다 할 수 없을 것 같으니 한꺼번에 잠깐 들어오면 안 되겠냐는 질문을 받으면 나는 꼭 "어차피 환자는 의식이 없으니 보호자가 대신 응대하고 보내면 어떨까요."라고 되묻곤 했다. 결국 면회객들이 한꺼번에 우르르 몰려오거나, 릴레이 경주를 하듯 빠른 속도로 명찰을 전달하며 교대로 들어와 무의식 상태로 누워 있는 환자를 들여다보는 광경을 보면, 나는 왠지 내 몸이 전시된 듯 기분이 불쾌해지곤 했다. 거기 누워 있는 환자는 아무나 들여다보고 갈 수 있는 전시물이 아니므로.

그런 나였지만 그 VIP 환자를 찾아오는 많은 면회객들, 혹은 관계자들 앞에서 환자 대신 불쾌감을 느낀 기억이 없다. 환자의 병실 한쪽에서 면회객들이나 병원 관계자들이 모여 앉아 한가롭게 담소를 나누는 모습을 볼 때도 당연하게 받아들였고, 참 평화로워 보인다는 생각까지 했었다. 환자의 죽음을 기정사실로 받아들이고 있기는 하지만, 천수를 누리고 맞이하는 일종의 호상이므로 사람들이 크게 슬퍼하지 않는 것도 이상하지 않다고 생각했다. 그때 내 머릿속에 그려진 풍경화 속에서 환자가 누워 있는 침상은 둥글게 모여 앉은 방문객들의 배경을 이루고 있었다. 마치 정물처럼……. 나도 모르게 내 시선이 환자의 입장이 아니라 구경꾼의 눈으로 바뀌어 있었던 것이다. 왜 그랬을까?

거기 누워 있는 환자는 개별적이고 고유한 특성을 가진 인간이 아니라 생명유지에 필요한 활력징후나 검사 수치들로 환원되어버렸다. 인력이나 물품, 장비는 넘치도록 투입되었다. 인력이 많은 그 환자 병실에선 시간이 남는 의료진들이 같은 검사 결과나 수치를 이리저리 뒤집어보며 사소한 일로 티격태격 다투곤 했다. 내겐 그 모습이 마치 소일하며 시간이 흘러가기를 기다리는 것처럼 보였다. 어느 날 담당간호사가 마치 남의 일처럼 "저러다 정말 폐가 터지고 말겠어요." 하고 내 귓가에 속삭였다. 환자의 폐포가 탄력을 잃고 딱딱해져 호흡이 유지되지 않으니 산소포화도 수치를 보며 인공호흡기의 압력을 높여서 억지로 폐 속에 공기를 밀어넣고 있었다. 그런데 산소포화도가 유지되지 않아 담당레지던트가 압력을 더 높인 모양이었다. 다른 날은 담당레지던트와 소변 백의 위치를 두고 신경전을 벌이던 간호사가 달려 나와 "아무리 이뇨제를 올려도 소변이 안 나와요."라며, 얄미운 듯 "소변이 한 방울도 안 떨어지니까 담당레지던트가 소변 백만 노려보고 있어요. 가능하면 어디 쥐어짜기라도 하고 싶은 눈빛인 거 있죠. 그런다고 소변이 나오나?" 하고 담당레지던트 흉을 보기도 했다. 나는 간호사의 말에 맞장구를 치며 웃어 보이면서 속으로는 '두 사람이 아웅다웅 싸우면서도 참 재미나게 노는 애들 같다.'라는 생각을 했다. 그만큼 환자를 둘러싸고 있는 병실 분위기에 긴장감이 없었다.

실제로 담당간호사가 말한 그런 일이 일어난다고 해도 누구 하나 놀라지 않았을 것이다. 이미 수명을 다한 장기나 기관 몇 군데가 망가진다 한들 표도 나지 않을 것이었다. 연명치료에 대해, 혹은 생의 마지막 시간에 대해 환자가 어떤 견해를 갖고 있었는지는 알려진 바 없지만, 그보다 더 확실한 가족의 동의가 있었기에 중환자실에서 이루어지는 처치들에 대하여 우리가 회의를 가질 이유가 없었다. 환자가 어차피 사망할 것이라거나 사실상 사망한 것이나 다름없어 고통을 느끼지 못할 것이라는 생각이 심리적 부담을 덜어주었다. 평상시에는 중환자실에서 이루어지는 의사결정에 가장 깊숙이 개입할 수밖에 없는 담당레지던트나 간호사들이지만, 이런 VIP의 경우에는 결정이 윗분들 몫이다. 가족들이 담당레지던트나 간호사들과 상담하거나 질문을 할 일도 없었다. 우리는 환자의 연명치료를 둘러싸고 일어나는 그 흔한 고민이나 갈등조차 할 필요가 없었다. 그러니 더더욱 환자와 인간적인 교감을 나누기가 어려웠을 것이다. 그 환자가 연명치료를 하던 시기의 병실 분위기는 내게 아주 나른하고 지루한 느낌으로만 남아 있다. 인공호흡기를 조절하고 몇 가지 약물용량을 조정하는 것 외에 다급한 일도, 감정적인 동요를 일으킬 만한 일도 없었다. 다행히 심정지가 임박했음을 알자 보호자들과 의료진은 미리 '회복가능성이 없으므로 심폐소생술은 시행하지 않는다.'라는 결론을 내렸다.

인간이 할 수 있는 최선의 노력을 다했다는 자족감 때문일까? 그 흔한 눈물 한 방울도 없는 가운데 사망선언이 있었고, 일사천리로 임종 후 처치가 이루어졌다. 마지막 가족 면회도 아주 짧고 일사분란하게 치렀다. 아무것도 더할 것 없이 깨끗한 환자복을 입은 채 누워 있는 한 노인의 시신과 나만 휑하니 넓은 방에 남았다. 언제나처럼 장례식장에 전화를 걸어 모시러 오라고 하면 모두 끝나는 것이다. 그 긴 시간 동안 함께 생명을 연장하느라 애를 쓰면서도 정작 환자와 대면한 적 없는 내 마음이 낯설어서 잠시 환자의 시신 앞에 서 있었다. 감정이 느껴지지 않았다. 너무 오랫동안 대상화되었던 몸에서 새삼 사람의 모습을 발견해보려는 게 어색하다.

참 개운치 않은 기분이었다. 중환자실에서 보낸 시간의 길이만큼 어떤 종류의 감정이든 생기는 게 당연한데 너무 맨송맨송하다. 사람 사이에 흘러간 시간이 이래도 괜찮은 것일까?

힘든 상태에서 그렇게나마 오래 연명에 성공한 뿌듯함이나 실패에 대한 좌절감, 안타까움, 미안함 같은 감정이 전혀 없다는 것이 충격적이었다. 나는 무의식 상태건 아니건 사람과의 사이에 그런 시간이 존재할 수 있다는 생각을 해본 적이 없었다. 쇼피알을 하거나 혼수상태에 놓여 있는 환자에게 힘든 처치를 시행할 때 느끼는 죄책감이라도 있어야 할 텐데……. 나는 스스로에 대해 당혹스럽고 좀 어리둥절한 느낌이기도 했다. 침상 주변에 잠깐씩 등장하는 유명 인사들과 관련된 에피소드만 몇 편 남아 있는, 참으로 건조한 시간이었다.

상념에 젖어 있는 나를 깨워 간호사 스테이션으로 부른 것은 장례식장에서 걸려온 전화 한 통이었다. 환자에게 어떻게든 감정을 가져볼 시간도 없이 시신의 사후처리를 지시하며 필요한 절차를 밟으라 하는데, 생전 처음 겪는 일이다. 여기저기 전화를 걸어 방법을 확인하고 장례식장의 도움을 받아 지시를 따르던 중에, 이번엔 그 지시를 철회한다는 연락이 왔다. 좀 있다가 다시 전화 지시가 오고, 5분도 지나지 않아 또다시 그 결정이 번복되었다. 임종할 것을 예상하면서 그렇게 오래 시간을 끌었건만 시신을 어떻게 모실지, 장례식은 어디서 어떻게 치를지, 무엇 하나 결정된 것이 없는 듯했다. 어디에서 시작된 것인지 알 수 없는 지시와 그 지시의 철회를 알리는 전화가 되풀이되는 것으로 보아 보호자들 사이에 쉽게 의견이 모아지지 않고 있는 것이다. 살아 있는 동안 자신의 뜻대로 안 되는 일이 별로 없었을 환자가 사망 후 몇 시간째 자신의 장례절차를 기다리며 중환자실에 홀로 누워 있었다.

사실 우리는 환자 입원 후 "중환자실에선 죽는 게 제일 힘든 것 같다." "이럴 땐 부자여서 더 안 좋은 것 같다. 보호자들이 경제적으로 여유가 있으니 죽기가 더 힘든 것 아닌가."라는 말들을 하며, 환자의 생명을 인위적으로 연장하는 것에 대해 불편한 마음을 드러내고는 했다. 소리 내어 반대하지 못했을 뿐 다들 우리가 하고 있는 일을 불편해하거나 최소한 과연 옳은 일인지 의문을 느끼고 있었을 것이다. 그러면서도 나는 마음속으로 환자가 연명하는 시간이 무의미한 것만은 아닐 수도 있겠다는 생각을 하며 위안을 삼았다. 정말 그때에는 환자가 고통을 느끼지만 않는다면 그리 잘못된 것이 없어 보이기도 했다. '가족들에게 남긴 환자의 결정이 있었을지도 모른다. TV에서 보면 VIP들은 유언장을 미리 작성해두지 않나.' 혹은 '환자에게 스스로 선택할 기회가 주어졌더라도 같은 결정을 했을지도 모른다.'는 생각을 했던 것 같다. 나도 내가 사랑하는 사람들을 위해서 필요하다면 내가 가진 마지막 소망을 접을 수도 있을 텐데 환자라고 그러지 말란 법이 없었다. 그러면 그때, 환자가 견딘 시간들이 좀 다른 의미를 지닐 수도 있을 것 같았다. 사랑하는 사람들을 위해 스스로 그 시간을 견디기로 한 것이라면 그렇게 오래 매달린 연명치료도 메마른 마음으로 임종환자를 돌보았던 우리의 마음가짐 외에는 문제 될 것이 없어 보인다. 어쩌면 우리는 환자가 마지막 가는 길에 의미로 충만한 시간을 보낼 수 있도록 도운 것이라 할 수도 있다.

그런데 텅 빈 방에 홀로 누워 자신의 장례절차가 결정되길 기다리는 환자의 모습을 떠올리는 순간, 그런 주장이 모두 힘을 잃어버렸다. 그 환자는 자신의 마지막에 대해 스스로 결정해놓은 것이 없다! 결국 그 VIP 환자도 무력하게 남은 이들의 처분을 기다리는 중환자실의 다른 환자와 다를 바 없이 마지막을 맞았고, 우리들도 그럴 것이다! 생의 마지막 순간에 서 있는 이들에게 그 순간마저 남은 이들을 위해 바치라고 요구하는 건 너무 가혹한 일이다. 그 당연한 결론도 '그렇다 한들 우리가 무엇을 할 수 있었을까?' 하는 무력감에 금방 묻혀버렸다. 환자의 명확한 의사표명이 없는 상태에서 환자의 대리인이라 할 수 있는 가족의 의사결정에 내가 무슨 근거로 반대할 수 있겠는가? 더구나 그 환자의 삶은 내가 경험한 세상과 다른 곳에 있어 나는 그 환자의 뜻을 짐작하기조차 어려운데……. 지금 다시 그 시간으로 돌아간다고 해도 내가 할 수 있는 일은 별로 없어 보인다.

만약 그 환자가 자신의 죽음과 장례에 대하여 분명하게 의사를 밝혔다면 상황은 많이 달랐을 것 같다. 애초에 환자 본인의 뜻을 거스르는 일이 생기지 않았을 것이다. 어쩌면 연명치료가 이루어지지 않았을 것이고, 연명치료를 하더라도 가족이나 의료진이 느끼는 심리적 갈등도 훨씬 적었을 것이다. 또한 어떤 이해관계 때문에 환자의 뜻과 다른 의사결정을 하려는 시도가 있다면 의료진이나 가족 중 누군가 환자의 유지를 근거로 이의를 제기하기도 쉬웠을 것이다. 그러나 사람들은 보통 죽으면 모든 게 모두 끝난다고 생각하기 때문에 죽음에 대하여 사전에 무언가 준비하고 결정해야겠다는 생각을 하지 못한다. 더구나 그때는 연명치료에 대한 의료진의 인식이 낮았고, 그런 문제가 이슈가 되지도 않던 때였다.

제 4 장

죽음 이후, 당신이 아무것도 결정하지 않았을 때 생길 수 있는 일

어느 뇌사자의 여행

그즈음 중환자실은 수술환자와 응급실에 대기하는 환자들의 침상을 마련하느라 연일 몸살을 겪고 있었다. 특히 중환자실 담당레지던트와 함께 그날그날 들고 나는 환자 수를 맞추는 게 중요한 업무 중 하나였던 나는 수술환자의 침상이 다 마련되기 전에는 다른 일을 생각할 수도 없었다. 그날도 부족한 침상 때문에 골머리를 앓고 있는데 주치의 한 명이 응급실을 통해 입원할 환자가 있으니, 침상 하나를 비워달라고 따로 부탁을 했다. 지방 병원에서 이송될 환자라고 했다. "코마 환자인데 그쪽 의사도 그렇고 보호자도 강력히 원하니 일단 하루만 입원을 시키기로 했다."는 것이다. 몇 번이나 "하루 이틀이면 돼요. 곧 다른 병원으로 보낼게요."라고 약속하며 미안해하는 주치의의 태도로 보아 중환자실 입원 대상이 아닌 환자임에 틀림이 없었다. 일반적으로 급성기 치료나 수술을 필요로 하는 경우가 아니면 중환자실 입원 대상이 되지 않는다. 특히 위급한 시기를 넘긴 혼수상태의 환자는 보호자들이 보기엔 '이보다 더한 중환자가 어디 있나' 싶지만, 의료진의 입장에서는 더 해줄 것이 없는 환자로 분류되어 중환자실 입원 대상이 되지 않는 경우가 많았다. 그런 환자를 위해 어렵게 침상을 또 하나 비워야 한다는 주치의의 말에 마지못해 응하면서도 나는 몹시 짜증이 나 있었다.

그런데 어렵게 마련한 중환자실 침상에 입원한 환자는 코마 상태가 아니라 이미 지방 병원에서 뇌사판정을 받은 환자였다. 응급실에 도착한 환자가 뇌사상태라는 말을 처음 들었을 때 나는 먼저 그 주치의와 지방 병원의 의사에게 화가 났다. 뇌사판정을 했으면 확실하게 가족들을 납득시켜야지 어떻게 가족들이 뇌사자를 이끌고 그 먼 길을 나서게 놔둘 수 있단 말인가? 그건 가족들에게도 환자에게도, 해서는 안 될 일이었다. 뇌사자가 우리 병원까지 오는 길은 그야말로 산 넘고 물을 건너야 하는 어처구니없는 여행이었다. 응급치료가 필요한 환자들이 줄을 선 상황에서 그런 환자를 먼저 받는다는 것은 결코 '정의롭지 않다.' 그 뇌사자가 우리 병원까지 오려면 인공호흡기를 비롯한 각종 장비를 유지한 채 의료진 동행하에 구급차를 타고, 항공기 좌석도 몇 개씩 비워 이동했다가 다시 구급차를 타고 오는 험난하고 번거로운 과정이 필요했을 것이다. 큰 병원 중환자실에서도 더 이상 해줄 것이 없는 뇌사자를 위해 구급차를 비롯한 장비, 항공기 좌석, 의료진을 투입하는 것은 자원 활용이라는 측면에서도 '효율적이지 않다'. 일반병동으로 보낼 환자나 중환자실 입실이 예정된 수술환자 중 취소할 만한 환자를 정해달라고 의사들에게 전화를 하느라 약이 바짝 오른 나는 내내 이런 생각을 했다. '아니, 뇌사자를 위해 이 환자를 일반병동으로 보내는 게 말이 되는 거야?'

그리고, 그 환자가 입원을 했다.

마흔 즈음의 환자는 아주 멀쩡하고 건장해 보였다. 말로 들었을 때와는 달리 눈으로 직접 환자를 보니 저절로 모든 상황이 이해되었다. 갑작스레 쓰러져 뇌사판정을 받았다는 환자는 내가 보기에도 너무 젊었다. 동행한 환자의 부모님 역시 젊고 건강해 보여 가슴이 먹먹해졌다. 그 시끄럽던 내 마음도 말문을 닫아버렸다. 부인과 어린 딸의 통곡은 둘째 치고, 정정한 부모의 모습이 결코 아들의 죽음을 인정할 수 없음을 웅변하고 있었다. 뇌사판정은 잘못된 것이어야 하고, 필요하면 기적이라도 만들어야 했을 것이다. 내가 흘려들었지만, 지방 병원의 담당레지던트도 강력히 만류했다고 했다. 그 전까지 내 마음속에 오고 간 계산들이 미안해져 다시 돌아보니, 잘생긴 얼굴과 건장한 몸에 따뜻한 피가 돌고, 비록 인공호흡기가 호흡을 대신하는 것일지라도 규칙적으로 오르내리는 가슴이 환자가 숨 쉬고 있음을 보여주고 있었다. 그래서 그 아버지가 사방을 뒤져 '빽'이 될 만한 인연들을 찾고, 담당레지던트에게 매달려 서울에 있는 큰 병원으로의 이송을 허락받았나 보다. 그 환자와 가족들이 달려온 길은 건강한 내가 감당하기에도 너무 힘든 여정이었다.

우리 병원에 도착하고서도 보호자들은 다시 사정하고 애원한 끝에 "이 병원에서도 뇌사로 판정하면 그 즉시 퇴원하겠다."라는 다짐까지 하고서야 겨우 중환자실에 자리 하나를 마련할 수 있었다. 그리고 우리 병원에서는 환자가 도착하기도 전에 이미 뇌사판정을 위한 검사를 진행하도록 조치를 해두어서 중환자실 침상이 준비되기를 기다리는 응급실에서부터 검사가 시작되었다. 신속하게 검사를 진행한 결과, 환자가 입원한 지 만 하루가 지나자 역시 뇌사가 분명하다는 결론이 났다. 이번에는 너무 신속하게 결론을 내린 우리가 비정하게 느껴진다. 가족들이 한숨 돌릴 틈도 없이, 입원 안내를 담당했던 내 마음조차 미처 추스르지 못한 시점이었다. 마치 이제 방에 들어서 짐을 풀려는 손님에게 짐 풀 필요도 없으니 그만 돌아가라고 등 떠미는 매정한 집주인이 된 기분이다.

검사 결과를 전하러 온 주치의는 뇌사가 분명하다고 전한 후 곧바로 환자나 보호자가 장기기증 의사를 가지고 있는지 물었다. 뇌사자의 장기기증 의사를 묻는 것이 우리에겐 거의 표준화된 절차였지만, 나도 모르게 고개가 숙여졌다. 아닌 줄 알면서도 그 순간 우리가 장기기증을 바라고 뇌사자를 입원시킨 것마냥 얼굴이 뜨거워졌다. 주치의는 작심을 한 듯 장기기증을 하지 않을 경우 뇌사가 사망으로 인정되지 않으니 약속대로 환자를 집 근처 병원으로 이송하여 남은 시간을 보내는 것이 좋겠다는 말을 마치고서야 보호자를 똑바로 바라보았다. 대답을 기다리는 것인지, 자신의 말이 보호자에게 준 충격을 가늠하려는 건지 알 수 없었다. 다만 애써 표정을 감추는 얼굴에서 그도 무척 불편해하고 있음을 짐작할 수 있었다. 간사한 내 마음은 '이리 서둘러야 하나?' 하면서도 어느새 환자가 퇴원하면 빈 침상에 오후 수술환자를 받을 수 있을지 가늠하고 있었다. 그날도 중환자실에 침상을 마련하지 못해 수술환자들이 회복실에서 바로 일반병동으로 이동하고 있는 형편이었고, 나는 주치의와 보호자의 면담에 귀를 열어둔 채 회복실에서 걸려오는 전화를 처리하느라 여념이 없었다.

이번에도 부인 대신 나선 부친의 표정이 단호했다. 아들의 몸에 조금도 해를 가할 수는 없다고 했다. 자신이 약속을 했으니 퇴원은 하겠지만 그 이상 다른 얘기는 하지 말라고 못을 박았다. 역시 변화를 보이지 않는 표정을 보니 의료진에게 서운함이나 원망 같은 감정을 느낄 여력조차 없는 듯했다. 아니, 어찌 보면 어차피 의료진이나 다른 누군가에게 어떤 위로도 기대하지 않았다고 항변하는 것 같기도 했다. 다시 환자를 데리고 고향으로 돌아갈 테니 구급차와 비행기 편을 준비해

달라는 말에는 임종을 하더라도 고향으로 돌아가야지 객지에서 죽음을 맞게 할 수 없다는 의지가 있었고, 죽음이나 임종, 객사 같은 단어를 직접 사용하지 않는 것을 보면 여전히 환자의 뇌사를 인정하지 못하는 것 같기도 했다. 주치의는 보호자들에게 위로의 말을 건네는 대신 중환자실 담당레지던트와 간호사들에게 보호자가 원하는 곳으로 환자가 안전하게 도착할 수 있도록 신경을 써달라는 불필요한 당부를 남기고 돌아섰다.

환자의 고향은 먼 섬마을이었다. 갑자기 항공기 좌석을 여러 개 구하는 일도, 뇌사자의 탑승이 가능한 조건을 만드는 일도 쉽지 않았다. 보호자는 비행기 편이 안 되면 구급차를 타고 대여섯 시간을 달려야 도착하는 항구에 가서 배 편으로라도 고향에 가겠다는 의지가 확고했다. 항구에 도착하면 자신이 무슨 수를 쓰든 배를 준비할 수 있을 것이라고도 했다. 그 불안하고 험한 여정을 환자가 겪게 할 수는 없었다. 그 길에서 환자에게 무슨 일이 발생한다면 그것이야말로 객사가 아닐 수 없었다. 놀란 의료진은 병원 창구를 총동원하여 비행기 좌석 확보에 나섰다. 항공사에는 뇌사상태라는 말을 하지 않고 간이 인공호흡기를 유지하며 가야 할 환자가 있다고 하여 겨우 이송에 필요한 조건을 구비했다. 그러느라 환자의 퇴원이 대책 없이 늦어져서 그사이 중환자실 병상을 구하지 못한 수술환자는 일반병실로 '떠밀려' 갔다. 우여곡절 끝에 해가 저물 무렵에야 환자는 다시 먼 길을 떠났다. 그때까지도 내 마음은 결론을 내리지 못하고 있었다. 그리고 아직까지도 나는 그 상황에서 내가 무엇을 생각하고 느껴야 바람직했는지 알지 못한다.

그 환자의 고단한 마지막 길을 두고 무슨 말을 할 수 있을까? 그렇게 환자를 이끌고 대학병원 중환자실까지 온다고 해서 달라질 것은 없었지만, 말 한마디 못 하고 슬픔에 빠져 있던 부인과 마지막까지 지푸라기라도 잡아보려던 부모 앞에서는 그 어떤 말도 떠올려서는 안 될 것 같았다. 결과적으로 달라진 것이 없다 하더라도 마지막 희망을 건 '서울의 큰 병원 입원'은 가족들이 더 이상의 미련을 버리고 환자의 죽음을 받아들이는 데 도움이 되었을지도 모른다.

그러나 그 환자가 나였다면? 평소 멀미를 잘 하는 탓인지 나는 환자가 거쳐온 거리를 듣는 것만으로도 멀미를 할 것 같았다. 그런데 다시 그 길을 되돌아가야 한다는 생각을 하면서는 나도 모르게 마음속으로나마 화풀이할 상대를 찾고 있었다. 그만큼 그 앞에 놓인 길이 아득한 기분이었다. 가족이나 다른 상황을 고려하지 않고 오로지 환자만을 생각하면, 나는 지방 병원에서 환자를 보내지 않는 것이 최선이었다고 생각한다. 어쩌면 환자도 주치의가 단호하게 부모님을 설득하여 그 허망한 미련을 끊어주길 원했을지도 모른다. 가족들도 신뢰할 수 있는 충분한 설명을 들었다면 다른 판단을 할 수도 있지 않았을까?

같은 상황에 놓인 사람들이 다 같은 결정을 내릴 것이라고 단정 지을 수는 없지만, 나의 지인들 중에도 비슷한 경험을 한 이들이 있다. 병원에서 갑자기 위중해진 환자의 가족에게 더 이상 해줄 것이 없다고 통보했을 때, 지인들이 내게 전화를 거는 표면적인 이유는 대개 그 뇌사자의 가족처럼 더 크고 좋은 병원으로 이동하면 달라질까 하는 기대 때문이다. 처음에는 나도 가족들의 간절한 눈빛에 밀려 큰 병원으로 입원할 수 있는 방법을 알려주었다. 내가 아니라도 가족들은 어떤 경로를 통해서건 길을 찾아낼 테니까. 그러나 그런 상황에서 우격다짐으로 입원한 환자나 가족들을 여러 차례 겪고 나서 나는 생각을 바꾸었다. 이제는 가족들이 이전 병원 의사에게 들은 내용을 확인한 뒤, 우리 병원에서도 같은 절차를 통해 뇌사 여부를 판단한다는 사실을 알려주고, 큰 병원으로 이동한 후 일어날 일들에 대해 구체적으로 알려준다. 치료 내용이 별반 달라질 것이 없다는 사실과 그 과정에서 환자가 겪을 수 있는 불편과 고통에 대해 알게 되면 대개 보호자들은 무작정 환자부터 옮기고 보려던 마음을 접었다.

상황을 객관적으로만 바라보려는 내 태도 때문에 지인들의 원망을 듣는 경우도 없지 않았다. 그래서 "너는 '가족'처럼 말하지 않고 '간호사'처럼 말한다."라는 지적을 받기도 했다. 너무 냉정하게 군다는 뜻이었지만, 어쩌면 내용보다는 가족의 절박한 마음에 제대로 공감을 표현하지 못하는 나의 말투가 문제였을 것이다. 내가 유연해져 가족의 마음에 공감하는 일과 객관적 판단을 전하는 일이 내 안에서 충돌을 일으키지 않으면서 그런 문제도 조금씩 사라지기는 했다. 그래서 더더욱 그 뇌사판정을 받은 환자의 가족들에게도 믿을 만한 정보 제공자이면서 마음을 지지해줄 수 있는 전문가가 옆에 있었다면 어땠을까 생각해보지 않을 수 없었다.

물론 나도 안다. 나의 바람과 상관없이 환자는 우리 병원의 중환자실, 내 눈앞에 누워 있었고, 지방 병원에서 어떻게 해야 했는지를 따지기 전에 우리가 어떤 행동을 하는 것이 바람직한가를 먼저 생각해야 한다는 것을. 우리 병원에서 퇴원을 종용하지 않았다면 환자가 그 먼 길을 다시 떠나지 않아도 되었을까? 아마 그랬을 것이다. 비록 뇌사판정을 받았다고 하더라도 가족들은 분명 손꼽히는 시설과 인력을 자랑하는 병원에 입원하면 뭔가 다르지 않을까 하는 기대를 가졌을 테니까. 그래 보아야 입원 기간은 길지 않았을 것이다. 며칠이면 가족들도 환자 앞에 다가온 죽음을 받아들였을지도 모르고, 어쩌면 그래도 역시 객사를 막기 위하여 다시 고향으로 향했을 수도 있다. 그랬다면 최소한 우리들의 마음이라도 편했을 것이고, 내가 이렇게 혼란스런 마음으로 그 환자를 기억하는 일도 없었을 것이다.

그러나 여전히 그 뇌사상태의 환자가 우리 병원 중환자실에 계속 입원해야 했다고 주장할 자신은 없다. 우리는 대학병원 응급실이나 중환자실은 다급한 치료를 필요로 하는 환자들에게 우선권이 있다고 믿고 있었고, 의학적 조치가 무의미하다고 여기는 말기환자나 입원 중

지속적 식물상태에 빠진 장기환자에 대해서는 거의 어김없이 집 근처 작은 병원으로 이송할 것을 권유해왔다. 보호자가 쉽게 동의하지 않고 버티는 경우, 의료진은 더 긴급한 처치를 기다리는 환자 리스트를 언급하며 그들에게 치료 기회를 주어야 한다고 설득했다. 그 과정에서 "이 환자가 당신 부모여도 그렇게 말할 수 있겠어요?"라며 항변하는 보호자들을 만나기도 했다. 그 항변은 늘 우리를 멈칫하게 만드는 위력이 있다. 그러나 솔직히 고백하건대, 그때 내가 그 항변에 고개를 끄덕이고 있었다면, 그건 나쁜 소식을 적절히 통보하는 훈련이 되지 않아 지나치게 보호자들의 반발을 사는 누군가의 태도 때문이지, 기어코 환자를 입원시키겠다는 주장에 동의해서는 아니었다. 내가 보기에 의료진은 가족이 그런 상황에 처하면 일반인들보다 포기가 빨랐다. 아마도 치료의 무용함에 대해 누구보다 잘 알고 있기 때문이 아닐까?

그들이 사랑하는 사람 앞에서 싸울 수밖에 없었던 이유

목에 기관지절개관[◆]을 꽂고 인공호흡기에 의존해서 숨을 쉬며 전신마비로 축 늘어진 채 침대 속에 파묻혀 지내는 환자였지만, 눈빛이 살아 있었다. 눈을 맞추고 말을 하면 눈꺼풀을 한 번 깜빡이거나 두 번 연속 깜빡이는 것으로 의사표현도 정확히 할 수 있었다. 투명하고 깊은 눈빛이 사람의 마음을 꿰뚫어 보는 듯해서 눈을 마주치면 괜히 가슴이 철렁하기도 했다. 그럴 때면 알 수 없는 부끄러움과 함께 묘한 두려움이 느껴졌다. 나는 정말 침착해 보이는 환자의 그 눈빛에 매료되어 있었다. 돌아서서 다른 환자에게 처치를 하다 말고, 문

◆ 염증, 외상, 수술 등의 원인으로 정상적인 호흡이 곤란해졌을 때 기도에 삽입하여 호흡을 용이하게 하는 관.

득 등 뒤에 환자의 시선이 느껴져 행동이 조심스러워지는 때도 있었다. 환자의 맑은 눈길에 켕기는 게 많은 걸 보니 내가 참 떳떳하지 못하게 살아왔나 보다 생각했다. 그래서 회복할 수 없는 병의 말기에도 그런 눈빛으로 세상을 응시하면서 맞이할 수 있다면 60대의 이른 죽음이라도 그리 나쁘지 않겠구나 싶었다. 중환자실 한 귀퉁이를 차지하고 소리 없이 누워 있는 환자가 안타깝긴 해도 여느 중환자를 볼 때와는 달리 불쌍하다거나 동정심을 느낄 대상으로 여기지는 않았다. 그만큼 환자에게선 말로 표현할 수 없는 위엄과 품위가 느껴졌다.

가족으로는 보호자대기실을 지키며 틈날 때마다 눈치껏 간호사들의 허락을 받고 들락날락하는 부인과 늦은 밤이나 주말에 찾아오는 두어 명의 자녀들이 있었다. 모두들 밝고 유쾌했다. 그 가족의 면회 장면은 참 보기가 좋았다. 환자를 닦아주는 손길은 부드럽고 정성이 가득했고, 면회 시간은 늘 환자를 북돋우는 말과 유쾌한 웃음 속에서 흘러갔다. 죽음이 머지 않은 중환자 곁에서는 처음 보는 광경이었다. 나는 저 가족이야말로 호스피스를 알고 실천하는 분들이다 싶었다.

그 가족을 보면서야 비로소, 갑작스런 죽음으로 큰 고통 없이 죽고 싶다는 다수의 사람들 앞에서 홀로, 자신은 급사보다는 암 같은 질환으로 사망하는 쪽을 택하고 싶다던 어떤 분을 이해할 수 있을 듯했다. 그분은 갑자기 고통 없이 떠나는 것보다는 조금 고통스럽고 두려울지라도 사랑하는 사람들에게 작별인사는 하고 떠나고 싶다고 했었다. 햇살이 비추는 중환자실에서 높이 세운 침대에 기대어 아들과 볼을 맞대고 있는 환자는 그렇게 화사한 봄날 같은 시간을 보내고 있었다.

"선생님, 12번 환자 '부인 외 면회사절' 요청입니다!"

어느 날 오전 면회 시간이 끝나갈 무렵에 담당간호사가 데스크로 와서 한마디 툭 던지고 갔다. 부인이 자신 외에 다른 사람이 환자를 면회하지 못하도록 해달라고 요청했다는 것이다.

면회 시간 외에 보호자들이 추가 면회를 하고자 하는 경우 대기실 직원은 담당간호사에게 면회를 해도 괜찮은지 확인하고 허락을 구했다. 그러다 보니 보호자들뿐 아니라 간호사들도 환자를 면회할 사람을 정하는 것이 간호사의 권한인 양 오해하는 경우가 종종 있었다. 게다가 그간 수없이 친절을 세뇌당해온 터라 담당간호사는 보호자의 요청을 친절하게 접수하여 '부인 외 면회금지' 표지를 붙이고, 확실하게 하기 위해 데스크에까지 알린 것이다.

그러나 나는 생각이 달랐다. 면회 시간이 아닌 경우, 처치 중이거나 환자의 안정을 위해 간호사가 면회가 가능한 상태인지를 판단할 수는 있지만, 누구를 만나고 누구를 만나지 않을지 결정하는 건 전적으로 환자의 몫이다.

담당간호사를 제지하고 부인을 불러 면담을 했다. 환자에게는 수차례 돈 문제로 부담을 준 동생이 있었다. 사건이 생길 때마다 경제적으로 여유 있고 책임감이 강한 환자가 그 뒤처리를 맡아왔다. 한동안 소식이 뜸하던 동생이 뒤늦게 환자 소식을 듣고는 면회를 하겠다고 찾아왔다, 분명 또 돈을 타내기 위하여 환자의 마음을 어지럽힐 것이다, 그러니 그 동생이 환자를 따로 면회하지 못하도록 막아달라. 부인이 하소연을 했다.

나는 "중환자실에서 간호사가 환자의 상태를 보아 면회를 제한하는 경우가 있기는 하지만 우리에겐 특정 가족 구성원의 면회를 막을 권한이 없어요. 그리고 이렇게 공개된 공간인 중환자실에선 면회 시간에 한꺼번에 들어오는 가족들을 일일이 확인하여 면회를 차단하는 것이 가능하지도 않고요. 가족 내부의 문제 같으니 가족들끼리 해결하고 환자에게 도움이 되는 방향으로 면회가 이루어지도록 상의해보세요."라고 전했다. 부인은 더 이상 이의를 제기하지 않고, 다만 실망한 표정으로 물러섰다. 부인이 동행한 동생의 첫 면회도 별 잡음 없이 끝났다. 평상시와 달라진 것이 있다면 부인의 밝은 목소리를 동생의 눈물 섞인 목소리가 대신했고, 부인이 못마땅한 표정으로 환자에게서 좀 떨어진 자리에 서서 그런 동생을 지켜보고 있었다는 점이다.

동화처럼 빛나던 시간이 끝나가고 있었다. 그 이후 환자의 침상 주변에 펼쳐지는 풍경이 많이 달라졌다. 동생의 면회가 거듭될수록 부인은 눈에 띄게 평정심을 잃어가는 듯 보였다. 항상 웃음 짓던 아름다운 얼굴이 짜증과 의심으로 날카로워졌고, 면회 시간에도 환자를 어루만지고 부둥켜안는 대신 간호사 스테이션으로 달려오기 시작했다. 환자 동생의 출현으로 불안해진 부인은 불평과 비난을 쏟아낼 곳이 필요했는지 그 횟수가 늘어났다. 두 보호자 사이에 무슨 일이 일어나고 있는지 알 수 없었다. 어느 날 면회를 마치고 나가던 두 사람은 간호사 스테이션 앞에서 큰 소리로 언쟁을 벌였고, 환자 앞에서도 이를 감추기는 어려워 보였다. 면회 시간마다 보호자들은 환자를 바라보며 말을 걸긴 했지만, 서로를 경계하느라 환자에게 집중하지 못했다. 나는 조마조마한 마음으로 면회 시간이면 그 환자 침상 주위에 신경을 곤두세우면서도 그 상황에 개입할 생각은 하지 않았다. 가족들이 심하게 환자의 안정을 방해하지 않는 한, 가족 내부의 갈등에 관여할 이유가 없다는 생각이었다. 담당간호사들에게도 혹여 거기에 휘말리지 않도록 주의를 주었다.

멀찍이서 지켜만 보던 나는 두 사람 사이에 흐르던 날카로운 긴장감을 환자가 감지하고 있는지 알 길이 없었다. 그러던 어느 날 면회 시간, 환자의 침상 곁에서 누군가 날카로운 소리를 냈다. 주변의 눈길이 쏠리자 두 사람은 서로를 바라보지도 않은 채 소리를 낮춰 언쟁했다. 말을 할 수는 없지만 의식이 있는 환자가 모든 걸 듣고 있다! 나는 서둘러 보호자들을 내보내고 환자 옆에 섰다. 환자는 눈을 감고 있어서 눈빛을 읽을 수 없었지만, 내겐 그의 깊은 상처가 전해지는 것 같았다. 무슨 말인가 위로를 전하고 싶었지만 환자와 눈을 마주치기 두려워 괜히 침대 시트만 여며주고 물러났다.

몇 시간 후 다시 환자를 찾아가 대화를 시도했을 때, 환자의 눈빛이 흐려져 있었다. 내 마음 때문에 그렇게 보였는지도 모르겠다. 환자와 하는 대화는 늘 눈을 똑바로 마주 보면서 "제 말 들리세요? 제 말이 들리면 눈을 한 번 깜박해보세요." 하는 말로 시작하는데, 내가 정면으로 그 환자의 눈을 응시하지 못했던 것이다. 환자는 무심한 눈길로 눈을 깜박거리기는 했지만, 내 말에 대한 응답은 아니었다. 내가 보기엔 분명 환자의 눈빛이 달라졌는데 담당간호사들은 의식사정상 특별한 변화가 없다고 했다.

한번 갈등이 표면화되자 보호자들은 점점 더 조심하지 않고 환자 앞에서 감정을 드러내게 되었다. 어쩌면 가족들은 이미 환자가 의식이 없다고 생각하고 있었는지도 모르겠다. 그 슬픔으로 보호자들이 더 평정심을 잃고 있는 것이라고 믿고 싶었다. 환자와 얼굴을 가까이하고 눈길을 주고받으면서 주의 깊게 대화를 나누지 않으면 환자가 의식이 있음을 알기 어려웠는데, 그즈음 보호자들이 환자와 그렇게 깊이 눈길을 마주하는 모습을 보기 힘들었으므로.

그리고 어느 순간부터인가 의심할 수 없이 환자의 반응이 약해지고 있었다. 통증을 가해도, 의료진이 질문을 해도, 반응을 보이지 않았다.

어쩌다 눈을 뜨기는 했지만 그 횟수나 강도가 확연히 줄어들었다. 의식상태가 나빠진 것 같다며 응급으로 촬영한 CT상에는 큰 변화가 없다고 했다. 그럼에도 불구하고 결국 환자는 눈을 굳게 감아버렸다. 그만큼 가족들의 상황도 악화되어갔다. 더 이상 부인이 환자를 살갑게 쓰다듬고 볼을 부비는 모습은 찾아볼 수 없었다. 가족과 함께하던 봄날 같은 기운이 환자를 떠나자, 환자는 중환자실에서 흔히 보는 말기 환자들과 다르지 않게 변해버렸다. 환자가 눈을 감고 더 이상 반응을 보이지 않던 날부터 내 관심도 환자에게서 멀어졌다. 이후 벌어진 일들에 겁을 먹고 관심을 두지 않으려고 했던 것 같다.

유산이 명확히 정리되지 않은 상태에서 환자가 의식불명에 빠지면, 우리는 자주 아주 현실적이면서도 골치 아픈 문제에 직면하고는 했다. 가족 중 누군가 환자가 저축해둔 돈을 찾기 위해 환자가 의식불명임을 증명하는 의사소견서를 요청하는 일도 있었고, 또 가족 중 누군가 서류를 가져와 의식 없는 환자의 지장을 찍어갔는데 그냥 둬도 괜찮냐며 놀란 간호사들이 데스크로 달려온 적도 있다. 그때마다 긴장한 나는 그 일이 주보호자의 허락 아래 일어나는 것인지, 이의를 제기할 만한 다른 가족들은 없는지 살피고, 간호사들이 그 일에 불필요한 개입을 하지 않도록 단속했다.

그 가족의 갈등을 지켜보면서 나는 그분도 재산 처분에 대한 의사를 분명히 남기지 못했구나 짐작했다. 부인과 자녀들로 단출한 가족이니 따로 의사를 표명할 필요를 느끼지 못했을 수도 있을 것 같았다. 그렇게 차분한 눈빛으로 죽음을 응시하던 분이 사전에 문제를 정리하지 못해 스스로 그런 아픔을 초래하였다고 생각하는 건 너무 가혹한 일이다. 유난히 가정사가 복잡하거나 갈등이 심한 가족도 아니었고, 대단히 재산이 많은 것 같지도 않았다. 가족 상황이나 보호자들도 모두 평범해서 더욱 가슴이 아팠다. 내 가족을 비롯하여 평범한 사람들 누구나 겪을 만한 상황이었기 때문이다. 그래서 돈이 많건 적건 임종 전에 분명히 정리해두는 것이 남은 이들에게 도움이 되겠다는 생각을 했다. 꼭 가족 간에 분쟁이 있는 경우가 아니더라도 중환자실에 입원한 환자의 예금이나 적금, 보험 같은 것을 찾는 문제로 가족들이 번거로움을 겪는 경우를 많이 보았으니까.

가족의 갈등이 단지 재산을 둘러싼 분쟁이리라고 짐작한 나는 언제 환자의 심장박동이 멈추었는지 기억하지 못한다. 어쩌면 내가 근무하지 않을 때 심장정지가 왔거나 내가 임종간호를 시행하고도 잊었는지 모르겠다. 어쨌든 나는 그 갈등에 대해 알고 싶지 않았고, 환자는 이미 오래전에 스스로 세상을 떠난 것처럼 보였다.

그런데도 아주 오랫동안 그 환자가 마음에 걸렸다. 그 환자가 반응을 보이지 않았을 때부터 마지막까지를 기억하지 못할 정도로 거리를 유지했던 것이 나의 두려움이나 비겁함 때문은 아니었는지, 내가 조금 더 준비되어 있었고, 조금만 더 용기를 내어 적극적으로 개입했더라면 달라질 여지도 있지 않았을까 하는 미련이 남아 있다. 사실 그 부인은 내가 만난 어느 보호자보다 따뜻하게 환자를 돌보던 분이었다. 동생의 출현으로 잃게 될 돈을 걱정한 것이 아니라 환자의 마음이 다칠 것을 염려한 것이었다면 우리의 지지가 큰 힘이 되었을 것이다. 사실 이성적으로 생각하면 그 동생이 말을 할 수도 없는 환자에게 돈을 타낼 방법도 거의 없었고, 그 동생도 죽음을 앞둔 환자 앞에서 돈을 타낼 만큼 비정한 사람은 아니었을 것이다. 부인과의 갈등 중에도 환자 앞에서 조심하던 그분의 태도가 무엇보다 환자에 대한 배려를 증명하는 것 아니겠는가. 누구보다 나를 매료시켰던 분의 평안을 위해 내가 할 수도 있었을 이상적인 역할을 다하지 못한 자책감은 아직도 나를 괴롭힌다. 하지만 그것도 내가 현장을 떠났기 때문에 할 수 있는 말일 뿐이다.

내가 일하던 병원의 중환자실 의료진은 밥을 굶고 화장실 가는 시간을 아껴가며 일해도 제시간에 부여된 업무를 마치기 어려운 상황이었다. 언제나 응급한 환자들의 상태는 말할 것도 없고, 나와 한 보호자의 이야기가 조금만 길어져도 다른 보호자, 간호사들이 옆에 서서 기다리고 있었다. 다들 다급한 질문이 있는 것이다. 그렇게 '용건만 간단히' 주고받기도 벅찬 의료현장에서는 자신의 업무로 명시되지 않은 역할을 스스로 생각하여 챙기고 환자와 보호자들의 심정을 미리 헤아려 돌볼 여력을 가진 의료진을 만나기 쉽지 않다. 아무리 친절을 강조하는 요즘이라도 마찬가지일 것이다. 결국 상황이 엄청나게 개선되지 않는 한, 중환자실에서 전문가들의 도움을 받으면서 평화롭게 임종을 맞을 가능성이 없다는 말일까? 환자들의 마지막이 평화롭지 못한 만큼 마음이 어지러웠던 내게는 그것이 정말 의문이다.

어째서
가난한 이의
마지막은
더 고단한가

60대 여성이 이른 아침에 공원 산책길에서 쓰러져 지나가던 이의 신고로 응급실에 실려 왔다. 연고자가 없는 혼수상태의 환자는 우선 무명녀라는 이름으로 진료카드를 발급하여 검사를 진행했다. 원무과에서는 백방으로 연고자를 찾았을 것이다.

검사 결과 뇌출혈이 심하여 응급수술이 필요한 상태였지만, 환자는 혼수상태이고 아직 가족과 연락이 닿지 않았다. 좋은 수술 결과를 기대하기도 어려운 상황이었다. 주치의는 우선 뇌압을 낮추기 위한 응급시술만 하고 환자를 중환자실로 입원시켰다. 환자가 중환자실에 입원한 후 몇 시간 만에 환자의 자녀와 연락이 되었다고 원무과에서 알려왔다.

오후 늦게 찾아온 아들은 형제들이 일용직으로 겨우 생계를 유지하는 어려운 형편이라 했다. 형제들끼리도 각자 먹고살기 바빠 평소에 서로 연락도 잘 못 하고 지낸다는 것이다. 차마 그 앞에서 예후를 장담할 수 없지만 수술을 해보자고 권유하기 어려웠는지 주치의는 환자 상태를 설명한 후 "수술을 해볼 수도 있는데……." 하며 보호자를 바라보았다. 보호자는 환자 자신이 뇌동맥류를 갖고 있음을 알고 있었으며 수술을 권유받은 적도 있다고 했다. 환자가 알면서도 그냥 지내왔으니 수술을 원하지 않았던 거라고 말하고 싶은 것이다. 수술은 취소되었다.

그런데 다음 날 환자의 의식 상태가 조금씩 나아지더니 통증에 반응하여 움직임을 보이기 시작했다. 주치의는 들뜬 표정으로 호전될 가능성이 아주 높으니 수술을 해보자며 보호자를 찾았다. 수술 제안을 받은 후 보호자는 중환자실을 나갔다 들어왔다 하며 아주 오래 망설였다. 누군가와 상의를 하고 오는 것도 아닌 듯했다.

할머니를 찾아오는 면회객도 따로 없어 아들이 상의할 만한 사람이 주변에 있을 것 같지도 않았다. 황망한 표정으로 부산하게 들락거리다 멀찍이 서서 할머니를 바라보는 아들의 모습이 몹시 외롭고 고단해 보였다. 누군가의 도움이 필요한 순간이고, 그건 아마 책임간호사인 내 몫일 것이라는 부담감이 느껴졌다. 그러나 나도 몹시 혼란스러웠다.

언제부턴가 나는 중환자들에게 행하는 처치와 수술 결정을 부정적인 시선으로 바라보고 있었고, 그 결과에 대해 회의를 느끼고 있었다. 보호자들이 수술을 거부했으면 하는 극단적인 마음이 있었다. 스스로 이미 균형과 객관성을 잃었음을 알고 있었고, 내 속에서 보호자의 의사결정에 개입하지 말라는 경고음이 울렸다. 약간 억지스럽지만, 보호자의 말대로 위험을 알고도 수술을 받지 않은 환자의 행동을 삶의 마지막에 대한 사전의사결정으로 보아야 할 것 같았다. 그것이 경제적 상황에 의해 강제된 수술 포기로 볼 수밖에 없음을 알면서도 부정하고 싶었다. 만약 전자라면, 의료진의 전문적인 판단으로 볼 때 호전 가능성이 있다 하더라도 생전에 표명한 수술거부 의사를 존중해야만 하는 것 아닌가? 아들의 망설임을 단지 진료비 때문이라고 치부해버려도 괜찮을까? 자신이 없었다.

나와 달리 주치의는 보호자가 경제적 부담 때문에 수술에 동의하지 않는 것이라 확신했고, 수술비 지원을 받도록 주선해서라도 수술을 해보자는 입장이었다. 사회사업실에 상담을 의뢰하고 필요한 서류를 챙기면서도 마음 한구석이 편치 않았다. 어쨌건 주치의가 직접 나서서 서두르니 일은 신속히 진행되었고, 사회사업실의 수술비 지원이 결정되었다. 물론 수술비에만 국한된 지원이라 수술 외의 치료비는 보호자가 부담해야 한다. 수술비 지원이 결정되자 의료진은 더욱 적극적으로 보호자를 설득할 수 있었다. 의료진이 이미 수술을 결정한 상태에서 보호자의 동의를 얻고자 하니 자연히 호전 가능성이 강조된다.

그러나 환자의 상태가 호전된다고 하더라도 의료진이 말하는 '호전'은 환자의 가족이 기대하는 것과는 엄청나게 다를 것이다. 의사들이 말한 '호전'이 혼수상태에서 지속적 식물상태로의 진전을 의미하는 것일 수도 있다. 그런 사실을 꼬집어 말하지 않고 동의서를 받아도 되는 것일까? 그 사실을 미리 말하면 아들은 수술에 동의할까? 입에 올리지 못한 말들 때문에 뭔가를 감추고 있는 사람처럼 마음이 개운치 않다. 사람들은 내가 너무 생각이 많다고 했다.

결국 아들은 떠밀리듯 수술동의서에 서명을 하고 할머니께서 수술실로 들어가자마자 일터로 떠났다. 정말 힘들게 시간을 내고 있었나 보다. 수술 후 하루가 지나도록 아들은 다시 면회를 오지 못했다.

그런데 어느 순간 환자가 말귀를 알아듣고 지시에 따라 팔다리를 움직이기 시작했다. 믿기 힘든, 기대 이상의 결과였다. 흥분한 의료진은 수술을 결정한 주치의의 선견지명에 탄복하면서 아들의 면회를 재촉했다. 수술 결정 이후 처음으로 가슴을 쓸어내렸지만 불안이 다 가시지는 않은 것이다. 아들이 최고로 좋아진 어머니의 상태를 볼 수 있도록 서둘러야 했다. 모두들 마음속에는 그렇게 힘들게 내린 결정인데 보호자가 얼마나 보람을 느끼겠는가 하는 기대와 의식 상태는 곧 다시 나빠질 수 있다는 조바심이 뒤섞여 있었던 것이다. 이런 환자의 상태는 오랫동안 오르락내리락 고비를 겪다 좋아져도 어느 정도나 호전될지 알 수 없고, 급격히 악화되어 사망에 이르는 경우도 적지 않았다.

전자라면 어머니와의 짧은 대화나 눈맞춤이 고비마다 흔들리는 아들의 마음을 붙잡을 것이고, 후자라면 최소한 어렵게 내린 수술 결정이 헛되지 않았다는 위로라도 되어줄 것이다. 의료진은 혼란 속에서 내린 그 결정이 후회로 남지 않도록 작은 의미라도 만들고 싶었던 것 같다.

그러나 할머니의 의식이 최고 상태에서 머문 순간은 너무 짧았다. 아들이 도착하자 담당간호사는 할머니의 상태가 '믿을 수 없을 만큼' 좋아졌음을 강조하고 이를 증명해 보이려 애썼으나, 별 소득이 없었다. 환자는 스스로 손발을 움직이고 돌아눕기도 했지만 말귀를 알아들어서 나오는 반응은 아니었다. 복잡한 표정의 아들은 환자로부터 좀 떨어진 자리에 어색하게 서 있다. "할머니 의식 있으세요. 알아들을 테니까 말 걸어보세요." 담당간호사가 거듭 재촉하자 아들이 엉거주춤 침대 옆으로 다가섰지만 말을 걸지는 못했다. 보다 못한 간호사가 나서서 할머니 손 위로 아들의 손을 잡아끌었다. "할머니, 아드님 오셨어요. 눈 떠보세요. 아드님 손 한번 잡아보세요!" 하지만 할머니는 의미 없이 몸만 뒤척이고, 미끄러져 내린 아들의 손은 어찌할 바를 모르는 모양새로 침대 위에 놓였다. 기대감 속에 모자의 반응을 살피며 감동적인 순간을 기다리던 의료진들도 머쓱해졌다. 처음의 관심 대신 약간의 무안함을 느끼면서 의료진이 흩어지고 아들도 중환자실을 떠났다.

그 순간을 기점으로 할머니의 상태가 빠른 속도로 악화되었다. 의식 상태가 나빠져 CT 촬영을 해야 할 때면 담당레지던트는 "하루 벌어 하루 먹고사는 사람한테 자꾸 연락해서 곤란하게 만드는" 상황을 탓하며 한숨을 쉬었다. 매번 여러 번의 시도 끝에 통화를 하고 어렵게 녹취 동의를 받아야 했다. 그렇게 며칠 지나지 않아 할머니는 뇌사상태로까지 진행되었다. 환자가 장기기증 의사를 가지고 있는지 확인해야 했다. 담당레지던트로부터 설명을 들은 아들은 환자가 장기기증 의사를 가지고 있지 않았다며, 장례를 준비할 테니 인공호흡기를 제거해달라고 했다. 그러나 우리 의료진은 환자가 사망하지 않았으므로 그럴 수 없노라고 말을 바꾼다. 무슨 말이냐, 뇌사도 사망이라고 하지 않았냐? 보호자는 황당한 모양이다. 당연하다. "장기기증을 하는 경우 뇌사가 사망으로 인정되지만, 그러지 않으면 심장박동이 멎을 때까지 사망하신 것으로 인정되지 않습니다."라는 설명이 마치 장기를 기증하라고 강요하는 것 같다. 그런 법이 어디 있나? 그래도 법이 그렇다. 짧은 문답이 오고 간 후 보호자도 의료진도 더 할 말이 없다. 아들은 장례를 치르려고 일하다 왔다는 말을 남기고 서둘러 돌아갔다.

뇌사판정을 받고 이틀 후, 환자의 심장기능은 안정된 상태로 유지되었다. 일 없이 환자 주변을 찾는 횟수가 많아지던 담당레지던트가 갑자기 지금까지 환자의 진료비가 얼마나 되는지 알 수 있냐고 물어본다. 보호자가 장기기증 의사가 없다고 말은 했지만, 아무래도 진료비 때문에 장기기증에 대해 귀담아듣지 않은 것 같다고 한다. 어려운 형편의 보호자를 우기다시피 설득하여 수술했는데 환자가 뇌사상태에 빠졌고, 그나마 진료비 부담만 가중시키고 있는 상황이라 시간이 갈수록 담당레지던트의 마음도 초조해졌나 보다. 담당레지던트가 직접 보호자 면담과 설명을 도맡아왔으니 부담이 더 컸을 것이다. 장기이식센터와 원무과 등 여기저기 연락하여 사후 장기기증시 지급되는 장례비와 위로금 액수를 구체적으로 알아냈다. 진료비 내역과 장례비, 위로금을 펼쳐두고 궁리를 마친 담당레지던트가 다시 전화를 건다. 아들의 처지가 진정 안타까워 도움을 주고 싶은 담당레지던트의 마음과 달리 보호자는 쉽게 결심을 하지 못하나 보다. 통화가 길어지고 있었다. 담당레지던트는 장기기증의 의의를 설명하고 장례비와 위로금을 언급하면서 산 사람은 살아야 하지 않겠느냐는 말까지 섞어 위로를 하며 설득하는 중이다. 결국 보호자는 "알아서 하세요."라는 말을 남기고 전화를 끊었다고 한다.

통화 결과를 알려준 담당레지던트가 나를 빤히 바라보고 서 있었다.

"어떻게 하죠?"

"너무 무리하게 추진할 일은 아닌 것 같아요."

나는 스스로 장기기증 서약을 했지만 그즈음 장기이식 수술에 대해 회의를 갖고 있었다. 떠나는 이의 숭고한 의지가 아니라 남은 이들의 상황 때문에 장기기증 결정을 하는 경우를 많이 보았기 때문이다. 아주 개별적일 수밖에 없는 개인의 몸과 죽음이 가족이라는 공동체의 이름으로 결정되다 보니 결국 가족의 이해관계가 죽음 앞에선 개인의 뜻을 앞지르는 일이 많았다. 그러나 담당레지던트의 결심이 생각보다 굳었다.

"아, 모르겠어요. 그냥 내가 천벌 받고 말게요."

천벌을 감수할 만큼 두려운 판단이라는 뜻이다. 그 결정에서 한발 물러서 있는 내가 미안해진다.

담당레지던트는 다시 통화를 시도했다. 이번에는 보호자가 동의서를 작성하러 올 수 없으니 전화로 대신하라고 버티는 분위기였다. 아무래도 결심이 서지 않거나 피하고 싶은 것 같았다. 그러나 결국 담당레지던트의 열성이 보호자의 머뭇거림을 이겼다. 보호자는 장기기증에 동의했고, 다음 날 병원에 와서 장기적출동의서에 서명을 하겠다고 했다. 바로 외과에 장기기증이 결정되었다고 통보하고 남아 있는 장기를 보호하기 위한 처치가 시작되었다. 보호자 도착 시간에 맞춰 할머니의 마지막 길, 장기적출 수술이 계획되었다.

환자는 내가 근무하지 않는 시간에 수술실로 옮겨졌지만, 나는 아들이 어떻게 어머니와 작별했는지, 할머니의 임종이 몇 사람에게 희망이 되었는지 충분히 알 수 있었다. 간호사들의 인계 뒤에 수술이 끝나면 장기이식센터에서 중환자실 의료진들에게 감사의 글을 보내 간단하게 장기기증 결과를 알려오고는 했다. 뇌사자를 발굴하여 장기기증으로 이어질 수 있도록 애쓴 우리를 치하하는 그 메모는 늘 내 마음에 묘한 파문을 일으켰다. 뇌사자의 장기기증 결정이 의료진이 칭찬받아야 할 일인지 알 수 없었고, 그 글은 오히려 묘하게 비틀어 진실을 말해주는 것 같기도 했다.

장기이식 대기 중인 환자는 많고 기증자는 턱없이 적어 장기기증을 활성화하기 위한 다양한 사회적 노력들이 이루어지고 있다. 이런 움직임을 볼 때마다 장기이식을 받으면 새로운 생을 시작할 수 있는 사람들의 안타까운 현실에 눌려 임종을 앞둔 환자, 특히 뇌사자들의 원의願意에 소홀해질까 두려운 생각이 든다. 때로 생전에 환자 스스로 장기기증을 서약한 경우가 아니라면 사후 장기적출을 엄격하게 제한해야 하는 것 아닌가 하는 생각도 했다. 물론 장기이식을 기다리는 이들에게는 말도 안 되는 소리겠지만, 환자 사후에 남은 사람들의 이해관계에 따라 장기기증 여부가 결정될 수 있는 여지를 조금이라도 남겨두어서는 안 될 것 같다. 장기기증을 너무 결과 중심으로 보면 앞선 생명의 경중을 따지게 되지 않을까? 그 결과 당연히 약자의 생명을 더 가벼이 여기지 않겠는가? 그렇게 되면 죽음이 임박한 사람보다는 살아 있을 사람, 사회·경제적인 약자보다는 강자의 생명을 더 중요하게 여기게 될 것 같다. 생전에 장기기증서약서를 작성하지 않았고 장기기증 의사를 밝힌 적도 없는 뇌사자 가족에게 장기기증을 생각해보라고 설득하는 건 거의 그 가족이 가난한 경우였다. 실제로 현장에서 사회·경제적 지위가 있고 교육을 잘 받은 사람들을 대상으로 환자의 생전 의지와 무관하게 장기기증을 권유하는 경우를 본 기억은 없다.

우리는
왜
그 형을
비난했나

그는 30대의 젊은 남성이었다. 그 외에도 궁금한 게 많았지만 의무기록을 통해 알 수 있는 것들은 많지 않았다. 중환자실 입원 당시 그는 이미 대화가 불가능한 상태였고, 이후 상태를 관찰하는 것만으로는 그가 평소 어떤 사람이었는지 전혀 짐작할 수가 없었다. 입원 전에도 오랫동안 혼자 살던 사람이라니, 몸에 이상이 생긴 지 얼마나 되었는지조차 정확히 알 수 없었다. 간호정보조사지에 기록한 내용은 헛소리를 하고 이상 행동을 보여 정신과에 입원했고 MRI에서 뇌종양을 발견했다는 사실 정도를 알려줄 뿐이다. 입원하기 전에 이미 표현 능력을 상실했으니 입원도 그의 의지는 아니었을 것이다.

자세한 경과는 생각나지 않지만 입원 후 얼마 지나지 않아 그는 상태가 악화되어 뇌사가 예상되는 상황에 놓였다. 웬만하면 환자가 나빠지는 며칠 동안에 면회객들을 통해 환자에 대한 정보들이 수집되기 마련인데, 이 환자를 찾아오는 주변인이라고는 살짝 건드리기만 해도 쓰러질 것처럼 쇠약해 보이는 노모밖에 없었다. 모친은 산골인 내 고향마을에서도 만나기 어려울 만큼 초라한 행색의, 아주 몸집이 작은 할머니였다. 내 어깨 아래쯤에 낮게 구부린 할머니의 몸은 볼 때마다 위태로워 보였다. 환자를 보호하는 것은 둘째 치고 할머니 혼자 이 정신없는 병원에서 끼니라도 제대로 찾아드실 수 있을지 걱정이 앞섰다. 다른 가족으로 형이 있어 주말에 다녀갔다고 하는데 직접 대면한 간호사는 없었다. 각종 동의서에는 노모의 서툰 한글 서명이 있었고, 그것도 대부분 환자의 형이 전화로 설명을 듣고 모친은 서명만 한 것이었다. 누구와 상의하면 평소의 환자를 보다 잘 이해할 수 있는지, 그간 환자의 인생에서 중요한 의사결정은 어떻게 이루어져왔는지 추측할 수 있는 기록도, 주변인도 거의 없었다. 환자가 최초에 느낀 증상은 무엇이었는지, 환자는 왜 그렇게 병이 진행되도록 방치했는지, 누가 최초로 환자의 이상을 감지했는지, 환자의 입원은 누구의 판단에 따른 것이었는지, 환자와 가족들의 관계는 어떠했는지……. 환자에 대해 아무것도 모르는 상태에서 뇌사판정을 앞두고 있었고, 장기기증 여부나 연명치료에 관한 환자의 생전 의사를 알 수 없으니 누군가에게 대리 결정을 요청해야 했다.

면회대기실에서부터 달려온 노모는 중환자실에 들어올 때면 늘 그렇듯이 허둥대며 몸을 떨고 계셨다. 무슨 일이냐고 묻지도 못하고 잔뜩 겁을 먹은 눈으로 담당레지던트의 말을 기다리고 계셨다. 이 할머니가 지금까지 우리들의 말을 제대로 이해하신 적이 있던가? 할머니께 아들이 뇌사상태인 것 같다는 소식을 직접 전하기 부담스러웠는지 담당레지던트는 설명 대신 "큰아들 언제 와요?" 하고 물었다. 언제 올지 모른다는 대답에 "큰아들 전화번호 있죠?" 묻는 걸로 보아 담당레지던트는 환자의 형과 통화할 생각이다. 담당레지던트는 아주 어렵게 그 형에게 연락하여 뇌사가 예상되어 뇌사판정을 위한 검사를 진행하겠다고 알렸고, 뇌사로 판명되면 환자의 장기를 기증할 의사가 있는지를 물었다. 그 형은 장기기증 의사가 없다고 분명히 밝혔다고 한다. 집안 형편이 어려우니 뇌사가 확실하면 인공호흡기를 바로 뗐으면 좋겠다는 말도 함께 전해왔다.

별다른 이변 없이 환자는 뇌사판정을 받았지만, 보호자의 요청대로 인공호흡기를 제거할 수는 없었다. 우리 법은 장기기증을 하는 뇌사자에 한해 뇌사를 죽음으로 인정하여 장기적출 수술을 할 수 있도록 허용한다. 그래서 환자는 뇌사판정을 받고도 며칠 간 인공호흡기로 심장박동을 유지하고 있었다. 환자의 모친은 변함없이 사색이 된 표정으로 질문 한마디 없이 눈물 속에 면회를 했고, 형의 모습은 여전히 병실에서 보기 어려웠다.

그렇게 며칠이 흐른 어느 저녁, 밤늦은 시간에 환자의 형이 추가면회를 왔다는 연락이다. 보통의 경우라면 어림도 없는 시각이었지만 쓸쓸한 환자의 마지막 길에 하나뿐인 형이 참으로 오랜만에 찾아온 것이다. 인심 쓰듯 면회를 허락하고 보호자를 기다렸다가 환자 상태를 설명하기 위하여 다가갔다. 그 형에게선 심한 술 냄새가 났다. 놀라 쳐다보니 얼굴이 벌겋게 상기되어 있었다. 동생이 누워 있는 병실 안으로 들어가볼 생각은 없어 보였다. 한참 동안 창문 너머로 환자를 들여다보던 보호자가 내게 담당레지던트를 불러달라고 했다. 그 보호자에게서 술기운을 감지한 후 내 마음속에선 이미 연민이 사라지고 없었다. 밤 11시면 당직의가 아직 잠들지 않았을 시각이지만, 이 밤에 꼭 만나야 할 만큼 급한 일이냐고 물어보았다. 어쩌면 술에 취한 보호자가 거칠게 항의할 수도 있다고 생각했다. 하지만 보호자는 순순히 "담당레지던트에게 물어볼 말이 있는데, 지금 만나기 어려우면 간호사님이 좀 물어봐주세요."라고 했다. 자신이 말기신부전을 앓고 있는데 동생의 신장을 이식받을 수 있는지 알아봐달라는 것이었다.

생각해볼 틈도 없이 나는 경악했고 그 말을 바로 담당레지던트에게 전했다. 환자는 뇌사상태로 누워 있는데 환자의 보호자이자 하나뿐인 형이 '내 동생의 신장을 내가 이식받겠소.' 하는 상황이 아닌가! 담당레지던트도, 이 문제에 대해 전해들은 주변의 다른 이들도, 하나같이 경악스럽다는 반응이었다. 어떻게 그럴 수가……. 우선 보호자에게는 다음 날 오전 면회 시간까지 확인해서 알려주겠다고 하고는 대책 마련에 들어갔다. 또 다른 보호자인 환자의 모친은 작은아들의 장기를 큰아들이 이식받는 것에 대해 어떻게 생각하느냐는 의료진의 물음에 한 마디도 답하지 않았다. 그저 발을 동동 구르며 눈물만 훔치고 있었다. 얼핏 무슨 말 끝에 "지가 수술비는 또 어디 있다고……." 하고 넋두리를 한 것도 같았다.

다음 날, 나는 담당레지던트에게 병원윤리위원회◆의 자문이 필요한 것 같으니 전문의와 상의해보라고 권했지만, 무슨 생각에선지 담당레지던트는 병원윤리위원회가 아니라 장기이식센터 코디네이터에게 전화를 걸었다. 직접 상담을 하기에 병원윤리위원회 전문가는 조금 부담스러웠을 것이다. 그 전문가가 다른 사람도 아닌 자신을 가르친 교수님이고 현재 타 과 전문의로 근무하시는 분이었기 때문이다. 그 교수님은 윤리위원회 업무를 추가로 하시는 셈인데, 직접 찾아가기도 어렵고 담당의도 나처럼 한시라도 빨리 이 문제를 처리하고 싶었을 것이다. 어쩌면 전문의와 상의하기 전에 예비조사를 좀 해두려던 것인지도 모른다.

전화를 받고 무척 당황하는 기색이었다는 장기이식센터 코디네이

◆ 환자 치료나 간호상 발생하는 윤리 문제를 다루기 위하여 병원에 설립한 조직 혹은 기구를 말한다. 미국의 경우 1975년 퀸란 사건을 계기로, 우리나라에서는 보라매병원 사건을 계기로 그 필요성이 제기되어, 현재 다수 병원에서 윤리적인 딜레마에 대한 조언 등의 기능을 담당하고 있다.

터는 의외로 빨리 답을 찾았다. 전화 목소리에서 느껴지는 홀가분함이 내 마음 때문만은 아닌 것 같다.

"전산으로 그 환자 기록을 살펴봤는데요. 환자가 정신과에 입원한 적이 있네요. 법률상 정신과 병력이 있는 환자의 장기기증은 허용하지 않거든요."

참으로 명쾌한 결론이었다. 법으로 금지되어 있다는 말을 들은 보호자는 한마디도 더 하지 않고 이 결론을 받아들였다.

그런데 결론을 내리고 난 후에도 나는 마음이 편치 않았다. 우리는 장기이식센터나 병원윤리위원회에 문의하기 전에 이미 각자 마음속으로 윤리적 판단을 끝냈고, 환자의 정신과 입원이 '정신과 병력'이 아니라 뇌종양으로 인한 증상 때문이었다는 사실을 굳이 지적하지 않았던 것이다. '장기기증 대상자가 보호자가 아니라 다른 환자였다면 우리는 어떤 결론을 내렸을까? 그때도 우리가 정신과 병력을 이유로 같은 결론을 내렸을까?' 하는 의문이 남아 있다. 내가 일하던 병원은 장기이식수술에 적극적이었고, 수술팀은 뇌사자를 발굴하여 장기기증으로 연결하기 위해 열심이었다. 뇌사상태로 추정되는 환자가 있으면 가족의 동의를 받기도 전에 어느 틈에 장기이식팀 의사가 환자의 차트를 들여다보기도 했다.

만약 환자의 가족이 처음부터 장기기증에 동의했고, 그 혜택을 그 형이 아니라 다른 환자가 받게 되었더라면 우리는 환자가 정신과를 통해 입원한 것은 뇌종양에 따른 증상 때문이었으므로 법률에서 말하는 '정신과 병력'에 해당되지 않는다고 해석하지 않았을까? 처음부터 환자가 정신과를 통하여 입원한 사실이 문제가 되리라고 생각했다면 애초에 장기기증 여부를 보호자에게 물어볼 필요도 없었을 것이다. 그러자 그때까지 명쾌하게 보였던 우리의 도덕적 잣대에 대한 의심이 생겨나고 상황이 달리 보이기 시작한다.

먼저 내가 그 환자의 형을 파렴치한 사람으로 여기게 만들었던 그 밤의 술 냄새. 젊은 동생의 불운한 죽음을 눈앞에 두고 동생의 장기를 누군가 이식받을 수 있다는 사실을 알게 된 형이 있다. 그 자신이 오랫동안 장기이식을 기다려온 말기신부전 환자이다. 어쩌면 동생의 장기를 자신이 기증받고 싶은 것이 당연한지도 모르겠다. 그러나 동생의 죽음 앞에서 자기 안의 이기심을 보게 된 형이 맨 정신으로 그 마음을 입에 올리기는 쉽지 않았을 것이고, 술이 필요했을 것 같다. 술을 마시며 갈등하고 또 갈등하느라 그렇게 늦은 밤에야 면회를 왔었나 보다. 비로소 그 고민이 인간적으로 다가온다.

그리고 또 하나의 불편한 질문. 왜 우리는 동생의 죽음으로 혜택을 입는 이가 형이어서는 안 된다고 그리 굳게 믿었나? 살아 있는 이들에게 장기기증 서약을 하도록 부추기고 가족 간 장기기증을 미담으로 널리 홍보하고 있는데도 말이다. 만약 동생의 의견을 물을 수 있었다면 동생은 어떤 결정을 했을까? 기왕이면 타인보다는 형에게 자신의 신장을 기증하고 싶어 하지 않았을까? 우리는 대리인에게 고인의 생전 의사를 반영하여 의사결정을 대신해줄 것을 기대한다. 그러고 보면 동생의 신장을 이식받고자 했던 형의 마음을 비난할 이유가 전혀 없어 보인다. 어쩌면 우리가 부당하게 영향력을 행사하여 한 환자가 신장 이식을 받을 수 있는 기회를 박탈해버린 것인지도 모르겠다.

그렇지만 다시 같은 상황에 직면한다고 하더라도 여전히 나는 환자를 대신해 결정을 하는 가족이 그 결정에 따른 직접적인 혜택을 받게 되는 상황을 불편해할 것이다. 그때는 어떤 핑계로 혹은 어떤 명분 뒤에 숨어 피해갈 수 있을까? 우리가 병원윤리위원회를 필요로 했던 이유가 좋은 결정을 내리기 위해서가 아니라 이런 순간을 피해 갈 길을 만들기 위함은 아니었기를 바란다. 그리고 아무쪼록 이후에는 모든 뇌사자들이 생전에 장기기증 여부에 대해 자신의 의사를 밝혀두었기를.

제 5 장

다른 가능성들

할머니의
자기결정

할머니는 점심식사를 마치고 쉬고 계시던 중에 갑자기 발생한 심한 두통으로 구급차를 타고 응급실에 오셨다. 마침 휴일 오후라 자녀들에게 바로 연락이 되었는지 응급실에 도착한 직후에 아들딸들도 병원으로 달려왔다. 환자는 응급실에서 진통제를 투여받고 잠깐씩 잠이 들기는 했어도 내내 의식이 맑았다. 다만 통증과 낯선 환경에 넋을 빼앗기고 있었다고나 할까?

응급실에는 가족 중 한 명밖에 상주할 수 없어 할아버지가 내내 할머니 곁을 지켰다. 그런 규칙이 없었다고 하더라도 자녀들이 할머니 곁에 머물 시간은 별로 없었을 것이다. 환자 병력을 확인한다고 불러서 우르르, CT 촬영 동의서를 작성하기 위해 우르르, 검사 결과가 나왔다고 또 우르르 간호사나 담당레지던트 앞으로 몰려다녀야 했으니 말이다. 응급실 담당레지던트로부터 뇌동맥류 파열에 의한 지주막하출혈로 응급수술이 필요할 것 같아 신경외과에 연락했다는 설명을 듣고 돌아서기 바쁘게 3층 중환자실에서 연락이 왔다. 수술 설명을 듣고 동의서를 작성하라는 것이다. 그렇게 자식들이 할아버지께 할머니를 당부하고 신경외과중환자실로 간 사이에도 응급실 담당레지던트와 할머니 주변 의료진은 쉴 틈 없이 움직여야 했다.

응급실 담당레지던트는 늦은 밤의 응급수술을 위해 수술실에 연락해 수술방과 인력을 준비하고, 마취과에 사정을 하고 신경외과의 수술팀원들에게 두루 연락했다. 혈액검사나 흉부 X선 검사 같은 기초검사 외에도 혈액형검사, 혈액응고검사를 처방하고 수혈준비를 시키고, 수술 전 처치를 처방하고 수행해야 했다. 중환자실담당 2년차 레지던트에게 연락하여 수술에 필요한 설명과 동의서를 받는 절차를 대신해달라고 연락도 해야 한다. 위험 부담이 큰 수술은 비디오 촬영이 가능한 별도의 면담실에서 설명과 동의서를 작성하는 것이 관례였고, 비디오 촬영이 가능한 면담실은 3층 중환자실 안에 있었다.

고령의 환자와 남편이 응급실에서 수술 전 처치 및 검사를 받는 동안, 레지던트 2년차는 아들을 비롯한 가족들을 따로 마련한 면담실로 불러 수술에 대해 설명하고 동의서를 작성했다. 응급실과 검사실, 수술실, 중환자실이 긴밀하게, 그러나 각각 떨어져 움직이고 있었다. 수술 설명과 동의서 작성이 끝나기도 전에 수술방과 수술팀이 준비되었고, 응급실과 검사실에서의 검사와 처치도 끝이 났다. 할머니는 아무것도 모른 채 응급실에서 검사실로, 검사실에서 응급실로 이동했듯이 얼결에 할아버지와 떨어져 수술실로 실려 갔다. 자식들은 다들 어디로 갔는지 생각할 겨를도 없었을 것이다. 그렇게 환자가 수술실로 이동해서 미리 준비를 하고 있으면 그사이에 수술동의서 작성이 끝날 것이고 수술동의서를 바로 수술실에 넣어주면 수술을 진행하는 데 전혀 문제가 되지 않았다. 응급수술답게 신속하게 본 수술에 돌입할 수 있을 터였다.

이송직원은 할머니의 침대를 수술실 앞 복도까지 밀어놓고 돌아갔다. 또 어디 검사실이겠거니 맥없이 누워 있는 할머니 곁으로 수술복을 입고 모자와 마스크를 쓴 간호사가 다가섰다.

"안녕하세요? 할머니 성함이 ○○○ 맞으시죠? 이제 수술 침대로 옮겨드리고……."

순간 할머니는 총기를 되찾으시고 비로소 자신이 수술실에 와 있다는 사실을 눈치채셨다.

"뭐라? 수술? 누가 그래? 어느 놈이 내가 수술한다고 그래!"

버럭 소리를 질러 일정한 톤으로 이어지던 간호사의 말을 잘라버린 할머니가 벌떡 윗몸을 일으켰다.

"머리 수술……. 아니, 할머니! 왜 이러세요. 이러시면 안 돼요."

다급해진 간호사의 목소리에 주변에 있던 간호사와 직원이 합세해 할머니를 억지로 침대에 눕히려 했고, 이런 행동이 상황을 급격히 악화시켰다. 수술 안 한다고 발버둥치는 할머니와 이를 저지하며 설득해보려는 간호사들이 한바탕 몸싸움을 벌이고 있을 때, 마침 마취과의사가 수술실 안으로 들어왔다.

할머니와 몇 마디 나누고 상황을 확인한 마취과의사가 단호한 표정으로 상황을 진정시키고 신경외과의사에게 전화를 했다. 환자 본인이 저렇게 강력히 거부하는데 마취를 강행할 수는 없다, 일단은 환자를 중환자실로 보낼 테니 환자를 설득하고 동의서 작성이 끝나면 다시 연락하라고.

환자는 갑자기 중환자실로 입실했고 수술동의서를 작성하던 담당 레지던트와 가족들이 달려왔다. 응급수술을 위해 호출을 받고 대기 중이던 다른 신경외과의사들, 중환자실간호사들도 몰려들었다. 모두들 당황했고 조금씩 다른 이유로 화가 나 있었다.

가족들은 대책 없이 수술이 지연된다는 사실에 불안해하면서 어떻게 그렇게 무책임하냐고 의료진에게 화를 냈다. 그렇게 급한 수술이라면 가족들을 수술실로 불러 환자를 설득하든지 해야지 그냥 수술실에서 내보내면 어떻게 하냐는 것이다.

마취과의사와 신경외과의사를 비롯하여 수술팀 멤버들도 화가 나긴 마찬가지였다. 쉬는 날 오후에 불려나왔는데 제대로 준비가 안 되어 허탕을 쳤다는 억울함이 모두 담당레지던트에게로 투사되었다. 환자를 설득했느냐, 보호자가 설득할 가능성은 있느냐, 언제면 수술 여부가 결정되겠냐……. 여기저기서 걸려오는 전화와 질문들이 모두 대답을 기대한 것이라기보다는 담당레지던트에 대한 화풀이나 시비 걸기에 가까워 보였다. 자신들의 근무가 끝난 후에나 입원할 것이라 예상했던 중환자실간호사들도 황당하긴 마찬가지였다.

그런데 정작 환자는 예상과 달리 차분하기만 했다. 수술실에서 인계받은 내용이 사실이라고 믿을 수 없으리만치 침착하고 말이 없었다. 당신의 상태를 알고 심한 불안이나 우울 상태에 빠진 것은 아닌지 살폈지만 그런 것 같지도 않았다.

이후 숱한 사람들이 할머니의 방문턱을 넘나들었다. 마취과와 신경외과 의료진이 번갈아가며, 점점 연차를 올려가며 할머니께 수술을 종용했다. 할머니는 요지부동이었다. 아들이 큰소리를 내며 윽박지르다 뛰쳐나가고 딸들이 울며 사정을 해도 할머니는 꿈쩍하지 않으셨다. 누가 무슨 말을 하건 굳은 표정으로 고개를 가로저을 뿐이었다. 그러나 수술을 받지 않겠다는 의지를 밝힌 상태에서도 의료진의 말을 귀담아듣는 모습이 나름대로 생각을 정리하고 계신 것이 분명했다. 결국 번갈아가며 할머니를 협박했다 안심시켰다 하던 가족, 의료진이 모두 포기하고 물러났다. 마음을 바꾸면 수술할 수 있도록 밤 9시까지는 대기하겠다던 수술팀도 철수해버렸다. 수술이 취소되었다는 소식을 전해도 할머니는 별 반응 없이 눈을 감은 채 누워 계셨다. 아직 할머니의 숙고가 끝나지 않았나 보다.

모두들 돌아가고 얼마 안 있어 할머니께서 아들을 찾으셨다. 한참 할머니와 얘기하고 나온 아들은 할머니가 수술을 받기로 하셨다고 전했다. 연락을 받은 당직의는 다음 날 오후에 수술 일정이 잡혔음을 알려왔다. 아들은 잠시 "진작에……." 하는 아쉬움을 내비쳤지만 더 이상 말을 잇지 않았다. 표정이 숙연한 듯 묘했다. 결정을 내리기까지 그 몇 시간 동안 할머니께 큰 변화가 있었나 보다. 마음을 굳힌 할머니의 분위기가 완전히 달라져 있었고, 아들도 그걸 감지했던 것 같다.

다음 날 할머니를 수술실로 보내고 돌아서는 누군가의 입에서 "할머니는 괜히 하루 늦어졌네." 하는 말이 나왔다. 그러나 나는 할머니께 그 몇 시간이 절대 '괜히' 허비된 것이 아님을 믿는다. 할머니는 두려움 없이 당당한 표정으로 수술실로 들어가셨다.

병원 안에서도 평화롭게 이별할 수 있다

"더 이상 저희 병원에서 해드릴 게 없으니 집 근처 작은 병원으로 모시는 것이 어떻겠습니까?"

그 가족들에게 심폐소생술을 시행할지 상의해보라고 한 것은 사실 이 말을 하기 위한 사전 작업에 지나지 않았다. 심폐소생술 여부에 대하여 보호자 동의서를 받는 목적도 환자의 남은 시간이 고통스럽지 않도록 사전에 임종 방식에 대한 환자나 가족의 의사를 확인하여 마지막을 가족들과 함께 보낼 수 있도록 배려하는 데 있었다.

그날따라 중환자실로 입실 예정인 수술환자 리스트는 너무 길고 비울 수 있는 중환자실 침상은 몇 개 없었다. 그 와중에 응급환자까지 발생하자 다급해진 중환자실 담당레지던트는 험한 말을 들어가면서 수

차례 수술실에 들어가 담당교수들에게 한 자리라도 더 비워달라고 사정하고 있었다. 그 결과 비교적 중증도가 덜한 수술환자는 몇 시간만 지켜보다 일반병실로 보내기로 하고, 다른 중환자실에 구걸하듯 한 자리를 마련했다. 그러고도 침상이 모자라자 결국 담당교수 한 명이 말기환자 한 명을 퇴원시키라는 결정을 내렸던 것이다.

그래서 담당레지던트가 가족들을 불러 "환자의 임종이 머지 않았으니 심장정지시 심폐소생술을 할 것인지 가족들이 상의하여 결정하고, 가능하면 집 근처 병원으로 모시는 것이 좋겠다."라는 담당교수의 의견을 전했다. 그런데 담당레지던트의 말을 액면 그대로 받아들인 보호자들은 심각하게 고민에 고민을 거듭했다. 환자의 상태가 절망적인 줄은 알고 있었지만, 과연 심폐소생술을 시행하지 않는 것이 자식들이 할 만한 결정인가? 혹여 그것이 아주 작은 가능성이라도 포기하는 것이면 어떻게 하나? 가능성이 전혀 없다면 굳이 담당레지던트가 가족들에게 결정하라는 말을 하지도 않을 것 아니겠는가? 자녀들은 들락날락하며 결정을 하지 못하고 있었다.

지금쯤 무언가 도움이 될 만한 말을 건네야 하지 않을까? 나는 미처 마음을 굳히지 못한 상태로 환자 침상 앞으로 가 모니터를 지켜보며 서 있었다. 기다렸다는 듯 환자의 따님이 다가왔다.

"담당레지던트 면담을 했는데 심장정지가 오면 마사지를 할지 말지 결정하라고 하시더라고요. 어떻게 하면 좋을까요?"

이런, 담당레지던트가 속내를 보이지 않고 지나치게 객관적으로만 설명을 한 것이다. 보호자가 원하는 대답이 아닌 줄 알면서 나도 비슷하게, 새삼스레 객관적인 태도를 유지하며 설명한다. 심폐소생술이 환자의 상태를 호전시키는 처치는 아니다. 다만 심장이 멎었을 때 잠시 외부에서 심장을 직접 압박하여 혈액을 밀어내어 뇌 등 주요 장기에 혈액을 공급하면서 응급 약물이나 심방제세동기를 사용하여 심장박동을 회복시키려는 것으로 이해하면 된다. 담당레지던트와 교수님은 환자분의 경우 심장박동이 회복될 가능성이 낮고, 잠시 회복되더라도 오래 지속될 수 없을 것이라고 보고 있는 것 같다. 그래서 환자분 마지막 길에 불필요한 고통이라도 덜어드리는 게 낫지 않은가 하는 생각으로 심폐소생술을 시행하지 않을 수도 있음을 알려드린 것이다.

"그럼 병원에서는 심폐소생술을 하지 말자는 건가요?"

사실 그 말을 하고 싶어 그 긴 이야기를 늘어놓았으면서도 저렇게 콕 집어 물어오니 당혹스럽다. 얼른 원칙 뒤로 물러나 발뺌을 한다.

"꼭 그런 것은 아닙니다. 어디까지나 의료진은 예상되는 상황을 알려드리는 것이고, 결정은 가족들이 하셔야죠. 가족들이 원하시면 의료진은 마지막까지 최선을 다하여 심폐소생술에 임할 겁니다."

스스로 생각해도 가증스러운 대답이다.

"그럼 간호사님 의견은 어때요? 저희가 심폐소생술을 하는 게 좋을까요? 나중에 뭐라고 하지 않을 테니까 솔직하게 말씀 좀 해주세요."

"글쎄요, 뭐라고 말씀을 드려야 할지 모르겠네요. 이런 건 환자나 가족의 가치관 문제여서요. 가족들의 마음이 중요하죠."

내가 속 시원하게 대답하지 못한 것은 보호자들의 고민이 무엇인지 몰라서도, 뒤따를 책임이 무서워서도 아니었다. 정말 그 이상의 답을 나는 찾지 못하고 있었다. 그러자 실망한 표정으로 한참을 서성이던 보호자가 다시 내게 다가왔다.

"간호사님 부모님이면요? 저기 누워 계신 분이 간호사님의 부모님이라면 어떻게 하시겠어요? 간호사님은 심폐소생술을 시행하자고 하실 건가요?"

"저희 부모님이면요? 저희 부모님이라면……. 아마 심폐소생술은 시행하지 않을 겁니다. 지금 생각으론 그냥 근처 병원이나(그 순간에도 나는 집으로 모셨으면 좋겠다는 의중만은 감추었다.) 자주 찾아뵙기 좋은 곳에 모시고 가족들이랑 함께 지내게 해드리고 싶네요."

"그래요?"

순간 보호자의 눈이 반짝 빛났고, 뭔가 마음을 굳힌 것 같다.

"그런데 저희 이 동네 살아요. 이 병원이 집에서 가장 가까운 병원인데요."

"그럼 중환자실이 아니라 1인실 같은 데서……. 경제적인 부담이 되겠지만 가족들과 함께 시간을 보낼 수는 있으니까요."

아무래도 내가 보호자의 고단수에 말려들었던 것 같다.

"그럼 다른 병원으로 가지 않고 1인실로 옮길 수도 있어요? 퇴원하라고만 하지 않으면 돈은 얼마가 들어도 괜찮아요."

"아니, 말이 그렇다는 거죠. 담당레지던트랑 상의도 하고 일반병동 사정도 알아봐야죠."

반색을 하는 보호자를 진정시켜 다른 가족들과 심폐소생술 여부를 상의해보라고 내보내고 담당레지던트를 찾았다. 마음속으로는 전원이 아닌 일반병동으로의 전실이나마 반가웠다.

"가족들이 DNR에는 동의할 것 같은데 전원을 원하지는 않아요. 집도 이 동네라고 하고 경제적으로는 어렵지 않다고 하니까 1인실이나 특실 같은 곳으로 보내는 건 어때요?"

"인공호흡기를 유지해야 하는데 일반병동에서 가능해요?"

"시설이나 장비만 봐서는 못 할 것도 없죠. 인공호흡기 외에 특별한 장비를 사용하는 것도 아니고."

"병동에서 싫어할 텐데?"

"그 문제는 제가 병동에 얘기해볼게요. 최대한 병동 간호사들이 힘들지 않게 처방 정리만 확실히 해주세요."

담당레지던트로서도 환자의 전원이나 전동이 문제가 아니었고, 중환자실에 빈 침상을 마련하는 게 우선이었던 터였다. 담당레지던트는 환자가 일반병동으로 이동할 수 있도록 그 어떤 협조라도 할 용의가 있어 보였다.

나는 마음을 단단히 먹고 일반병동에 전화를 걸어 책임간호사와 통화를 했다. 다행히 병동 책임간호사도 그리 융통성 없는 사람이 아니었다. 그 직전까지 자기 병동 수술환자가 중환자실에 입실할 수 있는지 결정해달라고 독촉 전화를 했던 탓에 중환자실 병실 상황을 잘 알고 있었을 것이다. 병동 책임간호사는 "어쩔 수 없이 환자의 전동을 받아들이기는 하겠지만, 이것을 선례로 이후 같은 요구를 하는 것은 곤란합니다."라고 못을 박았다. 병동의 간호사 인력이 인공호흡기를 유지하는 환자를 돌보기 어렵다는 것은 알고 있지 않느냐, 중환자실에서 전동 오는 환자들은 일반병실에서도 중환자실 같은 수준의 집중적인 간호를 기대하기 때문에 갈등이 많다는 것이다. 그러고는 "일반병동의 간호사 수가 적어 중환자실처럼 간호해드릴 수 없다는 점에 대해 가족들에게 미리 양해를 구해주시면 좋겠어요. 일반병동에서 감당할 수 있는 정도로 처방도 조정해주면 좋겠고요."라고 당부했다. 당연한 우려였고 그리 무리한 요구도 아니었다. 일반병동에서 말기환자를 받아준다는 말에 신이 난 담당레지던트는 중환자실에서 한 시간마다 시행하던 활력징후 측정도 근무조당 한 번씩 해도 된다며 생색을 내더니 몇 페이지씩 되는 긴 처방도 몇 줄로 깔끔하게 정리해주었다. 그 환자의 상태를 유지하는 데 꼭 필요한 처방은 얼마 되지 않았다. 말기환자여도 중환자실에 있다는 이유만으로 그렇게 많은 처방이 필요했던가 보다.

이젠 내가 나서서 가족들을 준비시킬 차례였다. 나도 의도한 바는 아니었지만, 그 환자를 일반병동으로 보내 보호자들과 함께 지낼 수 있는 시간을 갖게 한 이 결정이 아주 마음에 들었다. 중환자실에서 내가 하지 못한 임종간호를 보호자들이 제대로 할 수 있도록 돕기로 했다. 그사이 심폐소생술을 하지 않기로 의논을 마친 보호자들이 우르르 들어왔다. 모두 있는 자리에서 일반병동 간호사들의 우려를 전할 생각이었다. 아니, 내가 나름대로 생각하고 있던 임종간호를 보호자들에게 교육할 작정이었다.

"호전되어서가 아니라 돌아가시기 전에 잠깐이라도 가족들과 함께 보내기 위해 병동으로 가시는 건 알고 계시죠?"

보호자들은 모두 크게 고개를 주억거리며 동의를 표시했다.

"병동에 가시면 중환자실처럼 간호사들이 자주 찾아오지 않을 겁니다. 그럴 필요도 없고요. 물론 모니터를 하고 인공호흡기를 유지하는 등 의료진의 손이 필요한 조치는 다 해드릴 것입니다. 특별한 일이 없어도 두 시간에 한 번 정도는 간호사가 가래를 뽑고 체위변경을 하고 상태를 살핀다고 생각하시면 될 것 같아요. 모니터나 인공호흡기에서 경고음이 울리더라도 별도로 간호사가 알려주는 상황이 아니면 불안해하실 필요 없습니다. 경고음이 반드시 위급한 상황을 알려주는 것은 아니고 인공호흡기나 모니터의 연결선을 건드리는 경우에도 울릴 수 있거든요. 금방 알람이 멎지 않으면 간호사실로 뛰어가지 말고 우선 인터폰으로 상황을 알리고 기다리세요. 그리고 보호자들께서 환자분과 접촉하는 데는 전혀 문제가 없습니다. 환자를 돌아 눕히거나 옮기는 것은 안 되지만 팔다리도 주물러드리고 몸도 닦아드리세요. 환자분이 의식이 없지만 혹시 듣고 느끼실 수도 있으니 좋은 말씀도 많이 해주세요."

보호자들은 연신 고개를 끄덕이며 내 말을 듣고 있었다. 나는 여러 가지 예를 들어가며 몇 번이고 장비들의 경고음에 놀라 수시로 간호사실로 뛰어나가지 마라, 자주 환자를 닦아주고 만져드리라고 당부했다. 내 생각에 임종을 앞둔 보호자들이 환자와 잘 이별하려면 환자와 함께 그 시간의 주인공이 되어야 했다. 가만히 환자의 상태를 지켜보다 변화가 생기면 부리나케 의료진에게 달려가는 식으로는 보호자들이 관찰자나 감시자의 역할을 벗어나기 어려웠다. 그래서 그렇게 의료진에게 의존하지 말 것, 웬만한 건 가족들이 할 것을 강조한 것이다. 나는 의료진이 드나들지 않는 그 병실이 환자와 가족만의 공간이 되도록, 그래서 환자와 보호자가 당신의 집에서 함께 지내는 듯 느끼게 하고 싶었다. "물수건으로 환자분의 몸을 자주 닦아드리고 팔다리를 주물러 드리세요." 이건 구경꾼처럼 중환자를 지켜보는 보호자들에게 내가 자주 권유하는 '대화법'이었다.

중환자의 보호자들은 스스로 환자에게 해줄 수 있는 게 없다고 느낄 때 간호사들에게 날카로워졌다. 면회 시간이 되자마자 쏜살같이 달려왔지만, 담당간호사의 몇 마디, 담당레지던트의 한마디를 듣는 데는 5분도 걸리지 않는다. 환자는 혼수상태로 누워 있고, 침상 옆에 서서 지켜보니 사소하게 마음에 걸리는 것들이 많다. 환자를 만지기도 겁나고 스스로 어찌할 수 없으니 자꾸 간호사들을 부르게 된다. 바쁜 간호사들은 보호자의 '사소한 호출'이 달갑지 않고, 말로 표현하지 않은 간호사의 불만이 보호자에게 전달되어 또 불만이 쌓이는 식이다. 그래서 나는 환자의 침상 옆에 불안하게 서 있거나 조금 떨어져 주변을 두리번거리고 있는 보호자들을 보면 물수건 한 장을 준비해 건네곤 했다.

"환자분 좀 닦아주시겠어요? 저희가 매일 닦아드리기는 하지만 자꾸 땀을 흘리고 기침 때문에 눈물을 흘리시다보니……. 얼굴이랑 손발을 닦아드리면 좋아하실 거예요."

대부분의 보호자들이 반색을 하며 수건을 받아들었다.

"그래도 되나요?"

그러면 환자의 병상 풍경이 많이 달라진다. 보호자들은 얼굴을 닦다가 "아이고, 우리 엄마 눈꼽이 꼈네? 평소에 우리 엄마가 얼마나 깔끔하고 단정한 분이셨는데……." 혹은 "오늘 아버지 면도하셨네요? 개운하시겠다." "아이고, 발톱이 언제 이렇게 자랐어?" 하면서 대화를 시작하는 것이다. 물수건을 하나 더 달라고 부르는 보호자에게 "팔다리를 주물러드리면 좋아하실 것 같아요. 침대에만 누워 계시니 온몸이 아프실 것 같아요."라고 했더니 마치 대단한 선물을 받은 듯 감격하신 보호자도 있다. 보호자들은 환자의 몸을 닦아드리면서 끊임없이 말을 걸고 환자의 몸을 어루만진다. 젖은 수건은 환자와 보호자, 그리고 의료진을 연결하는 통로가 되어준다. 가끔 중환자들 중에 유독 이마와 양볼, 다리의 정강이 부분만 반들반들 윤이 나는 분들이 있다. 모두 테이프나 주사바늘 같은 장애물이 없어 보호자들이 마음 놓고 닦을 수 있는 부위다. 보호자들은 그렇게 물수건을 통해 환자와 대화를 주고받으면서 그 자리의 또 다른 주인공으로 자리 잡는 것이다.

의도하지 않았으나 나의 본심이 듬뿍 담긴 개입으로 그 말기환자가 1인실로 간 후 일반병동 간호사들이나 보호자들로부터 불평 한마디 들려오지 않았다. 일반병동으로 간 중환자 가족들이 병동에 만족하지 않는 경우 이런저런 이유로 간호사들과 마찰을 일으키고, 심하면 중환자실로 내려와 불만을 제기하며 다시 중환자실 입실을 요구하기도 한다. 마찬가지 이유로 병동 간호사들도 보호자들과의 갈등에 대해 어떤 식으로든 중환자실간호사에게 전하기 마련이었다. 그런데 인공호흡기를 유지한 채 일반병동으로 전동을 간 환자 주변이 그렇게 조용했던 것은 그 결정이 의료진이나 환자, 가족 모두에게 만족스런 결말이었기 때문이 아닐까? 나는 그렇게 믿고 있다. 어쩌면 그 환자와 가족들은 중환자실에 입원해 있던 환자들 누구보다 평온하게 마지막 시간을 보냈을 수도 있다. 그 이후 나는 불가피하게 중환자실에서 마지막을 맞이하는 환자들에게도 그런 정도의 짧은 평화를 선물할 수는 있지 않을까 생각하게 되었다. 이것이 내가 생각하는 병원 중환자실에 입원한 말기환자들에게 가능한 호스피스 케어인 셈이다.

DNR 동의서의 부적 효과

"야~ 이거 DNR이 완전 부적이네. 이제 할머니들은 DNR부터 받아야겠어."

막힌 곳은 뚫고, 터진 곳은 막고, 안 되면 새 길을 이어내며, 호흡과 심장박동을 대신해주고, 그도 안 되면 심장도 갈아끼우는 첨단의학의 시대에 '내 심장이 멎으면 더 이상의 의학적 개입을 하지 마라.'는 의미의 DNR 동의서를 미리 작성하면 환자가 호전된다는 새로운 미신이 추가되는 순간이었다.

"저 선생님 뭐야. DNR 너무 좋아하는 거 아냐? DNR 받은 환자들이 다 좋아지잖아."

두 번째로 DNR 동의서를 받은 할머니 상태가 호전되어 인공호흡기를 제거하던 날, 퇴근을 기다리던 간호사들이 DNR 동의서 작성을 주도한 담당레지던트를 두고 뒷말을 주고받았다. 중환자실이지만 그간 DNR 동의서를 작성하는 일이 거의 없었다. 어쩌다 심폐소생술을 시행하고도 소생하지 않는 환자에 대하여 더 이상 심폐소생술을 지속하지 않겠다는 의미로 DNR 동의서를 작성하는 경우도 있어, DNR 동의서는 그간 거의 사망을 의미하는 것으로 받아들여지고 있었다. 그런데 새로 온 담당레지던트가 벌써 DNR 동의서를 몇 건이나 받았고 그중 한 분은 호전되어 일반병동으로 이동하셨는데, 또 한 분이 호전되어 인공호흡기를 제거하기에 이른 것이다. 두 분 모두 고령의 할머니였다.

간호사들의 수군거림에는 DNR 결정을 할 만한 상태가 아닌데 너무 빨리 포기를 했던 것 아니냐 하는 의혹과, 조만간 심정지가 있을 거라고 예상했는데 환자의 상태가 호전되는 것에 대한 당혹감이 섞여 있었다. 어쨌든 나에게도 DNR 동의서를 작성한 환자들의 상태가 호전된 것은 여태껏 경험하지 못한 새로운 상황이었다.

이후 DNR 동의서를 받은 환자 주변을 눈여겨보기 시작했다.

"DNR 받았습니다."

"음~."

학기 초였는지 중환자실에서는 드물게 한 무리의 흰 가운 군단을 이끌고 주치의가 회진을 왔다. 환자 침상으로 접근하는 무리를 가로질러 달려온 담당레지던트가 짧은 보고를 마치고, 다음 질문을 기다리며 긴장한 표정으로 주치의 앞에 서 있었다. 그러나 주치의는 말없이 묵념을 하듯 한동안 환자 옆에 서 있기만 했고, 덩달아 학생들도 숙연하게 환자 앞에 고개를 숙이고 있었다. 다른 방에서 일을 보고 있던 나는 할머니의 주치의가 회진 중이라는 말을 듣고 뒤늦게 대열을 향해 가던 중이었다. 너무 조용한 회진 풍경이 낯설어 잠시 걸음을 멈추었다. 지금 환자 앞에 고개를 숙이고 있는 이들의 마음속에 어떤 생각들이 있을까? 죽음으로부터 환자를 구해내지 못한 미안함이건, 최선을 다한 후 결과를 수용하는 겸허함이건 그 모습이 참 따뜻하게 마음에 와 닿았다. 맞아, 최소한 한 생명이 마지막 가는 길에 저 정도 예의는 갖추어야지. 이게 DNR 동의서를 미리 받은 덕분인가?

주치의와 담당레지던트만 그런 것이 아니었다. 보호자 면회 시간에 보는 가족들의 모습도 사뭇 달라졌다. 환자 옆에서 조용히 생각에 잠겨 있을 뿐 말수가 줄었고 울음소리를 크게 내지도 않았다. 환자를 포기했다는 미안함이나 죄책감 때문인지 마음을 비우고 경건하게 환자의 평온을 기원하고 있는지 알 길은 없지만, 차분하게 가라앉은 병상 주변이 평화로워 보였다. 덩달아 보호자들을 응대하는 의료진도 목소리를 낮추었고, 설명도 짧고 간단해졌다. 사실 환자 상태가 변함없으니 설명할 것도 없었을 것이다. 환자가 중환자실의 그 엄청난 소음

들로부터 어느 정도 자유로워진 것 같아 내 마음도 안정되는 느낌이었다.

이번 DNR 동의서 작성을 주도한 사람이 주치의였는지, 새로 온 담당레지던트였는지 확실하지 않지만, 뭔가 달랐다. 회진 시간에 동맥혈 가스분석 검사 결과에 대해 보고받던 주치의가 "DNR 환자한테 그 검사는 왜 하지? 그 검사 받아 봤어? A-line arterial line 동맥관◆도 없는 환자를……. 꼭 필요한 게 아니면 그만하지." 했을 때, 나는 그 주치의를 존경하기로 마음먹었다. 그때 환자는 동맥관을 가지고 있지 않았다. 동맥혈 가스분석 검사를 하기 위해서는 매번 요골동맥에 주사바늘을 찔러 혈액을 채취해야 하는데, 보통 동맥혈 채취는 정맥주사를 삽입하는 것보다 훨씬 고통스럽다고 알려져 있다. 단번에 동맥혈 채취에 성공하지 못하고 여러 차례 찔러야 하는 경우도 많았다. 의식 있는 환자였다면 매우 심한 고통을 호소할 검사였다. 주치의는 바로 그런 점을 지적하며, 환자의 고통을 감수할 만큼 그 검사가 꼭 필요한지 의문을 제기한 것이다. 그런 주치의의 말을 통해 DNR 동의서를 받은 이유가 단순히 치료를 포기하고 환자의 죽음을 기다리는 것이 아니라 환자의 고통을 줄여주려는 것임이 분명해졌다.

아마 주치의의 그 말이 모두를 일깨웠을 것이다. 담당레지던트는 인

◆ 혈압 감시나 채혈 등을 목적으로 동맥혈관에 삽입해두는 장치. 이것이 없으면 매번 채혈을 할 때마다 환자의 동맥 혈관을 주사침으로 찔러 채혈한다.

공호흡기와 모니터, 꼭 필요한 약물들과 생명유지에 필요한 기본적인 간호 활동은 유지하면서도 매일 시행하던 여러 가지 검사를 취소했다. 간호사들의 손길도 조심스러워졌다. 모두들 그 환자 앞에 설 때는 숙연한 표정으로 소리를 낮추었다. 이제 환자가 충분히 잠을 잘 수 있겠다고 생각하니 내 마음이 더 편안해졌다.

그때 우리 모두의 행동을 숙연하게 만든 것은 이제 곧 환자가 사망하리라는 것, 임종하는 이에게 조금이라도 더 고통을 가하는 것은 예의가 아니라는 생각이었을 것이다.

그런데 환자의 상태가 좋아지기 시작했다. 약이나 다른 처치가 추가되지도 않았고 오히려 검사들을 취소하며 지켜보기만 했는데, 환자의 상태가 호전된 것이다. 환자는 마치 방해받지 않고 한숨 푹 잤더니 개운하다고 기지개를 켜는 사람처럼 서서히, 그러다 빠른 속도로 회복되었다. 조금씩 활력징후가 회복되어 안정 상태를 유지하자, 주치의는 조심스럽게 환자를 깨우고 인공호흡기 의존도를 줄여보자고 했다. 그리고 놀라운 일이 일어났다! 한참 후 나는 그 환자가 인공호흡기를 제거하고 간호사들에게 귀여운 미소를 날리며 일반병동으로 떠나는 모습을 볼 수 있었다. 좀 당혹스러웠지만 기분 좋은 발견이었다.

내가 일을 하면서도 문득문득 한 번씩 품지 않을 수 없었던 의문, '저렇게 쉬지도 못하고 시달리는데 치료가 될까? 환자에게 회복할 기력이 남아 있을까?' 하는 의문이 풀리는 것 같았다.

그간 우리는 '연명치료나 심폐소생술을 시행하지 않는다.'는 내용의 사전의사 결정에 대해 오해하고 있었다. 연명치료나 소생술을 시행하지 않는 것은 환자를 포기하고 죽음을 기정사실화하는 것으로 받아들였던 것이다. 그러나 우리는 환자의 치료를 중단하거나 포기하지 않으면서 가능한 한 환자의 고통을 줄일 수 있는 방법을 찾았고, 마지막에는 환자 내부의 힘, 혹은 하늘의 뜻에 맡기며 기다렸다. 그때까지 유지하던 치료를 지속할지 중단할지 결단하지 않고도 남은 날들이 환자나 가족들에게 조금이라도 덜 고통스럽고 의미 있는 시간이 될 수 있도록 노력했다. 그 결과 환자가 스스로 회복할 기회를 가질 수 있다는 생각이었다. 과학적으로 증명되었는지는 알 수 없었지만, 나는 때로 아무것도 하지 않고 기다리는 것이 환자에게 도움이 될지도 모른다는 생각을 하고 있었다. 그리고 그 후 곳곳에서 이런 내 생각을 지지해주는 사례와 마주쳤다.

어느 학회에 참석했을 때, 생쥐 실험을 통하여 스트레스가 심장 기능에 미치는 영향을 보여주는 한 연구자의 발표를 들은 적이 있다. 연구자는 테이프로 네 다리를 묶은 생쥐의 사진과 시간 경과에 따라 변화하는 생쥐의 심장 초음파 사진을 보여주었다. 생쥐가 묶인 후 시간이 지남에 따라 심장근육이 점점 얇아지고 있었다. 스트레스가 심장병을 악화시킬 수 있다는 것을 눈으로 확인한 순간이었다. DNR 대상이었던 할머니의 호전도 침습적인 치료와 중환자실 환경이 주는 스트레스를 줄인 결과였을 수 있겠다. 그날 사지를 묶인 채 스트레스로 인해 심장근육이 얇아진 생쥐의 모습이 내 뇌리에 박혔다. 사지 억제대가 적용된 상태에서 몸부림치는 중환자들을 볼 때마다 그 영상이 떠올랐다.

실제로 내가 근무하던 중환자실에서는 다른 질환으로 입원한 환자들이 심부전 증상을 보여 순환기내과에 의뢰하면 '스트레스성 심근병증'을 진단받는 경우를 자주 보았다. 중환자실 입원과 집중치료가 그 자체로 환자에게 위협이 될 수 있는 것이다.

사실 내가 DNR 대상이었던 노인환자들이 호전되는 걸 본 것은 아주 오래전부터였다. 그때만 해도 연명치료라고 하는 것이 인공호흡기 치료나 심폐소생술, 몇 가지 약물치료 정도에 불과했고 더구나 노인환자들이었기에 최선을 다했다고 믿고 그런 결정을 내리기가 쉬웠을 것이다. 연명치료 기술이 어마어마하게 발달하고 장기간 생명연장이 가능해진 지금은 최선을 다했다는 것을 어느 선에서 판단할 수 있을지 모를 정도로 상황이 복잡하다. 또한 우리가 동맥혈 검사 정도를 환자에게 끔찍한 고통이 될 거라고 생각했던 것이 순진하게 여겨질 정도로, 지금은 일상적인 치료 과정에서 환자들이 감당해야 할 고통의 종류나 강도가 복잡하다.

그렇지만 각종 우려와 불확실성 때문에 선불리 입 밖에 내지 못하는 경우에도 의료진이 할 만큼 했다거나 더 이상 할 것이 없다고 느끼는 시점은 분명히 있다는 생각이다. 그러한 때에 치료를 중단하지는 않더라도 불필요한 고통을 줄일 수 있는 방안은 없는지, 지금 시행하고 있는 검사나 처치가 그 시점에 꼭 필요한지에 대해 한번 상의해보는 것은 어떨까? 의료진의 DNR 제안에 환자를 포기하는 것은 아닌지 불안해하는 보호자들을 보면서 늘 이 점이 안타까웠다. 물론 그때에도 오래전 그 할머니의 주치의와 담당레지던트처럼, 의료진이 마지막까지 주의를 기울여 환자를 돌보면서 작은 가능성이나마 놓치지 않아야 하겠지만.

내가 쓴 동화

밤 11시가 공식적인 나의 퇴근시간이었지만 너무 바빠 자주 끼니를 거르며 일하고 거의 매일 새벽 1시를 넘겨 병원을 나서던 때가 있었다. 가로등도 꺼진 퇴근길에 문득 중환자실에서 10년 이상 일하는 동안 내가 한 중요한 일들이 무엇이었을까 하는 생각이 들었다. 헤아릴 수도 없이 많은 심폐소생술을 경험했고, 그중 많은 이들이 위기의 순간을 넘기고 생명을 되찾았다. 그런데도 막상 돌아보니 그리 중요한 일을 한 기억이 떠오르지 않았다. 생명을 살리는 일을 하면서도 벅찬 느낌이 없었다. 그냥 맹목적으로 죽음의 반대 방향을 향하여 환자들을 잡아끌고 달리는 것 같았다.

그즈음 뇌출혈 때문에 혼수상태에 빠진 서른 중반의 젊은 여성이 뇌사판정을 받았다. 이미 혼수상태에서 입원을 했고, 환자와 함께 보낸 시간이 많지 않아서인지 나는 그 환자의 뇌사판정을 비교적 담담하게 받아들였다. 다만 너무 젊은 나이라 가족관계가 어떻게 되나 간호정보조사지를 넘겨보았을 뿐이다. 환자보다는 남은 가족이 더 신경이 쓰였던 것이다. 어쩌나, 아이 엄마였어. 아들이 한 명 있네……. 그러나 가족관계표를 통해서 느끼는 안타까움조차도 막연하다.

주치의는 연휴를 넘기기 어려울 것 같으니 준비를 하라고 했고, 저녁 면회 시간에 지인들이 대거 면회를 왔다. 보호자대기실 직원이 열 살도 안 된 어린이가 면회를 왔는데 들여보내도 괜찮은지 문의전화를 했다. 원칙적으로 중환자실 면회는 13살 이상이어야 가능하다고 했다. 아이들이 받을 충격이나 감염문제 때문이다. 담당간호사는 판단하기 어려웠는지 나에게 전화를 넘겨주었다. 다행히 나는 이미 환자의 가족관계를 파악한 상태였다. 열 살도 안 되었다는 아이, 틀림없이 가족관계표에 기재되어 있던 환자의 아들이다!

중환자를 목격하는 충격이나 감염 위험이 엄마의 죽음이 주는 충격보다 크기야 할까? 자신은 없었지만 비교적 침착하게 상황을 받아들이고 기도에 열심이던 보호자들을 믿기로 했다. 임종을 앞둔 엄마 앞에 아이를 데리고 온 가족들이니 아이가 알아들을 수 있게 상황을 잘 설명했을 것이다.

"들여보내주세요."

"애가 여섯 살이라는데……. 보내요?"

그래도 불안한지 대기실 직원은 거듭 확인을 했다.

"네, 괜찮아요. 제가 지켜보고 얼른 내보낼게요."

그러고는 다른 환자의 보호자를 응대하기 위하여 자리를 떴다.

잠시 후 흐느끼며 기도하는 어른들 틈에서 까치발을 하고 침대에 매달려 있는 아이 한 명이 눈에 띄었다. 환자의 침대는 아이의 키만큼 올려져 있고, 아이를 데리고 들어온 어른들은 각자 자기 슬픔에 빠져 있는지 혹은 기도나 작별인사를 하느라 경황이 없는지 아이를 돌아보지 않고 있었다. 체위 변경을 하느라 자주 환자를 들어 옮기는 중환자실 간호사들은 허리를 구부리지 않은 상태에서 힘을 쓸 수 있도록 침대를 최대한 높이 올려두었다. 어른들로부터 이미 들은 얘기가 있는지 아이는 까치발을 한 채 환자에게 닿아보려고 애를 쓰고 있었다. 키보다 높은 침대 위에 미동 없이 누워 있는 환자가 보이지 않을 텐데도 아이는 그 환자가 엄마임을 알고 있는 것이다.

나는 숨을 죽이고 기척 없이 다가갔다. 그리고 좀 떨어진 거리에서 팔만 길게 뻗어 침대 발치에 걸려 있는 높낮이 조절 버튼을 눌렀다. 환자와 가족들의 작별인사를 방해하지 않으려는 배려였다. 그런데 소리 없이 내려오는 침대를 바라보는 아이의 눈이 동그랗게 커졌다가 금방 가는 실눈으로 바뀌었다. 표정에 놀라움과 경이로움이 보이는 것 같았다. 순간 나는 내가 버튼을 눌렀다는 사실을 모르는 아이가 하늘 높이로 떠나가던 엄마가 돌아오는 광경을 보고 있음을 직감했다. 머리 위에 떠 있던 침대가 스스로 움직여 엄마를 눈앞에 데려다주었거나 엄마가 자신의 소리를 듣고 돌아와준 것일 터이다. 아이는 마음속으로 간절하게 엄마를 부르고 있었을 것이고, 엄마가 그 소리에 응답해준 것이겠지. 아이는 여섯 살이니 충분히 있을 만한 상상이었다.

나는 짧은 동화 하나를 보고 있었다. 나조차도 현실과 구분되지 않는 동화를…….

하늘나라로 떠나는 엄마를 애타게 부르는 아이가 있다. 엄마가 타고 있던 침대가 스르르 내려오더니, 품을 열고 아이를 부르고 있다. 정말이다!

침대가 충분히 낮아지자 아이는 기다렸다는 듯이 잽싸게 침대 위로 기어올랐다. 주춤거림도 없이 아주 자연스럽게 아이는 곧장 엄마 품으로 파고들었다. 사실은 아이가 포개어지듯 제 몸을 던져 엄마를 감싸 안았다. 환자의 코와 입 안에 호스가 삽입되어 있고, 그 호스를 고정하기 위한 반창고가 겹겹이 붙어 있는데다 얼굴은 잔뜩 부어 있었다. 게다가 각막을 보호하기 위해 눈까지 거즈로 덮은 상태라 평소의 엄마 모습이 남아 있지 않았을 텐데도 아이는 낯설어하는 기색이나 망설임이 없었다. 아니, 처음부터 환자의 얼굴을 쳐다보지도 않았다. 짧은 팔로 부은 환자의 몸을 감싸 안은 아이의 작은 몸이 십자가 모양을 만들고 있었다. 멀찍이서 지켜보던 나는 감추지도 않고 눈물을 흘렸다. 슬프지만 참 아름다운 순간이었다.

아이가 살아가면서 가파른 고개마다 그 포옹을 기억하지 않을까? 어쩌면 아이는 일찍 자신을 떠나버린 엄마보다는 자신의 손짓에 되돌아와 자신을 안아준 엄마 품을 더 기억하게 될지도 모른다. 그것이 그 순간의 내 희망사항이었다. 나는 그 아이가 건강한 어른으로 가는 길에 디딤돌 하나를 놓아준 듯 혼자 눈물겨웠다. 그 순간을 중환자실에서 내가 한 '아주 중요한 일'로 기억하고 있다.

'Hopeless Discharge 가망 없는 퇴원'의 기억

최첨단 장비와 최고의 기술을 자랑하는 대학병원 중환자실에서도 어찌할 수 없는 순간은 자주 찾아온다. 나는 의료진이 가족들에게 "더 이상 해줄 것이 없습니다."라고 선언하는 순간이 싫지 않았다. 우리가 할 수 있는 것은 모두 했으나 돌이킬 수 없다. 조만간 찾아올 죽음을 의료진이 막을 방법은 없다. 환자의 죽음이 임박했음을 인정하고 남은 시간을 가족들에게 넘겨주고 나면 나도 모르게 마음이 순하게 가라앉곤 했다. 종교를 갖고 있지는 않았지만, 마치 절대자 앞에 무릎을 꿇고 손을 모은 사람처럼 겸허해지는 것이다.

"마음의 준비를 하시는 것이 좋겠습니다."라는 한마디로 쉽게 결과를 받아들이는 보호자는 많지 않았다. 대부분의 가족들이 그래도 방법을 찾아봐달라거나 며칠만이라도 죽음을 미룰 수 있도록 해달라고 애원했다. 모두 그럴 수밖에 없는 사연들이 있다. 그러나 어찌되었건 시간은 지나고, 가족들도 결국엔 상황을 이해하고 받아들이게 된다. 그때부터 가족과 친지들이 회의를 하고 구체적으로 임종을 준비한다. 모여 상의를 할 수 있는 가족들은 대부분 집 밖에서 맞이하는 죽음, 즉 객사를 피해야 할 죽음으로 여기곤 했다. 그래서 가족들은 집에서 임종을 맞을 수 있도록 퇴원시켜 달라는 요청을 했고, 의료진은 자의퇴원요청서에 서명을 받고 환자를 퇴원시켰다. 우리는 이를 'Hopeless Discharge'라고 기록했지만, 'Hopeless Discharge'는 그 이름만큼 절망적이지 않았다. 지금 생각하면 오히려 장례식을 '축제'라고 표현했던 어느 소설의 이미지와도 잘 맞았다.

'Hopeless Discharge'가 결정되면 나는 환자가 돌아가야 할 곳이 어디인지, 구급차로 시간이 얼마나 소요될지 확인한다. 그에 맞게 필요한 물품과 구급차를 준비하고 동행할 인턴 선생에게 연락도 한다. 한편으로는 가족들과 상의하여 환자와 함께 구급차에 탑승할 가족을 정하고, 다른 가족들이 환자보다 먼저 집에 도착하여 환자를 맞이할 수 있도록 배려도 해야 한다.

그렇게 환자를 보내고 몇 시간이 지난 후, 때로는 하루가 지난 후에 인턴 선생이 돌아와 물품을 반납하고 환자의 사망 시각을 알려주었다. 환자의 의무기록에 사망 시각을 기록하고 나서야 비로소 그 환자에 대한 우리의 간호가 종료되었다. 형식적으로는 환자가 하루 전에 퇴원을 한 것이지만, 내용으로는 임종 순간까지 우리 의료진의 돌봄 아래 있었고, 우리는 인턴 선생을 통하여 일종의 임종간호를 제공한 셈이다. 내가 보기에 그때 대부분의 인턴들에게 환자의 마지막 길에 동행하는 일은 놀랍고도 흥미로운 경험이었고, 때론 모험으로 가득 찬 여행이 되기도 했다. 원이나 없게, 마지막으로 좋은 병원에 입원을 했던 환자들 중에는 그야말로 산 넘고 물을 건너야 집에 도착하는 경우도 많았다. 그 모험에서 돌아온 인턴들은 환자의 가족이 쥐어주었다는 얼마간의 돈으로 간호사들에게 먹을 것을 사곤 했다. 병원에서는 촌지를 엄격히 금하고 있었지만, 나도 그 돈으로 음식을 사서 나누는 것만큼은 마음에 꺼려지지 않았다. 그 돈은 촌지라기보다는 환자의 장례의식에 동행한 이들에게 망자의 가족이 대접하는 음식 같았다. 그런 분위기에 걸맞게 음식을 앞에 두고 인턴 선생들은 조금은 과장을 해가며 간호사들에게 긴 여행에 얽힌 이야기를 들려주었다. 여섯 시간을 쉬지 않고 앰부백◆을 짜느라 팔이 끊어질 것 같았는데, 보호자 중 한 분이 대신 해줄까 물었을 때는 정말 앰부백을 건네주고 싶은 기분이었다느니, 어두운 밤 물가에 구급차가 멈추기에 도착한 줄 알고 좋아했더니 그때부터 배를 타고 들어가고, 나중에는 차도 들어

◆ 자발호흡이 곤란한 환자를 위한 수동식 산소 공급 장치. 산소통과 연결하지 않아도 사용할 수 있다.

갈 수 없는 시골길을 걸어서 앰부백을 짜며 갔다는 고생담, 한밤에 도착한 환자의 집에 동네 사람들이 다 모여 기다리고 있다가 자신을 치하하던 순간의 기분, 환자의 집에 도착하여 앰부백과 기도삽관을 제거하고도 환자의 호흡과 맥박이 유지되어 친지들과 함께 한동안 그 곁을 지키던 시간의 남다른 감회, 환자의 사망 확인까지 시간이 걸려 기다리다 지친 구급차 기사가 말도 없이 자신을 버리고 간 일, 달랑 앰부백이 든 비닐봉지 하나 들고 의사 가운을 걸친 채 시골 읍내에서 서울로 돌아오는 차편을 찾아 헤매다 만난 사람들 이야기, 그 시간을 떠올리며 울컥해서 구급차 운전기사에 대한 원망도 쏟아지고, 운전기사도 교대근무를 하기 때문에 어쩔 수 없었을 것이라며 간호사가 나서서 해명을 하고……. 나는 조금 어설프지만 그렇게 우리 모두가 환자의 마지막 길에 동행한 것 같은 느낌을 좋아했다. 실컷 고생담을 되풀이하는 인턴들에게서도 흐뭇해하는 느낌이 전해져왔다.

그런데 소위 보라매병원 사건이 터졌다.

1997년 12월 4일 오후에 58세의 남자 환자가 119 구급대에 의해 보라매병원 응급실로 이송되었다. 환자는 뇌출혈로 보호자와 연락이 되지 않은 상태에서 응급수술을 받았다. 수술은 성공적이었지만 형편이 어려운 가족은 수술 다음 날 퇴원을 요구했다. 결국 퇴원을 만류하던 담당레지던트와 주치의는 가족들의 항의에 못 이겨 귀가서약서를 받고 환자의 퇴원을 결정했다. 수술 후 이틀도 안 된 시점이었다. 환자가 집에 도착한 직후 가족의 요구에 따라 동행한 인턴이 기관 내 삽관을 제거했고 얼마 후 환자는 사망했다.

우여곡절 끝에 환자의 사망 사건에 대해 검찰 조사가 시작되었고, 환자의 부인은 살인혐의로 구속되었다. 그리고 환자를 담당했던 전문의와 담당레지던트, 환자 이송에 동행한 인턴까지 살인방조 혐의로 피의자 조서를 작성하면서 언론에 대서특필되기 시작했다.

언론에 사건이 공개되던 날, 나는 다른 간호사들과 함께 중환자실의 간호사 스테이션에서 레지던트 한 명으로부터 처음 이 사건에 대해 들었다. 그 사건을 화제에 올린 레지던트는 당시 사건의 담당레지던트나 인턴과 동년배였을 것이다. 그는 뇌수술 환자를 이틀 만에 퇴원시킨 것은 잘못이지만 살인방조라니 너무한 것 아니냐며 흥분했다. 담당레지던트가 무슨 권한이 있어 교수의 퇴원 결정을 막을 수 있었을 것이며, 인턴이 무슨 잘못이겠느냐고 말하는 눈빛이 간호사들의 동조를 구하고 있었다. 간호사들은 "담당교수의 퇴원 결정을 담당레지던트도 어찌할 수 없었을 것"이라는 데 동의하면서도 담당레지던트의 책임 여부에 대해서는 말을 아꼈다. 다만 "인턴 선생이 정말 억울하겠다."라고 강한 동정심을 보였다. 우리 병원에서도 'Hopeless Discharge' 경우나 타 병원으로 환자를 이송할 때 인턴이 동행하지만, 중환자실에 별도로 배치된 담당인턴이 있는 것은 아니고 그때그때 상황에 따라 해당 진료과 소속 인턴이 불려와 간단한 설명을 듣고 동행하는 실정이라

'담당인턴'이라는 말 자체가 성립되지 않았다. 그 인턴은 환자의 병명이나 상태를 제대로 알지 못한 채 동행했을 가능성이 높았다. 어쨌든 우리 의견과 상관없이 보라매병원의 의사들은 살인죄로 기소되었고, 한참 후 인턴을 제외한 의사 두 명이 환자의 부인과 함께 유죄 판결을 받았다.

그때부터 병원 중환자실에서 Hopeless Discharge가 사라졌다. "회생 가능성이 있는" 환자를 경제적인 이유로 조기 퇴원시켜 죽음에 이르게 한 책임을 물었던 사건이 엉뚱하게도 '회복 불가능한 말기환자'의 임종 장소를 병원으로 제한하는 근거가 되고 만 것이다.

지금도 더 이상 해드릴 것 없는 환자들이 마지막을 정든 집에서 보내고 싶은 소망을 가지기도 하고, 여전히 객사를 두려워하거나 '의미 없는' 비용 지출을 부담스러워하는 가족들이 자의퇴원을 요청하기도 한다. 그런 요청을 받고 담당레지던트를 연결하면 대부분 "그냥 안 된다고 하지 굳이 면담까지……." 하는 반응이다. 가족의 일리 있는 요청을 뿌리쳐야 하는 부담감과 함께 사정 뻔히 알면서 가족의 요청을 강경하게 물리치지 않고 면담을 주선한 나에 대한 서운한 마음도 엿보인다. 그러나 부모님께서 가시는 마지막 길엔 꼭 상여를 태워드리고 싶은 소망을 가지고 있을 만큼, 시골 어르신들의 믿음에 의미를 크게 두던 나는 환자의 객사를 막을 수 있는 기회를 놓칠 수가 없었다. 그래서 대부분의 면담이 나의 기대에 어긋나는 결론으로 마무리될 것을 알면서도 Hopeless Discharge 가능성에 대해 언급을 하지 않을 수 없었다. 그러나 아무리 선의로 가득한 담당레지던트라 하더라도 자의퇴원에 따르는 부담감을 감당하기는 쉽지 않아 보였다. 담당레지던트와 가족의 면담은 "더 이상 해줄 것도 없다면서 왜 퇴원이 안 되냐."는 보호자의 항의로 언성이 높아진 가운데 끝날 때가 많았다. 때로 담당레지던트는 "어떻게 하면 퇴원할 수 있어요?"라고 묻는 보호자에게 "정 퇴원하고 싶으면 법원 판결을 받아오세요."라며 맞서기도 했다. 이런 실랑이를 거듭하는 가운데 가족과 의료진이 찾아낸 궁여지책은 집 근처 병원으로의 전원이다. 어차피 병원에서 맞는 죽음이라 여전히 '객사'라는 문제가 남지만, 집 가까이로 간다는 점이 가족들에게 조금 위안이 되는지도 모르겠다.

그러나 퇴원을 준비하는 내 마음은 예전에 Hopeless Discharge를 준비하던 때와 많이 달랐다. 가족과 의료진의 타협안이 집에서 임종을 맞고자 하던 환자의 바람을 충족시키지 못하는데 왜 굳이 이송하는가? 그 결정의 이면에 중환자실의 침상 부족과 가족의 치료비 부담이라는 이해관계가 뒤얽혀 있는 느낌이었다. 지방 병원으로 이송하면 환자의 임종이 앞당겨지리라는 계산이 있는 것은 아닌지 하는 의심이 들 때도 있었다. 환자의 이송을 준비하는 동안 나는 뭔가 은밀한 공모에 가담하는 것 같은 느낌에 시달렸고, 공모자로서 내게 주어진 역할이 과연 이송 중에 발생할 수 있는 위험을 예방하는 것일까 의심했다.

환자의 거주 지역에 있는 병원 응급실이나 중환자실 담당레지던트가 환자 상태를 묻는 전화를 하면 "호흡기만 유지하면 되는 부담 없는 환자임"을 강조하여 이송에 차질이 없도록 해야 했고, 노골적으로 "환자 가족은 DOE Death on Arrival, 도착시 사망를 희망하는 상태"라고 전한 적도 있다. 그렇게 보낸 환자에 대해서는 소식이 궁금하지도 않았다. 설사 내가 궁금해하더라도 인턴 선생은 그쪽 병원에 인계한 환자에 대해 알려줄 것이 없었을 것이다.

그렇게 전원 결정이 난 환자를 두고 참으로 난감했던 적이 있다. 퇴원 준비를 마치고 구급차가 대기하자 동행할 인턴이 도착했다. 간단하게 전원 병원의 위치와 소요 시간, 환자가 투여받고 있는 약물 조절과 장비 조작법, 꼭 챙겨올 물품과 장비 리스트를 인계하는데, 인턴이 꼬치꼬치 물어왔다.

"모니터는요?"◆

"모니터는 하지 않고 갈 거예요. 어차피 Hopeless Discharge라 자퇴서약서도 받았고, 가시는 도중에 사망할 수 있다는 걸 가족들도 알고 DOE를 예상하며 가는 거예요."

이쯤 했으면 대충 눈치껏 알아들으면 좋으련만 신입들에게 대충이란 없다. 그리고 보라매병원 사건에서 최종적으로 인턴이 무죄판결을

◆ 환자의 심장박동을 주시할 수 있는 심전도 모니터를 말한다.

받기는 했겠지만, 그 무시무시한 혐의 가능성조차 두려운 것 아니겠는가. 잘 교육받은 인턴이 다시 묻는다.

"그럼 Vital은요?"◆◆

"가시는 중에는 Vital 하시지 않아도 될 것 같아요."

"그래도 맥박은 측정해야죠. 그래야 심장정지 여부를 알 것 아니에요? Vital 하지 않아도 된다는 담당레지던트 오더 받았어요? 그리고 중간에 심장정지하면 심폐소생술은 하나요?"

"자퇴서약서에 관련 내용이 있어 심폐소생술은 하지 않는 걸로 봐야 할 것 같아요."

"그래도 DNR 동의서가 없으면 심폐소생술 하는 게 원칙 아닌가요?"

담당레지던트나 가족들 사이에 이심전심 오고간 것들을 모르는 바 아니지만, 이쯤 되면 그 구체적인 내용에 대답하는 일은 내 권한 밖이다. 틀린 말도 아니므로 말문이 막힌 나는 환자를 옮기다 말고 담당레지던트에게 전화를 했다. "가는 도중에 심정지시 심폐소생술을 해야 할까요?"라는 전화를 받은 담당레지던트는 "그걸 말이라고 해요?" 하며 언성을 높였다.

"인턴 선생님이 심폐소생술을 시행하지 않을 거면 DNR 동의서를

◆◆ 환자를 이송하면서 활력징후를 체크해야 하느냐고 묻는 것이다.

받아주었으면 하시네요. 아무래도 동행하시는 분이라 부담이 되나 봐요."

한숨을 푹푹 내쉬던 담당레지던트는 결국 보호자를 다시 불러달라고 했다. 퇴원 수속을 마치고 구급차 안에서 대기 중이던 가족이 다시 와서 심폐소생술을 시행하지 않는다는 동의서에 서명했다. 출발하는 환자를 보고 나서야 부랴부랴 내가 임종을 앞둔 환자를 보냈다는 사실을 기억하고 합당한 마음을 갖추려 했지만 벌써 환자는 중환자실을 벗어나고 있었다.

나는 이제 우리가 보라매병원 사건 후유증에서 좀 벗어났으면 좋겠다. 회복 가능한 환자가 아니라 의학적으로 회복 불가능하다고 판단되는 환자를 퇴원시키는 것도 안 된다면 마지막 순간을 중요하게 생각하는 나는 입원할 엄두가 나지 않을 것 같아서다. 내가 개인적으로 생각하는 Hopeless Discharge 판단 시점은 진단받은 주요 질환을 치료하는 데 목적을 두지 않고, 추가적인 합병증의 예방이나 상태 악화를 막는 데 주력하는 시점, 다만 죽음을 늦추기 위해 보존적인 치료를 시작하는 때이다. 구체적인 기준이야 만들면 그만 아니겠는가? 여러 우려를 불식시킬 수 있는 복잡한 절차를 마련해서라도 환자들이 집에서 임종을 맞을 수 있는 길이 열렸으면 하는 것이 내 개인적인 소망이다.

맺는 말

나라면?

글을 마치려니 겁이 난다.

나는 중환자실에서 사용하는 모든 첨단의학기술과 처치들을 문제 삼으려는 것이 아니다. 도리어 그것이 많은 사람들의 생명을 구하는 모습을 수도 없이 보았다. 그렇지만 이제는 쉬엄쉬엄 그 과정에서 발생한 문제들을 돌아보고 해결해나갔으면 좋겠다. 특히 불가항력적인 죽음을 눈앞에 둔 환자들이 꼭 그렇게 고통스런 처치를 받으며 중환자실에서 죽어가야 하는지 묻고 싶었다. 나는 중환자실에 고립된 채 죽음을 맞고 싶지 않고, 가족 중 누군가를 그렇게 홀로 보내고 싶지도 않다. 그래서 줄곧 개인적으로 다른 선택을 할 수 있는 여지가 없을지 궁리해왔다.

어떤 사건이 계기가 되었건 품위 있는 죽음, 준비된 상태에서 자연스럽게 맞이하는 죽음에 대한 관심이 높아지고, 사전의료의향서를 작성할 수 있는 길이 생긴 것은 다행스럽다. 건강할 때 죽음을 준비하는 과정에 대하여 새로운 눈을 갖게 되는 사람들이 많아져 지역, 가정에서도 쉽게 이용할 수 있을 정도로 호스피스도 활성화되었으면 좋겠다.

새로운 발견, 호스피스

오래전 50대의 독신 여성이 부인과 암으로 내가 근무하던 중환자실에 입원을 했었다. 당시만 하더라도 암 진단을 받으면 죽음을 떠올리던 때였다. 환자는 불안감 때문인지 입원하자마자 나를 붙들고 자신은 독신이며 돌봐줄 가족도 없다는 사실을 털어놓고, 호스피스 간호를 받을 수 있는 곳을 알고 있는지 물어왔다. 아직은 멀쩡한 환자가 호스피스 간호를 거론하는 게 불편해 약간 언짢은 대답을 했다.

"치료받으러 오셨으면서 왜 벌써부터 그런 생각을 하세요. 우선 좋은 생각만 하시고 치료나 잘 받으세요. 제가 알기로 우리나라엔 아직 호스피스 간호를 하는 데가 없어요."

그때 나는 '호스피스'라는 말부터 죽음을 암시하는 불길한 단어로 여겨 피하려고 했던 것 같다. 그래서 처음 모현의료센터의 호스피스를 소개받았을 때도 죽음의 어두운 그림자가 연상되어 불편한 마음이 없지 않았다. 그런 내가 호스피스에 대해 관심을 갖기 시작한 것은 수녀님의 아주 사소한 말 한마디 때문이었다.

"여기에서는 회진 시간이라고 환자가 병실에 있어야 하는 건 아니에요. 환자가 정원에 있으면 의사가 그쪽으로 회진을 가고 간호사도 그쪽으로 약을 가져가지요. 환자분이 옥외에서 임종하기를 원하시면 옥외에서 임종하실 수도 있고요. 산소 장치를 갖고 있는 환자도 가능하죠. 줄은 길게 이어내면 되니까."

"줄은 길게 이어내면 되니까." 하는 말이 내 머릿속에서 메아리처럼 울렸다. 나는 이동용 간이 산소통이 있는데도 운동이 필요한 중환자 한 명을 옥외로 내보내지 못했던 경험이 있다.

장기간의 치료 끝에 코줄을 통해 영양공급을 하고 기관절개관으로 산소를 공급하며 폐렴 치료를 하는 것 외에는 특별한 처치 없이 상태를 관찰하는 환자가 있었다. 침대에만 오래 계셨으니 하루에 몇 번씩 휠체어에 앉는 연습을 하자는 처방이 있었다. 이동용 산소통도 준비되어 있고, 전문적인 도움을 줄 수 있는 인력과 시간만 있으면 하루에도 몇 번씩 중환자실을 벗어나 햇살 아래로 나갈 수도 있었다. 그러나 그 환자는 한 번도 중환자실 밖으로 나가지 못했다. 한번 휠체어에 앉으려면 몇 사람의 도움이 필요했고, 휠체어를 밀고 다닐 사람도 있어야 했지만 병원에는 그런 여유 인력이 없었다. 처음 간호사들은 의욕에 넘처 근무조당 두세 번은 환자를 운동시키자고 계획을 세웠다. 담당간호사가 다른 환자 때문에 병실을 떠날 수 없으니 운동할 때마다 이송직원의 도움을 받기로 했다. 첫날부터 이송직원은 부를 때마다 검사실이나 수술실로 환자를 이송하는 중이었고, 계속하여 더 급한 일들이 생겼다. 이송직원을 기다리다 못해 간호사들 몇 명이 모여 할머니를 휠체어에 옮겨드렸지만, 그러고도 한참 동안 이송직원은 오지 못했다. 한 자리에 앉아 계시는 할머니께 미안해져 담당간호사와 주변 간호사들이 이 침대 저 침대로 옮겨갈 때마다 한 번씩 할머니의 휠체어를 밀어드렸다. 그렇게 첫날, 할머니는 중환자실 침대 사이를 비집고 다니며 운동 시간을 보냈다. 점점 운동 횟수가 줄어들 수밖에 없었다. 애초의 계획대로 하는 것이 도저히 불가능하다고 생각한 간호사들이 마지막에 찾아낸 해결책은 하루 두 번 면회 시간이라도 최대한 할머니가 침대 밖에서 보낼 시간을 만들어보자는 것이었다. 보호자 면회 직전에 할머니를 휠체어 앉혀드리면 보호자가 오자마자 운동을 할 수 있을 것이라는 계산이었다. 보호자도 역시 의욕에 넘쳐서 기세 좋게 할머니의 휠체어를 밀고 중환자실 복도로 나갔다. 그러나 짧고 좁은 통로를 몇 번 왕복하니 더 이상 갈 곳도 없고 중환자실이나 다를 것 없는 공간에서 뱅글뱅글 도는 데 지쳐버리고 말았다. 무슨 일이 있을지도 모르는데 간호사들도 없는 밖으로 나가기는 겁이 나고, 기운이 없는 할머니의 몸도 자꾸 기울어 보호자 혼자 감당하기 어려웠다. 결국 할머니는 면회 시간마다 잠시 휠체어에 앉았다가 다시 침대로 이동하는 정도의 운동밖에 할 수 없었다. 그때부터 나는 야외에서 맞는 죽음을 구체적으로 꿈꾸게 되었다.

그간 중환자실에 입원하거나 내 앞에서 임종을 맞은 환자들을 보면서 내가 집착하게 된 것이 있다면 햇볕, 바람, 흙이었다. 쇠약해진 환자 곁을 잠시도 떠나지 않던 축축한 습기나 격리방의 인공조명이 주는 건조함이 정말 오랫동안 나를 억누르고 있었다. 땀에 찬 기저귀나 식은땀으로 젖은 환자의 옷을 갈아입힐 때마다, 나는 여름날 어린 동생을 업고 놀다 엄마 젖을 먹이기 위해 내려놓던 순간에 내 등을 스치던 시원한 바람을 그리워했다. 다른 간호사들의 마음도 나와 다르지 않아서 선풍기 바람이 감염을 전파할 위험이 있다는 우려에도 불구하고 열심히 선풍기라도 켜서 환자의 몸을 말려주려고 했을 것이다. 나는 늘 출근하면 맨 먼저 블라인드를 걷는 일부터 했다. 중환자실의 조명은 24시간 환하게 켜져 있었지만 잠시라도 햇살을 선물하고 싶었다.

그래서 나는 수녀님의 그 말에 이끌려 모현의료센터를 방문했다. 밝고 따뜻한 분위기, 햇살이 가득히 들어오던 2층 복도가 기억에 남아 있다. 간호사와 수녀님의 대화 속에서 그날 임종이 임박한 환자가 있다는 사실을 알게 되었는데 그래도 전혀 어두운 분위기가 느껴지지 않았다. 병실이나 복도에서 마주치는 환자, 가족들의 표정이 모두 평화로워 보였다. 나는 그곳에서 별 좋은 정원에서 맞이하는 '축제 같은 삶의 마지막 날들'을 발견할 수 있었다.

그곳 사람들은 죽음을 기다리는 것이 아니라 생의 마지막 순간을 사랑하는 사람들과 함께 눈부시게 살아내는 중이었다. 내게도 그런 마지막 순간이 허락된다면 얼마나 좋을까! 내가 만약 말기환자라면 호스피스를 선택하겠다.

언젠가 중환자실에 입원하게 된다면

나는 평소 가족들에게 말기치료에 대한 내 생각을 밝혀두었고, 계기가 되는 대로 사전의료의향서도 작성하려고 한다. 어느 날 문득 사전의료의향서 쓰기 운동을 벌이는 단체의 인터넷 홈페이지에서 양식을 다운받을 수도 있고, 학회나 세미나에서 기회를 만날 수도 있다. 이제 공개적으로 게시하지 않더라도 사전의료의향서 양식을 구비하는 의료기관도 많다 하니 그리 접하기 어렵지 않을 것 같다. 구체적인 내용은? 다 밝히기 어렵다. 다만 내 삶의 마지막에 가장 중요하게 생각되는 것은 내가 마음으로 함께한 인연들에게 고맙다고, 나 편안하게 떠난다는 작별인사를 하는 것, 깨끗하고 쾌적한 몸, 덤으로 따뜻한 햇살과 바람, 흙냄새를 맡는 것이라고 밝히고 싶다. 이 세 가지를 방해하는 의료처치라면 무엇이든 포기할 수 있을 것 같다. 세 번째는 욕심 같기도 하지만 나의 대리인이 참고해주면 좋겠다.

급성기 치료과정 중에 의료진이 회생 불가능한 상태라는 판단을 내리지 않은 상태에서 이런저런 처치에 동의서를 작성해야 하는 경우, 기억할 것이 있다. 의료진도 현재 자신이 하고 있는 행위의 의미를 잘 모를 수 있다는 것이다. 나도 내가 무슨 일을 하고 있는지 인식하지 못한 상태에서 일을 한 경우가 많았다. 그럴 때 환자나 보호자의 질문, 혹은 지적이 나를 일깨우는 자극제였다.

한 노인환자가 그물망을 이용한 관상동맥성형술을 앞두고 있었는데 담당레지던트가 보호자에게 시술동의서를 받으려고 했다. 그중 가장 최신형으로 다른 것보다 재발율이 낮지만, 보험 적용이 되지 않는 그물망 사용동의서도 포함되어 있었다. 설명을 들은 보호자는 명확한 이유를 밝히지 않은 채 서명을 미루었고, 계속해서 의료진에게 시비를 거는 태도를 보였다. 나는 장시간 면담 끝에 보호자가 보험 적용이 되지 않는 최신형 그물망 사용에 대하여 심한 경제적 부담을 느끼고 있음을 알게 되었다. 주치의에게 연락했더니 연세가 있는 분인데 재협착률의 차이도 크지 않으니 당연히 보험 적용이 되는 그물망을 써도 좋다고 했다. 담당레지던트는 그간 환자들이 보험이 안 되더라도 최신형을 선호했기 때문에 별 생각 없이 그걸 권유했던 것이다. 뒤늦게 보험 적용이 되는 그물망을 사용해도 된다고 설명했으나 보호자는 자신을 돈 때문에 부모 치료를 꺼리는 불효자로 만든다며 강하게 반발했다. 결국 주치의까지 나와 사과한 후에야 보호자가 화를 풀었다. 우리끼리는 "우리 부모님이라도 비보험인 그물망을 선택하기 어려울 것 같다. 너무 비싸다."라고 말하면서도 보호자와 면담할 때는 관행적으로 비싼 그물망을 제시하고 동의를 받았던 것이다.

해결책은 눈치 보지 말고 납득이 될 때까지 자꾸 묻는 수밖에 없는 듯하다. "지금이 연명치료 여부를 결정해야 할 시점인가?" "지금 이 처치에 동의를 하면 앞으로 무슨 일이 일어나는가?" "지금 내 생각을 바꾸고 싶은데 어떻게 하면 되는가?" "이 치료 말고 다른 대안은 없는가?" 등에 대해 담당레지던트나 간호사들에게 묻고, 속 시원한 대답을 들을 수 없다면 주치의에게 질문하면 될 것이다. 의료진의 표정이 좋지 않거나 화가 나 있더라도 주눅 들 필요는 없다. 그건 나 때문이 아니라 다른 이유일 가능성이 훨씬 높다는 게 내 생각이다.

아픈 이의 작은 목소리에 귀 기울이기

나도 중환자실 입원 경험이 있다. 고열로 입원하여 의식이 저하된 상태여서 중환자실에 있는 동안 대부분 수면상태로 보냈다. 당연히 기억나는 일이 그리 많지는 않다. 하나 기억나는 것은 호수인지 바다인지 알 수 없는 물속에서 끝날 것 같지 않은 자맥질을 되풀이하고 있는 꿈이다. 늘 한 모금이라도 공기를 더 들이마시려고 필사적으로 허우적거리고 있었다. 그리고 항상 "아~멘" 하는 나지막한 합창 소리에 화들짝 깨어났다. 나의 자맥질은 호흡곤란이 불러오는 꿈이었고, "아~멘" 소리는 중환자실에 면회 시간이 찾아왔음을 뜻한다. 내 기억은 대부분 면회 시간에 머물러 있었다.

그날도 나는 며칠이 흘렀는지도 모르고 대부분의 시간을 잠자며 보내고 있었다. 호흡곤란 때문에 제대로 앉지도 눕지도 못하고 자는 쪽잠은 수면에 대한 갈증과 전신통증을 자꾸 더할 뿐이었다. 잠에 취해 의식이 둔해지는 것과는 반대로 몸의 감각은 점점 날카롭게 살아나는지 작은 움직임에도 칼에 베인 듯 예리한 통증을 느꼈다.

"의식이 없는 거야?"

주변의 소음 사이에서도 염려와 안타까움이 묻어 있는 소리는 선명하게 귀에 와 박혔다. 그 나지막한 소리에 잠을 깼다. 따뜻하고 여린 마음을 가졌으나 평소 말수가 적고 표현이 서툰 분이셨다. 눈을 떠보니 목소리의 주인공은 창밖에 서 있고, 나는 기운을 내어 웃음을 지으려고 노력하며 "괜찮아요." 했다. 그 웃음이나 목소리가 전해졌는지 확인할 겨를도 없이, 금방 피로가 밀려오고 나는 다시 잠에 빠져들었다.

다시 내 손을 잡고 있는 손길, 숨죽인 흐느낌 소리 때문에 잠을 깼다. 또 면회 시간이다. 내 몸에 닿은 손길들, 기도하는 낮은 목소리와 울음소리가 참을 수 없는 무게감으로 나를 괴롭히고 있다. 그 모두를 물리치고 싶은 마음과 사랑하는 사람들의 손길에 거부감을 느끼는 데 대한 죄책감으로 마음이 고단하다. 신경이 날카롭게 곤두서는 기분이다. 어서 면회 시간이 끝나 혼자 좀 있었으면…….

예민해진 몸은 희미한 냄새에도 심한 구역질과 구토로 반응했다. 수시로 바꾸는 산소 마스크의 소독약 냄새, 얼굴을 닦아주는 누군가의 손에서 느껴지는 로션 냄새, 갈라진 입술에 발라주는 바셀린 냄새……. 모두가 나의 구토를 악화시키는 것들뿐이다. 등을 마사지하고, 체중을 재고, 혹은 몸을 닦아주거나 옷을 갈아입히느라 누군가의 손길이 닿을 때마다 괜찮다, 내가 하겠다고 손을 내젓는다. 간호사들은 미안해서 그러는 걸로 오해하는 모양이다. 괜찮다고, 그냥 맡기라고 성화였다. 토할수록 더 자주, 더 친절하게 마스크를 바꾸어주고, 닦아주고, 또 바셀린을 발라주는데 그 친절이 버겁기만 하다. 제발 나를 그냥 좀 내버려두면 좋으련만. 그런 편이 훨씬 더 내가 오롯이 숨 쉬는 데 집중하며 견디는 데 도움이 될 것 같았다.

그리고 딸의 입원 소식을 듣고 혼비백산하여 먼 길을 달려오셨을 어머니의 면회 시간.

어머니는 걱정만큼이나 많은 부적과 처방을 갖고 오셨다. 간호사의 눈을 피해 내 입술에 무얼 발랐는지 강한 마늘 냄새가 내 몸을 한바탕 흔들어놓았다. 그 와중에도 어머니는 단골무당이 처방해준 붉은 주머니를 제대로 처리하기 위하여 여념이 없으셨다. 아픈 나를 흔들어 방에서 나가서 나오는 첫 번째 삼거리가 어디냐고 묻고 대답을 재촉하시느라 나의 구역질을 살필 여유가 없으셨다. 생명을 살리느라 환자의 낮은 소리를 들을 겨를이 없는 우리들처럼 어머니도 딸의 생명을 살려줄 처방을 수행하는 일이 무엇보다 급했던 것이다.

그러고 보니 건강할 때 혹은 간호사로 일할 때 생각했던 것들과 중환자로서 내가 경험한 것들이 많이 달랐다. 간호사로 일할 때, 나는 가족이나 가까운 지인들이 옆에서 격려해주면 환자에게 힘이 된다고 믿어 의심치 않았다. 중환자실에 누워 보니 가족들이나 가까운 이들의 방문이 무엇보다 나를 지치게 한다. 밖으로 향하는 모든 에너지를 모아 숨을 쉬고 계속 잠으로 기운을 보충하고 있는데, 방문객들은 내 몸의 패턴과 상관없이 그 흐름을 깨고 들어왔다. 깊은 잠에 빠진 나를 흔들어 깨우는 것은 매번 울음소리나 걱정스런 목소리, 손으로 전해지는 불안함이다. 면회 시간마다 나는 제발 어서 이 시간이 끝났으면 했고, 그 모난 내 마음 때문에 죄책감에 시달리느라 기진맥진했다. 그 이후 나는 환자 옆에서 울고 있거나 염려와 걱정을 드러내는 방문객들을 보면 온몸의 신경이 곤두선다. 나는 침대에 누워 그런 소리를 들을 때마다 가위 눌리듯 몸이 가라앉곤 했다. 저 가족이 지금 환자의 기운을 뺏고 있구나.

간호사인 나는 환자 주변을 단정하고 깔끔하게 정돈해야 비로소 마음이 안정되는 사람이다. 간호사들은 이리저리 늘어진 심전도 선을 하나하나 잘 감아 보기 좋게 환자의 가슴 부위에 정리해놓고, 주렁주렁 매달린 주사줄들이 행여 바닥에 닿을까봐 짧게 감아두거나 늘어지지 않도록 가지런히 침대 난간에 고정하곤 했다. 감염예방을 위한 것이기도 하고 투약 오류를 막는 방법이기도 했다. 그리고 산소줄은 정해진 교환주기가 있지만 나는 물품에 여유가 있으면 아침마다 새것으로 갈아주려고 했다. 그래야 내 기분도 상쾌했고 보기에도 좋았다.

그런데 중환자인 나를 가장 괴롭히는 것은 전봇대처럼 내 가슴을 짓누르는 심전도 선의 무게였다. 그 가는 선이 그렇게 무거울 수 있다니! 거기에 바늘 하나 만큼이라도 무게를 더하는 일은 내 호흡을 가로막는 장애물이다. 거기다 짧게 정돈된 주사줄은 돌아누울 때 한 번씩 내 살을 당기며 움직임을 제한하고, 산소줄은 새로 바꿀 때마다 소독약 냄새인지 새 제품에서 나는 냄새인지가 내 후각을 자극하여 약을 써서 진정시키던 구토를 다시 일으켰다.

간호사인 나는 친절하다.

"그냥 가만히 계시면 돼요, 환자분. 저희가 돌려드릴게요."

중환자인 나는 그 친절이 무섭다.

"잠깐만요. 내가 돌아누울 수 있어요. 잠깐만 기다려주세요."

그러나 대부분 "괜찮아요, 저희가 해드릴게요." 하는 대답이다. 나는 괜찮지 않다. 내 몸의 감각이 모두 통각으로 변해 누가 잡기만 해도 심한 통증이 느껴진다. 제발 기다려 달라. 그런 나를 보고 "자존심이 강하다."라고 한다. 까나롭다는 뜻이겠지.

그리고 무엇보다도 기막힌 일은 나를 걱정하는 이들이 자꾸 나를 일상에서 격리하려 든다는 것이다. 갑작스럽게 입원하는 당일까지도 나는 한 조직의 책임자였고 많은 이들의 선배였으며, 알아서 자기 앞가림을 잘 해온 딸이기도 했다. 중환자실에 입원을 하고도 내 머릿속은 두고 온 일과 사람들에 대한 염려와 궁금증으로부터 벗어나지 못했다. 사람들은 자꾸 내 질문과 생각을 가로막았다. 그런 생각 하지 말고 몸이나 추스르라고 했다.

“행사는 어떻게 됐어? 사람들은 많이 왔어?”

“아유~ 누워서도 그 생각뿐이지. 다 잘되었어요. 아무 생각 말고 푹 쉬세요.”

“아버지는? 엄마랑 같이 오셨어?”

“아유~ 잘 계셔. 네 걱정이나 해!”

한마디를 더 보태기 위하여 논쟁을 하기에는 내가 너무 기력이 없었다. 어차피 내가 자신을 위해 할 수 있는 일이 남아 있지 않았다.

그때가 내 생의 마지막 날들이었다 하더라도 나는 무섭지도 않았고 생각보단 괜찮았다. 다만 간절히 원한 것은 내가 괜찮다는 걸 사람들에게 알리고 안심시키는 일이었다. 그건 지금도 마찬가지다. 사경을 헤매던 그때 내가 두려워한 것은 죽음이나 이별 그 자체보다도 가족들에게, 사랑하는 사람들에게 고맙다거나 괜찮다는 말을 하지 못하는 것, 내가 편안한 마음이라는 사실을 알리지 못하는 것이었다.

처음에는 이런 나의 경험이 좀 별난 사람의 특이한 반응이라고 생각했다. 그래서 되도록 내 감정을 무시하고 과학이, 혹은 표준매뉴얼이 추천하는 방식으로 보고 행동하려고 노력했다. 그러나 중환자실에서 죽음을 맞거나 마지막 날들을 보내는 이들에게는 공통점이 있다는 걸 알게 되었다. 치료를 하는 사람들이나 보호자들은 그 시간에 죽음을 연장하거나 거부하는 것 외에 다른 의미를 전혀 부여하지 않았지만, 환자들에게 그 시간은 아주 다른 의미일 수도 있다는 것이다. 환자를 가장 사랑하는 가족들이 자신의 감정에 치우쳐 환자의 마음을 읽지 못하고, 환자의 생각을 대변하는 것이 아니라 자신의 감정에 충실한 경우도 많았다.

나는 내 가족의 결정을 대신하는 사람이 아니라 그 순간의 바람을 읽어주는 보호자가 되고 싶다. 충분한 시간을 들여 아픈 이의 작고 느린 목소리에 귀 기울이고, 마지막까지 가족과 함께 평범한 일상을 누리다 갈 수 있도록 보살피는 보호자. 환자가 알고 싶어 하는 정보는 숨김없이 알려주고, 그로 인해 불안한 순간까지 지켜봐줄 수 있는 성숙한 보호자.

그게 내가 가족을, 그리고 죽어가는 이를 존중하는 방식이다.